樊玉生 著

乡间路戏

XIANG JIAN LU XI

说唱文化（宝丰）生态保护区 系列丛书

南方出版社
·海口·

图书在版编目（CIP）数据

乡间路戏 / 樊玉生著 . —海口 ： 南方出版社，
2022.2
（说唱文化（宝丰）生态保护区系列丛书）
ISBN 978-7-5501-7446-7

Ⅰ . ①乡… Ⅱ . ①樊… Ⅲ . ①散文集 - 中国 - 当代
Ⅳ . ① I267

中国版本图书馆 CIP 数据核字（2022）第 030794 号

XIANGJIANLUXI
乡间路戏

著　　者　樊玉生
责任编辑　张淑娜
出版发行　南方出版社
社　　址　海南省海口市和平大道 70 号
邮　　编　570208
电　　话　0898-66160822
传　　真　0898-66160830
印　　刷　河南省环发印务有限公司
开　　本　710 毫米 ×1010 毫米　1/16
印　　张　17.75
字　　数　254 千
版　　次　2022 年 2 月第 1 版
印　　次　2022 年 2 月第 1 次印刷
印　　数　1—3055 册
定　　价　48.00 元

说唱文化（宝丰）生态保护区系列丛书

编委会

沙汝两河流域农耕年代的生产生活方式，孕育了这片土地上人们的信仰、理念、礼仪和情感，这传承延续了千百年的乡风村俗，是说唱文化在这里深深扎根的丰厚土壤和社会基础。

——题记

序言

抹不去的乡愁

何新年

算下来，我与玉生兄早在三十多年前就认识了。那时候我们都在县里工作，相识相知，感情甚笃。后来由于工作的变动，渐渐地聚少离多，很多时候都是通过电话或短信（现在又有了微信、视频）联系。虽说见面的机会少了，但这并不影响我们在思想认识上的沟通和交流。每次遇到一起，两个人总有着说不完的话题。而每次相聚后的分别，又不免依依不舍——想这一聚一散、一思一叹，彼此心灵上的呼应竟随着年龄的增长而愈发显得强烈和直接。对此，套用当下流行的说法，应属缘分、情分所致，实实在在讲，就是俩人谈得来、对脾气。这不，他的《乡间路戏》甫一结集付梓，我便先睹为快，很荣幸地成了这部作品最早的一位读者。

玉生兄学养深厚，有很多地方着实让我敬佩。他长期在县宣传文化部门任职，从乡镇文化站、县文化馆到县委宣传部，当过县文联主席、县委宣传部副部长，创办过《宝丰日报》，最后在县文化局长任上退休，大半辈子坚守在宣传文化战线。对宝丰当地的历史文化，玉生兄有一种割舍不断的情结，马街书会、宝丰酒传统酿造技艺、清凉寺汝官窑遗址等，先后在他手里列入国家级非物质文化遗产保护名录和国家重点文物保护单位；曾经四处“惹事”、给县里添了不少麻烦的农民表演团体，也在他创新思想的引导下营造出了健康有序的发展环境，从而引起中宣部、文化部的关注，最终成就了极具影响力的“宝丰文化现象”。玉生兄退休后，仍为县里的非物质文化遗产保护工作奔走忙碌。2013年，他牵头成立了宝丰县说唱艺术研究会和非物质文化遗产保护协会，对全县非物质文化遗产资源进行了调查摸底，全程参与了《说唱文化（宝丰）生态保护实验区规划纲要》和《总体规划》的编制。几年来，玉生兄为说唱文化生态保护实验区的创建和开展工作投入了大量心血，几乎成了“职业病”，与我一见面就谈“非遗”，像是着了魔似的。

事实上，玉生兄的文采同样为人称道，只是他行事低调、不善张扬，甘愿在文学的园地里当一名默默耕耘的劳动者。他笔下的这几十篇作品，来源于他对现实生活的细心观察，展示了经年累月打磨出来的功夫。笔触间看似寻常，却又耐人寻味，读来兴致盎然。他把那些曾经有过经历的故人旧事用质朴的笔调一一记录下来而不避细琐，几乎能够拓印出那个时代的音声、风貌和气氛。他以一篇《远去的草房和瓦屋》勾勒出故乡泥河村淡淡的轮廓，叙述了他在那里用半大小子的劳作经历深深知晓了农家生活的欢乐和痛苦，最终成了他魂牵梦绕且又爱又恨、无法回避亦无力逃离的港湾。在《父母的脚印和我的脚印》中，他苦苦寻到童年时留在新疆喀什出生地的片片断断，亲身感受到老一辈来来回回的奔波劳碌和难以抗拒的命运。在《还愿书》《夹毡》里，他让我们了解到当地民间流行的娶妻生子唱“还愿书”、迎亲婚礼离不了“夹毡”经纪人的习俗，品味到浓浓乡情中蕴藏的几分奇趣和几丝酸涩。《红薯的记忆》让我们看到了刚刚高中毕业的他为争强好胜当了三个半月的生产队长，在那个“红薯干、红薯馍、离了红薯不能活”的日子里尝尽了“落魄”后的苦辣酸甜，也明白了人世间的冷暖悲欢。《牛屋里面听“瞎话儿”》和《逃学》述说了他懵懂的童年痛并快乐着——生产队的牛屋在大雪纷飞的冬天里没了寒冷，老牛把式是个说“瞎话儿”的高手，他用一嘴口吐莲花的本事温暖着每一颗孤独的心，让四面透风的牛屋成了乡亲们欢乐的大本营；而少年不知愁滋味的“我”因贪玩逃学成了娘的出气筒，心里不服，想不通，长大后才明白，娘是恨铁不成钢啊，如今的“我”想念最多的还是娘，“娘的影子老出现在梦里，醒来往往已泪流满面”，平和的文字道出了人间的至深情感。而在《汝瓷汝窑》《曲子窝》《听书》等篇中，又让我们认识了汝官窑遗址揭晓者邓城宝和王留现、说书老艺人王结子、书会守护人张满堂、书会操办者司秉老、大调曲子传承人冯大仙儿、说书状元刘明霞、老戏骨赵廷印、翻大箱的“老魔头”丁发生，更有十余次来到宝丰马街书会的著名评书表演艺术家刘兰芳，还让我们知道了四十五里“虎狼爬”竟是中原一带有名的“曲子窝”，高跷曲子就从这里登上了台子……玉生兄借由篇篇家族遗事、故旧掌故、少年忆往、亲情存念，为我们指认出那曾经的空旷乡野、寂静村落、斑驳老屋、清澈泥河，让我们瞬间被一个杳然远去的年代、一段无法追回的岁月所裹挟……时光的更迭和世间的变幻总是令人惆怅，尤其是在快速发展的今天，疾驶的时代列车辗过众人记忆中恍如昨日的一切，只留下物换星移的伤怀与喟叹。

玉生兄的文字不浮华，不造作，率性真挚，诗意隽永，故乡的百般情态被他写得余韵悠长、绵绵不绝——尤其是文中频频呈现的方言与乡间俚语，无疑会给我们带来许多亲切的、特别的阅读享受，极大地丰富了人们对那个激情燃烧的岁月的理解。我觉得，玉生兄绘声绘色、曲尽其妙所写下的这些故事，有着平凡人家那份特有的单纯和善良，因此最具本真、最接地气、最动人心，让读者过目不忘，很容易从书中的人物身上找到共鸣，从中体会人与乡土的无限缱绻。

这些年，无论玉生兄走到哪里，乡愁一直都藏在他的心里。每每道来，总有说不尽的眷念。在他心里，故乡就是茫茫人世中的一个精神坐标，那里是他出发的地方，也是他心里经常回去的地方。所以我想，《乡间路戏》实质上是玉生兄对乡愁倾情抒发的一个新的开始，其漫溢在字里行间频频回首顾盼的姿态，恐怕也隐含着他回归、溯返文学创作原点的渴望，毕竟他肚子里的“宝货”多着哩！

2021 年 11 月 6 日

（作者系河南出版协会常务副理事长，原河南省新闻出版局副局长、巡视员）

目录

第一篇　看在眼里

第二篇 记在心里

第三篇　人在戏里

第四篇　走在乡里

第一篇

看在眼里

远去的草房和瓦屋

有些日子没回老家看看了，脑海里就常常浮现出村边那弯弯的小河。河叫小泥河，平时水不大但从未断流过。冬春之时，河水清澈见底，浅滩处河水“哗啦啦”地流淌着，深水处鹅和鸭儿在“呱呱”地戏着水，三两个浣衣女就着踏步石扬着棒槌狠狠地捶打着衣物，絮絮叨叨地聊家长里短，“嘎嘎”的浪笑和着“咚咚咚”的棒槌声，与河边那一大片竹林里随风摇曳的竹子的“呼呼”声一齐响起，显得日子恬淡而舒适。春上的日头懒洋洋地晒着窄窄的街巷，牛车轱辘辗过的两道车辙印上，零零碎碎地散发着牛粪或猪屎或鸡屎的说不清道不明的气味。竹林旁的草房和瓦屋则高高低低，鳞次栉比，错落有致地映入眼帘，待炊烟袅袅时，便有了人气。一两声“汪汪”的狗吠和公鸡们昂扬的鸣唱，便打破了这小村的宁静。

这就是俺的老家。一个让我魂牵梦绕，给我带来童年乐趣，伴我成长，让我洒了许多许多汗水和眼泪，用半大小子的劳作经历深深知晓了农耕时代的欢乐和痛苦的老家，一个让我永难忘记、又爱又恨的故乡。

记忆中 20 世纪 50 年代末，一家人从新疆喀什回到老家村里，旋即又在县城里待了三四年，“三下放”回到老家。三间房子年久失修，一遇雨天，外面大下，屋里小下，外面不下了，屋里还滴答滴答。在那个连肚子也填不饱的年代，谁家也没力气去修房盖屋，只能眼睁睁地看着破损的屋顶漏雨，不得不用大盆小盆接雨水。夜深了，雨停了，这里还呼啦那里还滴答，只有东北屋角的地方能勉强藏住一家人的头。天放晴了，父亲慌忙弄来石灰、头发、碎麻，合成灰泥，让我这十来岁的孩子爬上房顶，用勾铲铲起灰泥，勾勾瓦缝凑合着一天一天过下去。

瓦屋是祖上留下的，虽破旧，但在村上好歹也算是高大上的房子了。去村上转一圈，有一半左右还都是草房呢。草房低矮，墙是土墙，有土坯垒就的，有黏土、夯土打成的，有马渣子泥垛起来的，更有简陋的是用树枝架子支起来、周围用秫秸箔围上泥巴糊成的。房架用粗细不一的树干杈做房梁房檩，上铺茅草、麦秸、谷草、秫秸之类，奢侈一点的就是黄稗草了。那黄稗草坚韧细密，耐沤耐雨也抗风，是不可多得的草房建材，一般人家还用不起。

草房最怕风，一夜的暴风雨把很多家的房顶揭开了。如今想起杜甫的《茅屋为秋风所破歌》，就想到一起大风，一下大雨，住在草房里的乡邻们那种惶惶不安，被揭了房顶的无奈和呼天抢地。

春上是家家户户修房盖屋的季节。扎地基、下跟脚，三五人抡起手锤，扯起线绳，把积攒了多年的鹅蛋石，或者去南乡买回来的青石，有角有棱地砌成三间两间的房基，然后就在房基上砌墙了。心细的人家大多请个懂风水阴阳的先生，弄个罗盘照来晃去，定个朝阴向朝阳向，拧个公鸡头甩甩鸡血，黄表纸烧上一通，才可开工。

房墙大多是一尺六寸厚的土坯墙、夯土墙、垛泥墙，也有一尺二的。富裕点儿的人家在房四角或房梁承重的地方用砖砌个砖垛柱子，更有全砖至下平窗的，里生外熟的，这在村上已是耀眼的富户，惹得众人眼红。

我们这些十三四岁、十五六岁的半大小子，自然是打下手的劳力，在匠人们的指挥下，脱鞋和泥，来来回回掂泥兜，搬砖递坯，送砖撂瓦。我练到上架能架上接一摞瓦不会说话（发出声音）后，就升级到房坡甚至屋脊处给匠人打下手。挑脊、压带、封山墙这些技术含量较高的活，便接近了我的视野，有时手痒，便央求着匠人老师傅，掂起瓦刀来，偷偷试试排两垄瓦沟。被房主人发现，挨一顿笑骂是跑不了的，说我是施张客充数贼，毛还没长齐哩，就想着充大蛋。

房墙垒至平座，就到了关键热闹时，用人渐渐多了。木匠来做房梁、房檩、椽子和门窗一套木工活。斧头、锛、锯、刨、凿子、曲尺、墨斗一应俱全摆开，好奇的小子们总想试乎试乎。我又自告奋勇给木匠打下手，先是为木匠扛木料，打墨线，后是拿斧头学砍木楔子，拉拉下锯，接着跑去铁匠炉打抓钉，拉拉风箱，打打下锤，新鲜的活儿总是手痒痒想摸摸。木匠师傅一边做一边也会传授讲解点什么，比如传统的房梁是重梁立字形，木料粗实笨重，费料费工，但确实支撑得起庞大的房顶结构。后来人们大都采用人字梁，因力学平衡原理，这种梁形省料省钱其支撑力不亚于立字梁。有饶舌的师傅吹起来也是满嘴跑火车，牛气哄哄的。

待两旁山墙垒到成型，该上房梁时，房主人在屋后墙上用黄表纸写上“姜太公在此诸神退位”的神位，摆上供品，插上三炷香，磕头祷告一番，口中念念有词，说的无非是上梁大吉、求神保佑等。接着在房梁上贴着“青龙缠玉柱，白虎架金梁”的大红喜帖，梁头两旁贴上“黄道吉日”“吉星高照”的字样，然后鞭炮就噼里啪啦地响起，半村的男劳力都来了。墙上的人用力拉，地下的人用力举，领头人喊着号子，房梁就顺顺利利地上墙了。待房梁就位，房主人端起一筐白白的圆蒸馍隔着房梁抛上去，便有大人小孩一窝蜂地去抢“上梁蛋儿”。在那个年代，白面馒头是稀罕物，大家抢到手便大口大口地吃起来。这么多人为他家人嚼灾（当地风俗，吃馒头寓意消除灾难），房主人看着这热闹场面，满面春风，十分地满足。

修房盖屋是农人家一辈子的大事，上梁是一关口，挑脊、封山、安兽头又各是一关口，这都是技术活儿，房子盖得结实与否、漂亮与否，与工匠关系很大。那时农村盖房的劳动力是无偿使用的，像我们这号打下手出死力的人只要主家管饭就行了。而匠人是要收封子的，封子大与小，全看主家的贫富和出手大方与否。

过去有很多关于得罪匠人的传说，比如一富家盖处大宅，对木匠招待不周，木匠做一人偶推一小车，偷偷放在房梁头。主人不觉，待住进大宅，半夜老听见小车“吱吱咛咛”响个不停，半年过去，生意赔了，地里庄稼歉收了，囤里的粮食也少了。经高人指点，房主找到木匠，登门道歉，厚礼相送。匠人随即搬梯子登上梁头，将面朝外侧推小车的人偶换个方向往里推，没上半年家里便日进斗金、五谷丰登了。这虽然说是传说，但五六十年前的农人却深信不疑。不过也真有得罪了匠人，匠人在挑脊或安装五脊六兽的关键环节不上心或有意为之而使新房屋漏雨的事情发生。

房脊两端的兽头也讲究青龙白虎之意，或龙头形或虎头形，也有猫头形的，说猫是老虎的老师，比虎还能镇邪。房脊多是烧成的构件，如鲤鱼、海马、官人形状的，装在屋脊上煞是威风。有邻居房屋咬山、门前出路不顺、出水搭架纠纷等情况的，房主还会请高人指点，装面小镜或弄块“泰山石敢当”镶嵌在墙面上，起个镇宅避邪的作用。

相比瓦屋草房就简陋多了，但苫草也是有学问的，一茬一茬的草得续得顺水顺风，为使雨水快速流下去，屋顶的坡度也较瓦屋陡许多。屋顶的关键地儿有用砖瓦镇的，也有用夯实檩条压的，还有用瓦荐边的，防止被风揭了。一般人家住的麦秸草房一年至少修缮一至两次，用谷草和稗草苫房的就要好多了，匠人如果工做得好，住上十年八年也不会漏雨。

我家的三间祖屋在我十一岁时修缮过一次，等我长到十五六岁时，两个弟弟也长大了。奶奶一个人住在外面，三间房显然很窄狭了，父母考虑到我们这些小子大了要娶媳妇，早就节衣缩食、省吃俭用，谋划着为我们盖新房了。

我曾和父亲顶着烈日跑到虎狼爬岭满山满岭的荆棘里寻石、扒石、拉石头，在村里的小河边和二弟一起赤脚和泥、脱土坯，有时周日还央求同学来帮忙。每到夏日发水季节，流沙淤积，我便在小河里淘沙，一箩筐一箩头地往家扛。半夜里曾和水泥厂开大拖拉机的司机老黄师傅到焦楼村的砖窑上去拉砖，幻想着长大也当个拖拉机手。冬日里步行到小屯街刚陶村的瓦窑上去订瓦、拉瓦。下大雨了又怕土坯被淋成一堆泥，慌慌乱乱地找草苫子、塑料布盖土坯，淋成水母鸡似的。父亲常年在外上班，弟兄三个中我是老大，当仁不让要挑这担子。所以这一幕幕如今实难忘怀，心里一想起便是五味杂陈……

最让我难忘并刻骨铭心的是央求了七八个石匠花了三天时间摆好的房基跟脚石又被我含着泪一块一块扒掉了。至今想起来仍心痛，那种痛彻心扉，那种耻辱和着泪水，压在我心底五十多年了。

那是 1971 年的春上，村上的派系和旧时两个家族明里暗里在较量着。刚刚上台的这一拨大队干部素来对樊氏家族有敌意，加上父亲在外上班，当时工资是五六十元，算是高工资了，家里有辆自行车，便引起某些村人的“红眼病”。父亲实诚，见人连根烟也不知递，更不会亲热人巴结人。两个家族的旧时嫌隙，压根对刚上台的这拨村干部不咋鸟，不屑一顾，因此祸根早早地便埋下了。我家接连递了三次申请，请求批宅基地，一年多了公社无回音无消息。生产队长是我本家叔叔，一气之下在队里召集村人开了个社员会，指定一块二分半的队部边闲置地给俺家下跟脚。谁知房基跟脚刚下好没几天，驻公社的县里某妇联主任就颐指气使地来了。

当然，我家成了“批林批孔”的典型对象。就在村边不远处的场子，聚集了全公社各个生产大队的代表，有二三百人，把我父亲从水泥厂拉回来批斗。期间有人高呼口号：“打倒林彪！”“打倒樊佩环！”“打倒不老实！踏上一只脚，叫他永世不得翻身！”“无产阶级专政万岁！”等等。各村代表义愤填膺，指着父亲鼻子恶狠狠地用各种语言上纲上线。一米八二个子的父亲低着头，乌青着脸，任人将唾沫星子喷到脸上。父亲明白这是新任班子给樊氏家族的一个下马威。我知道，按父亲的军人脾气和火爆秉性，他是忍受不了这样的侮辱的，可是架不住头天晚上母亲的哭诉。此事已经连累了我上高中，不是母亲奔走求亲，我就从升学的名额中被剔除了。为了孩子的前程他只好忍了。

父亲做了两遍深刻检讨，再三保证立即扒掉房基跟脚，这才没有再在批斗会上挨打。我站在远处的土堆上，瞧着这揪心的一幕，心里在滴血。

会未散，我赶紧招呼二弟跑去扒跟脚，开完批斗现场会的各村代表便拥来观看。我扒着石头，掉着泪珠，抬头见人群里有我昔日的小学同学，且还是不怎么对付的女同学一脸鄙夷地注视着我，一种塌天似的羞辱在啪啪地打我的脸。还有一个二蛋似的孬脸家伙叫嚣着恐吓我说："快点扒，再磨蹭，拴上一家人游街去！"

那个镜头定格在我的脑海里，多少年过去了，就是挥之不去，一种痛埋在心里，成了我对老家又爱又恨的缘由。后来我家摆了一桌酒，请了村上的当权者，吆五喝六地糟蹋了几瓶宝丰大曲，宅基地最终也批了。一直到了1974年春上，房子才终于盖好，可母亲却突然患了再障贫血，在宝丰、平顶山、洛阳多地辗转求医，最终不治，母亲没有在新房内住上一天，便撒手人寰了。在洛阳专治再障贫血的瀍河医院里，一位叫李富生的中医主治大夫告诉我，用中医理论解释，这个病大多是生气所得，一股气憋在心里，释放不出来，导致经络堵塞，气血两虚，最终丧失造血功能。母亲的离世，让刚刚步入社会的我顿感天塌了地陷了似的，六神无主，夺走母亲生命的深深的恨埋在了我心里。

我不能肯定是因这件事才让母亲发病而过早离世，但我母亲是一个很要强的女人，这件事给我母亲造成的心理阴影，助推了母亲的发病节奏是毫无疑问的。

弹指一挥间，五十多年过去了。当事人多已下世，那些伤痛早已抚平，过去的恩恩怨怨早就随风飘走了。唯有那草房、瓦屋、街巷，仍留在脑海中。

如今，传统的草房瓦屋已成过去式，取而代之的是两三层的水泥小楼，一砖到顶的平房，茅厕变成卫生间，用上了抽水马桶，灶火改成厨房。新村家家装了自来水，燃气也进入寻常百姓家，舒服是舒服了，亮堂是亮堂了，漂亮是漂亮了，但我却有一种说不出来的感觉。漫步在空心的老村，眼前一片断壁残垣，小胡同长满一人深的蒿子，破败的四合院里杂草丛生，只有那锈迹斑斑的烂锄头还挂在即将倒塌的房檐下，见证着过去。不见了袅袅炊烟，不见了辘辘古井和挑水人，听不见老牛的哞哞叫声，也看不见吃饭时候端碗扎堆侃大山的人群和街巷里跳绳磕拐打打闹闹的孩童们，这就是我日思夜想的家乡吗?

但是，老辈人留下的传统房屋的修造技艺，那些浸润着先人们血汗的智慧，那些个牛屋头烤火听瞎话故事的往事，上点年纪的老人仍记忆深刻。一打开话匣子，我熟知的叔伯哥哥们便滔滔不绝地诉说着过去的经历、传奇和带着神神秘秘色彩的故事。

我相信，这故事仍会一代一代传下去，直至永远。

铁匠炉子打铁花

老家相邻两村有两个铁匠炉子，当地人称铁匠铺。一个是本村王姓家开的，一个是张阁村吉姓家开的，都是我的叔字辈。父亲因早年是新疆农垦兵团里集车、钳、煅、铸于一身的机修队长出身，所以与铁匠炉子有不解之缘。闲暇时，父亲常带我去两家铁匠铺里唠嗑，有时顺便也练练手艺，所以我打小特喜欢铁匠铺里的气氛。

那年春节刚刚过完，冷不丁还能听见一两声鞭炮响。有一天，日头将要落山时，我随父亲到张阁村吉叔叔家的铁匠铺玩。两村间相隔也就一箭之地，老远就听见了“叮当，叮当”的铁锤声，清脆悦耳，接着，不紧不慢的大锤“嗵嗵”地响，伴着小锤的敲打，富有节奏，像大鼓一样震耳。

拐过街角，就看见那铁匠炉子里蓝莹莹的火苗“呼呼”地往外窜。铁砧子旁站着的吉叔叔，正用铁钳夹着煅打好的小锄头往水盆里淬火，一旁一个青壮劳力手掂大铁锤正在擦汗。那炉子旁有一个大风箱，一个十来岁的男孩，叫大现，在“呼嗒呼嗒”地抽送着，弄了一脸的黑灰，汗水顺着脖颈往下淌，脸上黑一道白一道的，我瞅着偷偷去乐。

铁匠铺是靠着堂屋的山墙搭就的棚子，不大，三面透风，能遮雨水，也就是靠墙的大风箱和紧挨着的土坯马渣泥垒就的火炉子和铁砧子，勉强能藏住三四人的头。角落里堆放着人们送来待修的农具、工具等家伙什儿。秃了尖尖儿的镢头，断齿的三齿耙、粪叉，砍庄稼用的大小镢铲，收割麦子、谷子的镰刀，折了钩的锄头、锄柄，给牛、驴、马钉蹄子的马掌铁，犁拐，犁铧头，烂斧头，砍刀，抓钉，泡钉等新旧铁器堆了不少。

我自告奋勇要去拉风箱。大现便憨憨地笑着，让开了拉风箱的位置。我两只胳膊抱着风箱杆子，我使劲拉送，那炉子里的火苗欢跳起来，一会儿就把一铁块烧得红通通的。父亲接过吉叔的铁钳，抡起小铁锤，“叮叮当当”指挥着大锤“嗵嗵”地一顿狠砸，一把小镢铲的形状一会儿就出来了。我两只胳膊累得酸酸的，汗也跟着出来了，用衣袖胡乱地擦擦，也擦成了一个大花脸，惹得众人乱笑。

铁匠炉子旁围了好多人，都在听父亲和吉叔商量正月十五元宵节里打铁花的事，说是废铁不够多，化不了几炉铁汁子水，玩不了几下子就没了。大家非常兴奋，七嘴八舌地乱开腔。这个说，俺家还有个烂锅，补儿回了，使不成了，赶明儿掂过来；那个说，俺家有把烂铁锨，烂桶箍，还有半截铁链子。有人献计道，生产队牛屋有几张烂犁面、烂铧头，外面还扔有半个牛车铁轱辘呢。

大家商量了一会儿，便有人张罗着准备去西南岭上挖黄胶泥，修造盛铁汁子水的坩埚。有人张罗着去西乡炭池上寻些碎焦炭，筹划再垒一个炉子，把王爷家铁匠铺的大风箱也弄过来。还有人立马弄过来一大堆碎铁在敲打着。大家都想快乐地闹元宵，齐心协力地忙乎开了。

掰着指头数日子，元宵节眼看就到了。正月十四，娘开始蒸馍做馍，枣花馍、兔儿馍、小猪馍、麦桩子馍蒸了一筐子，泡上粉条打算做粉条汤，我姐弟几个便喜气洋洋的，遍寻父亲回来喝粉条汤。听说父亲又去铁匠铺张罗第二天晚上打铁花的事，弟弟便蹦着跳着急不可耐地闹着要去看。母亲笑了说：“心急吃不得热豆腐，那铁花等明天黑透了才好看，今儿是正月十四，明儿月亮又圆了，恐怕是没有天阴黑了好看呢。”

于是，我和小弟就盼着日头赶紧下山，月亮千万别出来，盯着日头，心里默默地念诵。

落山的日头把西山照得金碧辉煌，一大朵云彩慢慢遮上来，盖住了半边天，日头拼命挣扎着伸出无数条腿，把天空打扮得绚丽多彩。母亲说：“今儿黑恐怕是天要阴了，老辈人说的有道理呀，‘八月十五云遮月，正月十五雪打灯’，去年八月十五没见着月亮，今年这老天是想闷一场雪了。”

正月十五这天，起床一仰脸，天果然就转阴了。到了下半晌，乌云就翻滚着压下来，黑沉沉的。大人们说，闷一场雪好呀，“瑞雪兆丰年”，今儿黑这打铁花肯定是好兆头，好看着呢。

天快黑了，我急着去邻村张阁看打铁花，又想吃那一碗汤圆。小汤圆虽只有四五个，但三两年也难尝一次，所以入嘴就感觉到那芝麻浓浓的香味儿，咬一口甜到喉咙眼里。顾不上烫嘴烫舌头烫喉咙，三下五除二，碗边舔个净，丢掉碗就往门外跑。

铁匠铺外的场子中间炉火熊熊地烧着，有人在不停地加着废铁和炭块，两只风箱由几个半大小伙子轮流使劲地“呼嗒”着，铁汁子水冒着泡，眼看要成了。黄胶泥糊就的小坩埚有好几个，一个一个都装上了六七尺长的细木把，还有两把装了长把的木锨，人们这个那个地在挥舞着演练。

人群里挤进两位邻村的肩背老笨装（方言，自制土猎枪）、喜欢打野味的一老一小，说是想趁化铁水汁子，顺便做一些枪弹子。有人说，你们忒会趁腿搓麻绳儿，这打铁花的废铁、碎铁还是我们各家各户找白头小雀似的对出来的，你们倒会想美事。年岁大一点的赶紧说，我们带不少废铁哩，不会亏欠你们，说着便掂出一小麻包的碎铁块交到了炉子上。

坩埚里的铁汁子水沸腾起来，火星子非常好看地往外迸溅着，绚丽而夺目。有人指挥着人群往后边退，大声地吆喝着清场，说是水火无情，烧着谁烫着谁了可是了不得。父亲和吉叔的棉袄棉裤外面裹上了一层烂衣裳，脖子上也扎了毛巾，戴上斯达闪棉帽和风镜，全副武装起来，酷似要饭的乞丐。

场子很快清理出来了，人们远远地站着。父亲操起长把的小坩埚，让人把铁汁子水倾倒进去，招呼远远站着的吉叔一声：“看好了！”双臂一扬，还没等我们看清，就听“嗵”的一声，火星子像下雨一样从空中飘洒下来，“哧哧啦啦”地响着，放射出五颜六色的火花。

人群呼地又往后退，有几个站前的人便大呼小叫，有人叫喊崩到脸上了，有人忙喊烧住脖子了，惹得众人直笑。

父亲和吉叔做了示范性表演，便有青壮年轮流操起长把小坩埚把铁汁子水往空中抛，另一边击打的几人眼睛瞪得溜圆，不失时机地击打抛出来的铁汁子水，一拨一拨又一拨。“嗵！”“嗵！”“嗵！”一连串的铁花如天女散花般爆开来，有一两丈那么高，把空中打扮得红通通的，飘下来又带着如小鞭炮那样的响声，如耀目的满天金星乱飞，煞是好看。

“嗵！”“嗵！”“嗵！”一朵朵铁花在空中爆开来，似几万颗流星在天幕上划过，又似无数只萤火虫在夜空中飞翔，如金蛇狂舞，如银练闪烁。这一朵花还没开败，那一朵花又在空中绽放，让人目不暇接。人们的欢呼声此起彼伏。

约莫有半个小时，那两位背着土猎枪的一老一小沉不住气了，跑到炉子边，嚷嚷着留下些铸枪弹子的铁汁子水。年轻一点的从挎包里掏出两只大青萝卜摆在地上，年岁大的便把那铁汁子水慢慢地浇到萝卜上，“咕咕噜噜”，铁汁子水像水银珠子似的滚到地上，由红到暗，就变成了一粒粒的霰弹枪子。

铁汁子水用完了，打铁花也结束了，人们意犹未尽。纷纷议论着，后悔着，废铁弄得少了，铁汁子水化得少了，看得不过瘾，没有电影上北京天安门广场放焰火来劲儿。赶明年一定多多存些废铁，多化些铁汁子水，好好玩一把，要玩就玩得痛快，玩得开心。

雪花说飘就飘了下来，纷纷扬扬的，一会儿地上就是一层白，村庄朦朦胧胧地披上银装了。我们踏着越来越厚的积雪，“咯吱咯吱”地往回走。那天父亲少有地开心，一路上讲了不少进军新疆的所见所闻以及坐飞机接收边防的事，让我们一群孩子像听说书人的故事似的惊心动魄，一直到半夜还兴奋得睡不着觉。

这是我孩童时期第一次看打铁花，也是唯一的一次看父亲亲自打，感觉父亲是那么的能干，那么的伟大。很多很多年后，我再也没见过打铁花了，也未再听父亲说打铁花的事了。

光阴荏苒,岁月一晃而过,这些年,老家宝丰很少听说有打铁花的。我想,这打铁花可是力气活,危险性也不小。可能是农耕时代的终结,铁匠铺、铁匠炉子逐渐消失了的缘故,也可能是因为湖南浏阳那边的鞭炮礼花逐渐渗透到了中原,虽然价格贵了点,但比起我们土法的打铁花进步了无数倍,打得高,花样又多。改革开放以来,逢年过节,政府和大企业组织过几次大的焰火晚会,人们把个县城挤得水泄不通。如今,放焰火成了稀松平常事,就连寻常人家娶个媳妇、开个业、庆祝个喜事,也买烟火礼花放着玩,于是这门传统手艺就淡出了人们的视线。

近闻大营镇重又拾起了老祖宗留下来的传统手艺,打了好几次铁花,还要申报非物质文化遗产。可喜!可喜!

伏牛山里铜器社

我的老家龙兴镇，在伏牛山的里面，一年四季青山绿水。也不知哪辈子兴下的规矩，大镇小村都有铜器社。穷一点儿的小村儿，一张牛皮张成大鼓，几副参差不齐的锣钹，再加一只领奏的小鞭鼓，便是一个蛮不错的小社。假若领奏的是个行家里手，伙计们又都配合默契，“咚咚锵锵”，听起来倒也是有声有色。财大气粗的镇子，就断然不同了，光那齐刷刷小树林一般遮天蔽日的旌旗，就让你惊得咂舌。都督旗，状如酒幌儿，四面八方都用绳索牵拽，由七八个壮实小伙儿轮流擎着，仰脸望去，像要插到云彩眼里去了；三角形的七星八卦旗，镶着锯齿形的白边，深蓝色的底子上画着怪异的符号，又像和尚道士做法事的道具；摇头摆尾的金龙，展翅欲飞的凤凰，似乎要从龙凤旗上腾空而去；还有那杂七杂八的青龙白虎旗，五颜六色的朱雀玄武旗，尤其让人眼花缭乱，目不暇接。那漆成血红色足有笸箩大的一对牛皮鼓，那足有四五十斤重的亮闪闪的大铜铙，那一溜摆开的七八副缀着红缨穗的钹儿，那用竹篾片挑在脖颈里颤颤悠悠的小堂锣，无不给你一种神奇莫测的感觉。这社呢，大多依附于社首庙头，财产自然是老百姓一滴血一滴汗的捐资。然而，乡亲们勒紧腰带也情愿出血拿钱，这里面自然有它的奥妙。

山里人没有见过大世面，十年八辈子难听一回弦子戏，逢年过节赶庙会，铜器社便拉出来了。一听见街上震天价响，人们便一股脑儿挤出家门，围在街筒子里瞧稀罕。平时不肯露面的姑娘媳妇们，也穿上压在箱底的花衣裳，打扮得花枝招展的，叽里喳拉地凑热闹。那些铜器队伍的打手们，十有八九是血气方刚的小伙儿，一个个把吃奶的劲儿都憋了出来。于是，戏剧性的场面出现了。跳入你眼帘的是一个个优美娴熟的舞步，钻入耳朵的是一阵阵惊天动地的轰鸣，那摇头晃脑一蹦三尺高的得意劲儿，那狠握双槌、只想把大鼓皮捣破的泼辣味儿，《一条龙》《三百捶》《撞倒墙》，一支曲儿紧接着一支曲儿，不能不使你热血上涌，神魂颠倒。

然而，最解渴的莫过于一年一度的赛铜器。几支铜器队伍凑在一起，那场面犹如千军万马在打仗。人们把铜器打得疯了似的，日出对到黄昏，日落干到天亮，蒸馍一篓一篓地往各自的队伍里头送。顶不住光气的，就悄没声，偃旗息鼓，溜之乎也。互不服气的便各不相让，骂街，吵架，争执，末了一场混战，连旗杆、鼓槌都用上了。得胜的主儿，虽说人人都蹭破点皮，挂上点儿彩，但年内铜器霸主的地位让他们又有了吹大气的资本，忘掉伤痛，忘掉饥饿疲劳，依然哼着铜器歌儿向乡邻表功去了。更不服气的输方，来年重整旗鼓接着干。我想，这便是粗犷的山里人对铜器社向往的一大因素了。

我是土生土长的龙兴镇人，自然对龙兴镇的铜器社有点儿缘分。然而，勾起我无限情愫的是铜器社的头儿，我的本家哥哥郭老三。三哥生得膀大腰圆，一副标准男子汉的伟岸派头，铜器打得棒，歌儿记得熟，一帮子小青年也服气他。自打他领着铜器社的百十号人连战三捷，龙泉镇便在方圆百里出了名。山里的妞儿们喜欢的是能顶门户的男人，于是三哥便备受女人们的青睐。兰兰，个儿小巧玲珑，有一双好看的丹凤眼，不胖不瘦，不高不低，是镇里挑尖的美人儿，平时一见三哥，长长的睫毛一挑，双辫儿一甩就躲开了。而在三哥脱掉小布衫，露出一疙瘩一疙瘩的筋肉，忘情地挥起双槌时，那一双丹凤眼却火辣辣地一动不动地盯着他，使他狠命地舞动双臂，浑身有使不完的劲儿。镇首知道了这事儿，便以长者自居，硬性保媒。不知情的乡亲们齐夸三哥与兰兰是天作之合。新婚之夜，小两口尚未温存，三哥便被镇首派去焦家沟赛铜器。唉，端人家的碗受人家的管，三哥只好恋恋不舍地让兰兰一人独守空房。就在这天深夜，不幸的事儿发生了，新娘子含愤上吊自尽了。太阳刚刚露脸，人们围在兰兰的尸首旁啜泣唏嘘，三哥的一双眼布满血红，只是愣愣地站着，望着兰兰恬静苍白的脸庞发呆。当天夜里，镇首家里不明不白地起了一场大火，三哥从此无影无踪，我再也没有见到他了。真相大白，镇首那老淫棍早就对兰兰垂涎三尺，那天他调虎离山，剥夺了三哥的初夜权，把兰兰糟蹋了。唉，郭老三走了，铜器社散了，龙兴镇自此冷冷清清，再也听不到震天响的乐曲声了。

近闻龙兴镇的铜器社又闹了起来，新人新手，居然在县城比赛中夺魁，这不能不勾起我的无限情怀。是啊，如今政通人和，风调雨顺，春风又挟着春雨进了伏牛山，乡亲们安居乐业，是该风光风光了。

（作于 1986 年）

曲子窝

从老汝州流下来的汝河，南岸山岭蹉跎。蟒川西边是山，半扎东边是岭。这岭逶迤东南延伸到宝丰石河岸边的大小店头、郜湾五龙庙、官衙魔冢营一带，形成有名的四十五里“虎狼爬”。岭上乱石嶙峋，荆棘丛生，是靠天收、兔子不拉屎的地儿。多少年来，岭上大大小小十几个村庄的人们，靠着“虎狼爬”沟沟坎坎里土薄石头多的山岗地过生活。地薄，收成赖，地面却广袤。种麦时，这石头蛋地是靠人工手撒的麦种，耙子耧耧，随墒情出苗，那麦苗东一片西一片，像秃子头上的头发一般稀。春上抽穗的麦穗头如大苍蝇一般，麦棵子和脚脖子一般高，一脚踢不倒。遇春旱，农人便长叹一声，这种子看来是收不回来了。当地人流传下来一段歌谣：“从半扎到官衙，四十五里虎狼爬。好男莫在岭上走，好女莫往岭上嫁。”秋天，岭上却好收绿豆。雨水多了，一连阴，绿豆棵子便疯长起来，豆荚一簇簇的一泛黑，家家户户大人小孩齐上阵抢摘绿豆。岭上的农户见有了吃喝，便遍邀亲朋好友来家看戏吃豆面条。说是咱家今年豆子收了，来咱家看戏吃豆面条吧，咱庄子上眼看起庙会了，戏台都拾掇好了，叫了名角，那唱得美着哩。一到晚上，岭上的农人们一边忙着繁衍下一代，延续香火，一边还要张罗着拉弦子练腔唱戏。“吃罢饭没有事儿，咱商商量量哼曲子。”曲子戏成了他们的至爱至迷。要问今儿黑地儿唱啥戏哩，有人就说是《卷席筒》，有人说是《苍娃解洛阳》，还有人说是《曹保山中状元》。一出戏被人们冠上好几个戏名，你要想打破砂锅纹（问）个到底，人们总是很自豪地说，俺这里可就是“曲子窝”，那戏里名堂多了，大人小孩儿随便都能唱上一出。

这“曲子窝”就衍生在“虎狼爬”的岭南岭北，宝丰与汝州交界处的商酒务、观音堂、赵庄和小屯街、半扎、蟒川等乡镇这些山区和半山丘陵的贫瘠土地里。在同一片蓝天下生活劳作、走亲串友、抬头不见低头见了千百年的人们，虽分属两个不同的县域，旧时却受同一个州治管辖。这一带婚丧嫁娶、起房盖屋、扬场放磙等生活生产习惯几无两样，方言土语一出口，就知是喝汤吃馍大那锅台邻庄没几里地的小老乡，三攀两不攀，上三代都是老亲戚。这个是三姑六姨九大婆、八竿子打不着的老亲旧眷，那个是驴尾巴吊棒槌、几代前一个老坟、同姓称叔叫老爷的宗族同门。更让人唏嘘不已的是一开腔那语气语音全是一个腔调的翘舌音，成就了同一个爱好，那就是好唱好听曲子戏。

走进田间街头，一声长腔就飘过来了，“吃罢饭当时不饥，正东走腿肚朝西。俺上那焦楼寨上去看戏，戏台上正唱着《淘气赶驴》……”老汉肩扛着锄头，哼哼唧唧拉着肉弦子，现编热卖的路戏唱得有声有色的。

小时候我没少看俺村曲子戏窝班的戏，《淘气赶驴》《货郎翻箱》《卖苗郎》《卷席筒》《祭塔》《余宽休妻》等。演员一水儿男人，坤角儿也都是男扮女装。记得扮演曹张氏的商酒务有名男坤段大斗蹲在台角装模作样撒尿，毛巾浸泡上一包水，塞在腿弯处，猛拧一下甩台下观众一脸，惹得大家哄堂大笑。那时的曲子戏大都是土作家写的富有生活气息的戏剧故事，家长里短，邻里纠纷，多是广阔农村的生活场景小戏，基本没有蟒袍玉带、扎靠插旗、舞枪弄棒的朝代戏和武打戏。角色无非是扮恶婆贤媳的坤角儿，插科打诨的小丑混混，文雅读书的秀才小生，老态龙钟的员外家院，贤孝守节，幽默逗趣。顶大出个县官也大多是糊涂官判糊涂案。奢侈点的大戏如公子落难中状元，小姐赠银后花园，痴心女遇负心汉，《陈三两》和《秦香莲》。小故事折子戏行头服装简约，村上凑钱也置买得起，故老百姓们戏称说是“针线笸儿里的戏”。俗是俗了点，但因贴近百姓接地气，人们反而欢迎极了。

“狗走窝子驴拴驹，兔子跑羔猫叫曲。老母猪打圈儿牛漫群，老公鸡压蛋放哩是屁。”农人们闲暇之余把动物交配也编成戏词名堂，随便哼唧。这词俗是俗了点，黄是黄了点，但在那文盲遍地的旧时农村，似乎比更粗鲁的日常用语还文雅多了。有人把光棍汉赶庙会编成了一首生动的曲：“夜儿黑光溜溜上了床，咋一梦就梦见俺孩儿他娘。孩儿娘哭哭啼啼想赶会，咱急慌忙把驴车赶紧套上。嘚儿喔一声鞭子响，咕咚咚一家三口来到庙上。眼瞅着一顺溜包子油馍锅，羊杂可隔老远闻着喷儿香。急慌慌包子油馍吃了一肚子，没到家呼呼拉拉屙了一裤裆。梦醒来摸不着孩儿他娘，屁股下连屎带尿弄脏一床。”光棍汉做梦，想的是包子油馍和孩儿他娘。这戏词不由让人开怀大笑，细思起来也让人心酸酸得难受。农人一辈子盼的是娶妻生子，包子油馍是他们一生中最高的奢望。据老人们回忆说，解放前国民党河南省政府曾明令禁止过曲子戏，说是低级庸俗，有伤风化。但是人们从没把这禁令当成一回事，一到农闲月或春会时，三里五村仍然要搭戏台，差不多的村头场院里都有个土戏台，加固、添土、平整、栽捞杆，一下子便热闹起来。大镇有戏楼，商酒务北头和南关各有戏楼一座，几里地就看着威风凛凛的。台上土鳖灯点了好几盏，有专人守灯添油，戏唱下来，演员的鼻孔都被熏得黑黝黝的，唾沫里也带着黑丝。那灯光昏黄昏黄的，看不清唱戏人脸上的表情，人们倒还是兴致勃勃的，乐此不疲。

中华人民共和国成立没几年，农人日子稍有改观，经济宽裕了，先进的汽灯便挂上了舞台，那光便雪亮如白昼，台上演员的鼻脸也清晰了。喜怒哀乐形于色，便注重化妆打扮起来，行头也讲究了，八仙过海各显神通，买头饰借戏箱，品质一步步提起来。舞台上的灯是亮了，可就是中间得卸下来打气，汽灯的核心部件纱罩说烧就烧了，戏停下来，有几个老把式就扎堆拾掇开了，满场人盼着汽灯赶快重新亮，急得台后的演员们搓手顿足的。灯亮了，唱家窜出场，在台子上转了一圈又一圈，伴奏的头把弦瞪着眼，忘了该接哪段，便有人提醒说：“满舟、满舟”“阳调、阳调”。演员也迷瞪了，张嘴忘了戏词，“吃罢饭当时不饥，正东走俺腿肚朝西”，把日常的路戏都吼出来了。

新中国成立后国家一派新气象，曲子戏也从低俗走向文明，传统戏被筛选去粗存精，现代戏逐渐入眼入耳，《兄妹开荒》《白毛女》《山鹰》《三月三》《社长的女儿》《江姐》《游乡》《卖箩筐》《掩护》《传枪》等新老交替，戏词规范。到了“文革”，老戏缃被烧了，村村普及样板戏，村村也都争先恐后移植《沙家浜》《红灯记》，词是新词，调却还是老调，一溜水儿的曲子腔曲子调不改，依然是“阳调、渭调、大汉江、小汉江、一扭丝、剪剪花儿……”老百姓听惯了唱惯了这腔这调，像吃臊子面肉浇头一样顺着喉咙眼就顺下去了。

这里的老百姓过去最崇拜的是戏子，说是有腔去唱戏，没腔窝家里种地。哪村都有一两个唱哩好的角色，因为对戏风俗，也老是东村请西庄叫的，名曰“叫角儿”，角儿唱罢戏回来还背回来半布袋麦子，也够磨一套白面了，既神气又让人眼气。后来外埠的女演员登上舞台，十里八村便轰动开了。说的是高皇庙戏班有个开封来的名伶叫二凤，要个儿有个儿，要样儿有样儿，扮相俊美，嗓音甜蜜，二夹弦唱得好，到了曲子窝里，入乡随俗，曲子、梆子戏都唱，唯独曲子戏唱响了。便有几个戏迷撵着庙会头儿背着干粮看二凤的戏。到了晚上还想看连灯烧，无奈干粮硬邦邦的啃不动了，只好凑了几毛钱去庙会吃食摊上舀碗羊杂汤泡馍。钱递过去，掌柜的问：“吃啥？”那人忙连连说道：“来碗二凤，来碗二凤！”一时成为十里八村的笑谈。据说某村有个叫狗剩的光棍汉，是二凤的铁杆粉丝，新麦下来自己连花卷都不舍得吃，却蒸一布袋白面馍，蹲在戏台后面等二凤煞戏卸妆，一布袋馍扔给二凤，看看二凤，就说一句“唱哩真美”，手指头也没敢碰一下，就心满意足地回家了。在那缺吃少穿的年代，这戏迷的代价不可谓不珍贵。我想，也正是有这大批大批的戏迷戏痴耕作着这块土地，才成就了曲子戏这一贴近百姓、贴近生活的戏曲剧种。

说起曲子戏的历史，应该也是很久远的。旧时，这地方村村寨寨都有结社习俗，牛王社、火神社、观音老母社这些社会组织都有公产庙地，闹社火、唱大戏、赛铜器，便是年终岁初人们最企盼的日子。锣鼓声，丝竹管弦声，高一嗓低一嗓的曲子腔响彻这片神奇的土地上空。据志书记载，远在清代乾嘉道光时期，曲子戏由洛阳传入当地。初时为地摊戏，三五人围一八仙桌坐唱，类似说书艺人，又与说书艺人不同。说书艺人是一人说唱故事，装扮各类人物，曲子戏是多人演唱，一人扮一角色且有行头演绎故事，所以又称“故事戏”。到了光绪二年，地摊戏已满足不了愈来愈多的观者，商酒务镇韩庄村便有人撺掇绑上闹社火的高跷来唱，以便满足更多的观众，俗称“高跷故事戏”“高腿曲子”，一时风靡“虎狼爬”岭南岭北。这“高腿曲子”延续了好长好长岁月，大概于20世纪30年代搬上乡村土台，逐渐演变为舞台剧。有说是汝州王寨的同心社率先于1926年搬上舞台，有说是宝丰木中营的赵法、臧碰几人于1931年搬上舞台。至于两地曲子戏搬上舞台先后时间是否准确无误，其实并不重要，重要的是传承久远的“高腿曲子”仍然活跃在“虎狼爬”岭南岭北这片土地上，由地摊到走高腿再到搬上舞台，这三部曲的嬗变都是在这古老的土地上完成的，诠释了汝、宝两地人们同饮一河水、一衣带水的文化底蕴和乡音乡情藕断丝仍连，不管行政地域如何变更，人们的习惯习俗仍然一脉相传。据龙泉寺村老艺人齐长河回忆，抗美援朝时他随国内慰问团到朝鲜前线慰问志愿军，专为将士们表演“高腿曲子”，在一米多的高跷上，边唱边舞，空翻、劈叉等绝活引起阵阵喝彩声和雷鸣般的掌声。在上甘岭前线，战士们高兴地把他抬起来抛向空中欢迎他。如今他和赵官营村杨拉等老一辈艺人又把这艺术传给了下一代乃至下下代，很多很多十几岁的娃娃们也穿上高跷戏衣，兴致勃勃地传承着，家乡的土地里仍然在怒放和繁衍着“高腿曲子”。如今的宝丰，高腿曲子与舞台曲子这姊妹艺术花开并蒂，从观音堂的罗顶，前营的店头、关帝庙，商酒务的焦楼、泥河樊、龙泉寺到赵庄的任寨，已经扩展至杨老庄、枣庄等远离“虎狼爬”岭的村镇，成了越来越大的曲子窝了。

旧时的这片贫瘠之地，还是诞生了不少省内著名的曲剧艺术家，据《宝丰戏曲志》介绍，商酒务的白永伶（小名白牛娃），观音堂的刘道德、徐文斌，龙泉寺的王和尚、郭申等一批演员和城关的李涵道、王更臣等著名琴师享誉省内外。民国三十二年（1943年），白永伶和李金波迎合抗日高潮一起创建的“抗建剧团”是河南省第一个职业曲剧表演团体。民国三十五年（1946年）八月，更名“新生曲剧社”，是郑州市曲剧团的前身。据不愿透露姓名的人士说，唱响《卷席筒》的某知名演员曾是白永伶先生的亲传弟子，可惜师徒在那个特殊年代嫌隙结怨，而招致白先生愤而自尽。白先生的儿子白有才、白喜财和侄子一直在省曲剧团服务至退休，喜财前两年还赠予家乡郭支书他珍藏了几十年的老唱词《蚂蚱经》：

蚂蚱精，蚂蚱精，
蚂蚱本是土里生。
蚂蚱只活八个月，
一霜打哩直楞腾。
青头蚂蚱得下病，
蚰子慌忙请先生。
请了一位麦大夫，
抓那一副土骨灵。
喝了汤药没治好，
绿豆棵下丧了生。
老鸹飞着去报丧，
蛤蟆急忙来打更。
一百蚂蚁来守孝，
蛛蛛慌忙扯灵棚。
灭儿瞪着那灯两盏，
两个蛴螬来上供。
两个蛴螬把供上，
四只白蛾来念经。
一群蚊子来吊孝，

还礼还是磕头虫。
搬螬（田鼠）洞里把麦淘，
土驴子曳磨一阵风。
磨的面，白生生，
屎壳郎孪蛋把馍蒸。
蹬倒山，心里惊，
借来桌椅和板凳。
臭斑虫，把菜端，
蛤蟆倒酒两三盅。
酒吃三巡菜五味，
众客告辞要起灵。
起灵本是先点纸，
响器吹打真是痛。
金金花扛着大笛子，
蚊子吹的是卷脚笙。
节节虫敲着那“㖞㖞”尺，
达达虫拍着“嚓嚓”呯。
四根出串揍杠子，
一根长虫打刹绳。
蝎出溜打路祭，
后边虫蚁放悲声。
秋了哭哩啦啦叫，
蛐子哭哩仁义情。
蛐蛐哭哩如酒醉，
马唧了吊孝放悲声。
蝎子扛锄头前走，

蝎出溜拉灵随后行，
小蚂蚱手里拿老盆，
贴着棺材紧跟行。
螳螂扛着大柳幡，
又拿老盆头上顶。
兔子看哩好茔地，
老鼠打哩深墓坑。
青头蚂蚱旁边站，
布袋娘娘扑棱棱。
死一只蚂蚱身威风，
地下虫虫都数清……

这唱词也真是土，土得掉渣，也真是俗，俗不可耐。城里人写不出来这玩意儿，也唱不出来这味儿，体会不了戏词的本意，唯有这片土地上的人才有如此状物类比的生活。细思细品，它折射出了农耕时代农人一辈子生活的归宿，反映出一个时代汝河南岸“虎狼爬”岭农人的辛酸和无奈。再见到那位拉着肉弦子哼着曲子戏的老汉，他嘴里的戏词变了：“他大舅他二舅都是他舅，一头驴两犋牛都是牲口。走两步退两步不如不走，一巴掌伸出来是五个指头……”

曲子窝的人们爱家乡、爱生活的热情溢于言表。

纺花车和织布机

“月奶奶黄巴巴，爹织布娘纺花。买个烧饼哄娃娃。爹一口娘一口，咬住小孩的小指头……”奶奶一边“嗡嗡”地摇着纺花车，一边哼着小曲哄我入睡。

睡梦中的月亮地里，奶奶捧着一个焦黄焦黄的热火烧，双手倒腾着，嘴里哈着热气，正要递给我吃，父亲和母亲不知从哪里抢过去了，我双脚跳着大哭。

昏黄的煤油灯下，奶奶一边拉上被我蹬掉的被子，一边喃喃道：“这孩子又做梦了。”

醒了的我便问：“说是爹织布娘纺花，咋光看见娘和奶奶又织布又纺花呢？”奶奶说：“你爹会打铁，会造机器，城里去干活挣钱给你买火烧吃哩。”于是我便又在奶奶“嗡嗡”的纺花声中甜甜地睡去，想重做那吃火烧馍的梦。可那火烧梦再也没有出现过了。

我家有两架纺花车、一台织布机。一架纺花车在奶奶的小屋里，天天晚上“嗡嗡”到半夜。一架放在堂屋的顶棚上，到了农闲季节，娘不多下田了，才让我爬上顶棚取下来，也和奶奶一样“嗡嗡”地纺起花来。织布机支在堂屋门口右侧，安上经线，娘就抽空坐上去，两手推框，双脚踏板，“哐当、哐当”“哗啦哗啦”地双手穿梭，布就神奇地一寸一尺地织出来了。眼看着天要转凉，一家人的棉袄棉裤全指望奶奶纺出来的花、娘织出来的布呢。

1963 年的秋天，刚满 10 岁的我到前院本家叔叔家看花媳妇。本家德现叔叔和姑姑父母早亡，姐弟俩苦熬岁月，终于熬到姑姑出嫁、叔叔娶亲，算是熬出头了。花婶婶叫刘凤仙，刚满 18 岁，叔叔已 29 了，小了近一轮。叔叔刚娶亲那几天晚上我和小伙伴们经常待在花婶婶家闹花媳妇，一迭儿声地叫“花婶子”。我娘挺担心地说：“新媳妇年纪恁小，不知道会不会过日子？”第三天中午去吃新媳妇擀的面条回来后，娘一连说可中可中，是个会过日子的人，面条擀得细咛咛的，会扎花会织布，九岁就会纺花了，手巧着哩。娘在女红方面在村里素来也是“领军人物”，把我们一家人总是打扮得光光鲜鲜，能得到娘认可的小花婶婶肯定也不简单，我心里想。

在那个吃粮凭粮票扯布凭布票、生产力低下物资匮乏的年代，农人全得为吃饱穿暖而辛苦劳作。男耕女织是中原一带农村约定俗成的习惯，一家人的衣裳、鞋帽、袜子全靠家庭主妇操劳。那时每人每年发一丈二尺布票，能到供销社扯布，可农村有相当多的人家却无扯上三五尺“洋布”的钱，穿戴全靠纺线织布。生产队里年年种上三二十亩棉花和苎麻，为社员们解决穿衣问题和穿鞋问题。纺线织布、糊袼褙、纳鞋底是农村妇女们的头等大事。

当地流传着一个父子爷俩砸纺花车的故事，美丽而又辛酸。

说的是人民公社大集体时，冬天来了，一家四口人，婆媳在家纺花织布，父子爷俩一起在十公里开外的水库工地上工整整三个月了。一天傍晚喝罢汤歇罢工，儿子想媳妇了，找到爹说，想娘了。爹心想，这孩子心眼倒不少，想你媳妇就是想你媳妇了，往你娘身上扯白啥哩。不过，老头也想老伴了，就坡下驴地说，中，我陪你回家看看。父子爷俩迈开腿，黑灯瞎火地就往家里奔。

村头的三间草房里，昏黄的煤油灯下，婆媳二人各各支开纺花车正在“嗡嗡”地纺着线，心里正挂念着各自的男人在工地上可曾吃得饱睡得香。冷不防各自的男人却回来了，也是喜从天降，都想和男人说上两句体己话。婆婆看看媳妇，媳妇看看婆婆，张了张嘴都无法先开口先站起来，婆婆害羞，媳妇也害羞，互相揣摩咋办呀，就是不敢带个头，纺花车仍旧“嗡嗡”地摇起来。

小伙子娶亲才半年，和媳妇分开了三个月，想媳妇那可是想得疯了似的，屋里走院里，院里跑屋里，搓手蹦脚，急得如热锅蚂蚁。爹呢，心里急也得沉住气，一把年纪了，总不能比儿子还猴急，坐在板凳上一袋一袋呼噜噜地抽着水烟，大声地咳嗽着。

一个时辰过去了，又一个时辰过去了，眼看大半夜了，纺花车仍在“嗡嗡”地转着，婆媳俩谁也不好意思先站起来。小伙子终于憋不住了，忍无可忍下对媳妇怒吼道：“纺！纺！纺啥球花哩！再纺喽我把纺花车给砸喽！”爹一听正中下怀，兴奋地蹦起来，高声叫道：“对，对，砸！砸！先把你娘的纺花车给砸了！”

这笑话在当地流传甚广，也折射出了纺花织布在农村的普及性、广泛性和重要性。

一到寒露，地里的棉花开成洁白的一片。女人们腰里束着布兜开始下地采摘棉花，生产队场房屋里堆出了小山似的棉垛。分了籽棉的社员们忙忙地跑去轧花去籽，有性急的就招呼起了弹花匠。

弹花匠来到村里，找一张大床就支起了生意。队里的会计室就老是传出如歌如鼓的“嘣嘣嘣”的声音。我们一群小孩子探头往里张望，只见弹花匠鼻子上蒙个手绢，腰里别个两三指宽、半指厚的竹篾片，一根弯竹竿从背后绕过肩膀伸向前方，一根如细麻绳粗细的皮弦连着另一根弯竹竿两头，那两头粗中间细的弹花棰在他手上击打着弓弦，棉花就在弓弦周围跳跃起来了。那好听的声音就是从弓弦上发出来的。

“嘣”“嘣”“嘣嘣嘣”，弹花棰有节奏地欢唱着，那棉絮就跟着飞起来，越崩越蓬松，一坨一坨的皮棉逐渐融为一体。轻轻地碾压一遍，用高粱秆子为轴，搓成花捻，纺线的半成品就成了。

纺花车的构造很简单。右手摇的是一只用数片薄薄的木板和线绳撑起来的轮子，直径接近二尺，用丝弦带动左手的一支锭子。铁锭子一头插在可随意调整间距的木架上，一头尖尖的，有隐隐约约可见的螺纹，用以抽线。冬夜，女人们伺候一家人喝罢汤，就忙忙地坐下纺线。一把花捻纺完就形成一支线穗。线穗积累得多了，就过到线撑上，一拐一拐，存起来。

花婶婶刘凤仙儿三天两头往我家跑，找我娘商量一起浆线、络线、经线、上机安布的事，妯娌俩成了忘年交。

过去农村有句俗话流传很广，说是“扎花描云不算巧，织布纺花是两巧。只见大车拉白布，不见车上拉花草”。扎花描云的刺绣是农村生活中的奢侈品，是大户人家玩的玩意儿。而纺花织布则牵涉到千家万户的穿衣必需，是每个女人必会必做的手工活计。

纺好线后，该浆了。浆线的原料是麦子面烙成的薄烙馍，也可半生不熟的，切碎后放在半截小缸里用热水泡成浆样，然后把线放进去浸泡，并反反复复地揉搓捶打。那线儿吸收了面浆水，逐渐显得光滑牢固了。在木架上晾晒半干，用光滑的小木棒挂住线圈儿，用力地往下甩、往下绷，绷挤出水分，线便更加有柔性有韧劲，也更光滑了。

我家是个小小四合院，东西厢房是半坡扇儿，窄窄的院子是村里唯一的砖铺地，雨后清静无泥，房檐下常年挂一溜儿高粱秆握成的线圈儿，是过月儿、经线、印（有地方称刷）线、掏缯儿、闯杼的好地方。

经线除了纯白布外，还有做床单被套、做衬衣夏褂子的花格子布、花条子布，线儿就需要漂染。记得有次娘让我去双街供销社买颜料，反复交代我买“洋煮蓝”，千万别买“洋煮黑”。贪玩的我一路念叨着“洋煮蓝、洋煮蓝”，生怕忘了。谁知走走停停，看人家放羊人正在地里逮羊，不防跌了一跤，脑子猛一转弯，忘了是黑还是蓝了，口里就变成了“洋煮黑、洋煮黑”。我从供销社包回来颜料，娘下锅一煮线儿，蓝线儿变成了黑线儿。气得娘掂起小竹竿子就抽我，我吓得尥蹶子就跑，她追到大门外一迭声地骂，我心想你骂的还是你，我才不管哩，但硬是不敢回家吃饭。后来晚上回家，我强词夺理辩解说，你交代了蓝又交代了黑，走了半天脑子弄混了，你要不说那“洋煮黑”，我还不知道有这种颜色哩，我也买不错。我娘的气也消了，笑骂着说，反正总是要做黑棉袄、黑棉裤啥的，也没咋糟蹋线，她原谅我了。

雨过天晴，小院里热闹了。娘和奶奶、同院的二奶奶、前院的花婶婶刘凤仙儿忙忙地搬出线拐、月儿，一排排放在房檐下的线圈儿下面，借来生产队两只打场用的带很多木齿的掠耙放在院里两头，就开始经线了。初始我被抓了小夫往掠耙的木齿上挂线儿，后来就来回跑着拉线儿，跑得不亦乐乎。老人愈是夸奖我跑得快，我愈是兴奋，速度更快了，半天下来气喘吁吁的。虽然累得慌，但我感到好玩，也有成就感。

老旧的织布机结构并不复杂，是一个木床似的框架，一端的机头（当地人称为圣子）两头有个长木齿与机框结合在一起，控制机头的转动，上面一层一层布满经好、刷好、掏过缯、闯过杼的经线，隔一两层压几枝光滑的高粱秆子以防粘连。中间竖立的框架上两条圆木棒向下的引绳提拉着两只缯，由上方的引绳连接的另一端引绳牵引着脚底的两只踏板。双脚轮流踏下放起，缯便分出高下，均匀穿越细细缯眼的经线便张开了嘴，分为两层了。织布梭子从机杼后的两层经线中穿越，带着梭子中的纬线交错，机框“哐当”一声带动机杼向前挤压，布就一线线、一寸寸、一尺尺地形成了。我的小花婶婶真是一个织布能手，眼疾手快，只见她双手翻飞，穿梭往复，娴熟的动作如弹钢琴一般美妙。一天下来，可织一丈五六尺那么长，织得又快又密实。那花条条布、方格子布卸下机后在捶布石上捶打得细瓷光亮。我娘轻易不夸赞人，看了小花婶婶刘凤仙儿织的布，逢人便说，还是年轻人有眼色劲儿，这布织得顶得上锦货棚里卖的花“洋布”了。

春节快到了,穿了一冬的棉袄棉裤脏了破了,有的地方还露出棉花套子。大人小孩都盼着过年换身新衣服。家里的女人心里有数，新衣早做好了在箱底放着呢，专等过年了穿上新衣串亲戚、观花灯、听书、看戏哩。

传统的土布纺织全是手工,从摘棉、出花籽到轧皮棉、弹花、纺线、络线、浆洗、经线、刷线、上机时掏缯、闯杼、吊机、栓布、织布再到结束时的了机等十几道工序，往往是三五个织布能手连明彻夜地联手协作才能完成。每道工序都浸透了女人们的心血和汗水。我不由感叹，昔日的家庭妇女付出了多少劳动，她们要生儿育女，要纺花织布，要裁剪缝衣，要纳鞋底做鞋袜，农忙时还得下田割麦收秋，为一家人的吃穿费尽苦心，累死累活，不到五十岁腰都弯了，一个个累成了小脚老太太。她们是当之无愧的伟大母亲。

五十多年过去了，社会在飞速发展，农村的传统生产生活发生了巨变。传统农耕时代的彻底了结，也使一些传统的原始手工技艺逐步消失殆尽。纺花车的“嗡嗡”声和织布机的“哐当哐当”声在农村里已经听不到了。

我的花婶婶刘凤仙儿，如今也老了，今年七十有六，但身子骨还是棒棒的。出身穷苦人家的她，从小练就了一副硬身板，不怕苦不怕累。如今光景好，没了一家人年年穿衣的重担，她的一身织布纺花手艺已无用武之地，但因闲暇时还要织上几坨布，手艺没丢反而越发巧了。她拼就的花布图案似云锦似蜀绣，让人难以置信是土布机织出来的东西。隔两年织一坨布，拼成床单，送这家送那家。她说，这老粗布吸汗，夏天铺上不沾身子，因是纯棉花的，冬天也保暖呀。

前几年，县文化局给她家挂上了“传统土布纺织传习所”的牌子，并把该项目申报为市级非物质文化遗产项目，而她也成了市级非遗传承人。花婶婶刘凤仙儿也很光荣很自豪，带动村里一拨闲着无事的年轻媳妇又重新做起来了。

村里少了几个打麻将玩纸牌的摊子，多起了纺花车的“嗡嗡”声和织布机的“哐当”声。但终因资金和销路问题，时断时续的，再也回不到五十多年前的那个样子了。

下粉条的日子里

农谚曰："秋分早，霜降迟，寒露种麦正当时。"收完秋种罢麦，天气就转凉了。夜里的一场寒霜打得满地碧绿的红薯叶子蔫了，枯了，太阳一晒叶子也泛黑了。庄稼人到地里一边捋红薯叶子晒干菜，一边扒出来土里胀臌臌露出来的红薯，一根根地打量着，双手捋捋泥土，"咔嚓咔嚓"就往嘴里送，心里就舒坦起来。

麦苗也出得齐地了，也该刨出红薯，磨红薯粉了。出红薯的那段时间，和焦麦炸豆天差不多，生产队里男女老少齐上阵，晒薯干的刨的刨、摆的摆，挑起马灯一弄就到了三更半夜。适宜保鲜的，各下各家的小私窖；留作来年红薯母的，挑挑拣拣放到生产队仓房院的大窖里。那些长得五大三粗、尖葫芦奔颅头的大家伙和有伤口的红薯便在小河里冲洗干净，粉碎成渣，用吊单细细地过滤出粉浆，舀进一口一口的大缸里澄清沉淀。第二天一大早倒出浆水，白生生的红薯粉摝出来，就用白粗布单子兜起吊在树上，成了一排一排的风景线。那些天，生产队社员们像打仗似的，个个忙得不亦乐乎，见面的头几句问候话便是鲜薯下窖了吗？粉子磨成收起了？红薯干没有被那夜的雨淋着吧？一年红薯半年粮，地处山岗薄地的农民大都靠红薯生活呢。

粉疙瘩像卫兵似的放在房檐下阴干着，太阳出来，一领一领的席子上晾晒着洁白的粉面，单等冬至后的三九天下粉条了。嘴馋的孩子们便幻想着那热乎乎的粉条汤和爽口的凉拌粉条，盛在碗里不用扒拉就顺着喉咙眼到肚子里了。

冬天很快来了。小河的水冻了一层薄冰，温度已在零下徘徊着，大人小孩的手揣在袖筒里，嘴里的热气呼出老远，下粉条的日子到了。

生产队照例开了社员大会，抓蛋蛋排顺序，一家一家轮着来做粉条。一口袋一口袋的粉面送到粉坊里，早就准备好挂粉条的二尺多长的木棍杆子成捆放在大锅灶旁。两只光滑釉面的小排缸刷得干干净净，缸里一个长把葫芦瓢上闪着十几个透亮的眼，又叫漏瓢，是下粉的主要工具。灶台一侧用几片琉璃瓦铺上，连着下粉条的一口凉水小缸，这下粉条的工具算是准备齐全了。

像樱桃好吃树难栽一样，粉条的制作程序也是一道工序又一道工序的。经过晾晒后的淀粉得过细箩，送进粉坊，还要先经过滚水勾粉芡，粉芡经八九成的开水搅成糊状，待凉至四五十度，能插进手时，再按比例掺进干粉和水和成粉团。这粉团需经反复揉搓捶打，直到捶打得十分筋道，用手拉起条状似的向下滑溜，不稀不稠不断线才算过关了。这道工序可是力气活，两三个棒小伙子束着围腰，挽起袖子，将几十斤又黏又连的粉团来回揉搓，个个弄得满头是汗。有时轮流上阵，同做砖瓦练泥和做陶瓷练泥相似，这练粉团是制作粉条最重要也是最费力的一道工序，需好长时间。大师傅文有爷根据感觉和经验，尝试抓一团放进长把瓢里，试着在滚开水的大海锅上下粉，那黏稠的条状生粉便似一条条圆滚的线下来了。如果断了线，还要加干粉重新练。粉团练成了，掌瓢的依然是队里那几个老技术范儿，他们神神气气地站在锅灶边垫高的台子上，手腕上的大毛巾和瓢把子连在一起，一手持瓢，一手轻轻捶打瓢沿，从瓢眼里一根根流下来的生粉条由粗变细，接触到滚水恰到好处地粗细均匀了。另一位师傅就在和粉团的容器缸里一团一团往瓢里续着，还不能断档。那和粉团的小伙子们还得不停地搅拌着捶打着，保持粉团的柔和筋道度。大锅就扑腾腾地滚着，粉条在锅里转了一圈便漂浮起来。

在大锅里煮熟了的粉条，被专门捞粉条的师傅用尺半长的竹筷子导引入锅边的凉水缸里，还得防止刚下锅的生粉与煮熟的粉条碰面，要不，生熟粘连就麻烦了。粉条在凉水缸里降温后，有专人一绺一绺盘起来串上木杆，一杆一杆挂在架上，单等着夜里温度降至零下四五度粉条冷冻了，这粉坊里的工序就算结束了。

如今想来，这下粉条也是农耕文明时代先祖留下来的生活生产手工技艺，也属于非物质文化遗产保护的范畴。记录它的全过程，也是记住先祖们的聪明智慧，记住那段难忘的岁月，记住那绵绵不绝的乡愁。

粉条上架了，要冰冻。夜半要起床往架上泼冷水，满街筒子里的风冷嗖嗖，禁不住那严寒，穿再厚的棉袄棉裤，一遇风就撞透了，扎骨嘟嘟地冷。粉条怕冻不透有粘连，有时要泼两三遍水才行，好在都是庄稼人，耐得住酷暑严寒，这些都不算什么大事。冻粉条，一是怕煮熟的粉条粘连并条，二是能更快地挤干里边的水分，使之干燥得更充分。

太阳出来了，风也小了，或是悄悄地停了。家家户户都把冰冻过的粉条挂出来晾晒。小河滩里，到处扯上了绳，一排排一行行粉条琳琅满目的，这家看看他的粉条粗细是否匀实，那家瞧瞧他的粉条是黑是白，能不能卖个好价钱。冻结厉害的，要用棒槌咚咚捶打，冰碴四处迸溅；也有没冻透彻的，得用手细细地捋开，以免并条了。人的手指都冻得通红如小红萝卜，放到嘴边直哈气。

到了小晌午，太阳正暖，一坨坨的粉条开化解冻了。人们便把席子铺开，防止碎粉条落地，然后用手一遍遍地捋，以使粉条更好更快地风干。

太阳西斜了，粉条也晾晒得干湿适中，一捆捆的粉条就打包往家里扛了。小孩们跟在大人屁股后面哼唧着打闹，嚷嚷着要吃粉条。大人言说到家就调拌一大盆子，滴上芝麻小磨油，让你们吃个肚子圆。当家的和媳妇说，这过年的大烩菜全靠萝卜白菜粉条撑门面哩，白菜萝卜粉条咱都有了，过年也不发愁了。咱割上二斤肥肉，蒸菜包子，拌饺子馅，能过个肥实年了。也有两口子打算着过两天去双街赶集卖粉条，张罗着给娃子们扯布做过年用的花衣裳。河滩里和街筒子里洋溢着喜悦和满足。

小时候吃粉条是我的最爱，如今我吃火锅照样不忘点上一盘粉条。我知道，放在餐桌上的粉条来得不易。从下红薯母、拔红薯芽、栽到地里、挖坑浇水施肥、松土拔草翻秧，到出红薯，磨成粉浆，过滤沉淀，制成粉疙瘩，晾晒后过箩成细细的粉面。这一系列忙忙碌碌的操劳，是一道道的工序，每一道工序都凝聚着劳动者辛苦的汗水，也彰显着先辈们传承下来的心血，是心血和汗水的结晶呀。

谁知盘中餐，粒粒皆辛苦。我想，我们不仅要珍惜这劳动人民的心血，更要把祖先传承下来的这看似简单实则蕴含着无穷精神财富的生活生产技艺传下去。这是我们这一代人的责任和义务。

乡愁，当如此。

老家的豆腐坊

老家泥河是个傍河靠岭的小村，有一百多户人家。一因樊姓人家最早在这儿结庐生活，二因小泥河绕村而过得了名。河北岸的竹林和村子搭界的地方有口老井，那井水夏天冰凉冬天暖，喝起来甜丝丝的。乡亲们说这井水是老龙沟下来的山泉水，经竹林里数不胜数的竹子根浸泡，清澈得不能再清了，用铁锅茶壶烧水多年无垢无锈。说也奇怪，一遇霜雪冰冻天，井口就冒出来一股一股的湿热蒸汽来，打上来的水暖暖的，井台周围丈把远的地方没落下过一片雪花。三九天早起打上来的水，挑到家里洗脸洗手仍是热乎乎的。

这口水井的水好水甜远近是出了名的，用它制作的豆腐自然也是名声在外了。五十多年前，生产队里的豆腐坊可是红火了好多年，做豆腐的磨坊就离井台不远。

豆腐的原料是黄豆，每年秋庄稼红薯、玉米是保命的主粮，生产队种的量最大，芝麻、棉花、谷子倒成了主粮的点缀，唯黄豆是队里副业的命脉，一块一块二三十亩的黄豆成片连方，种的也不少。待到豆子一结荚，那蛐蛐儿和蝈蝈儿便在豆棵下面吱吱地唱起来，为斑斓的秋色平添不少情趣。收割豆子的时候，大人小孩们捉蝈蝈儿逮蛐蛐儿，用狗尾巴草串成串串带回家。还没下工，有急性子的便在地头拾把荒草柴火烧着吃起来，弄得灰头土脸的，满地里都是笑声。

豆子收回来后，新豆子的香味便弥漫在磨坊里。生产队里那头叫驴两眼便放出光来，一迭声“呃啊，呃啊”地尥蹶子撒欢儿，冷不丁伸出脖子偷一口，打个响鼻，又“呃啊”地叫上两声。待被套上套，挂上碍眼，一声“嘚儿，驾！”石磨便呼呼地转起来，那冒着沫儿的豆汁儿便从两扇石磨缝里均匀地淋下，流进石槽里。

石槽边支着用粗纱布张就的过滤吊单，一桶豆汁倒进去，队里最有技术范儿的文有爷便张开双臂，有节律地上下左右晃动，把豆渣一遍一遍地过滤出来。这活儿也是眼色活，一边晃着一边搅动一边用大马勺往里边添水，直到下面的豆浆汁儿变淡变清，就算过滤干净了。这豆渣就交给了喂牛的饲养员，一缸一缸储藏在牛屋里，当作耕牛的饲料。

煮豆浆的老海锅是人民公社大食堂留下来的，比网包圈还大。锅台下烧的是竹毛子和烟柴，火苗噼里啪啦地响，呼呼地冒出来，过滤好的豆浆很快就“扑腾腾”地滚了。很快，那香味醇醇地扑鼻而来。

正是“快干大上”修建焦枝铁路的时候，铁四局五处架桥队在小泥河建桥，驻在了俺村。队上的工程师两口子闻香而来，站在一旁看了老一会儿，看着浓浓的豆浆，白里泛黄，黄里泛白，透着香气，便咽一口水，小心翼翼地询问能否让他们喝一碗。

德现叔是生产队长，很大方地说，自家地里出的，想喝你就喝。那工程师的老婆扶了扶眼镜，从挎着的白帆布工具包里掏出饭盒，感激不尽地舀了一盒子，掏出一毛钱就往锅台上扔。队长好像受了侮辱似的，脸红脖子粗地扔还给她说，你要拿钱，就把这豆浆水子给俺倒回锅里。

那两口子脊背上挂着“反动技术权威”的白布条子，刚刚在工棚里挨批斗回来，男的似乎还挨了打，帆布工作服衣袖扑扑闪闪像被撕破了，一脸的谦恭。

女的愣了一愣，看看男人。男人连忙哈腰，南方话口齿不清，“谢了谢了”。女人摘下眼镜往衣袖上擦了擦，赶紧接过来那皱巴巴的一毛钱，两口子千恩万谢地走了。

后来听房东婶婶说，两口子工资被扣发了，孩子不够一岁就没奶了，靠喝这豆浆补充营养。以后老是早上，两口子或一起或独个儿去舀豆浆，队里无论队长保管员还是烧锅的大人小孩都让他们舀上一饭盒。

不知何时，那锅台的里沿不知谁放了一纸袋子白砂糖。那年代白砂糖可是稀罕物，这个倒一把那个弄一嘴尝鲜，就是不懂放在豆浆里搅搅喝。多少天过去了，那勘探地质的两口子工程师带着孩子早走远了，大家才恍然大悟，那白砂糖是留下来的豆浆钱。

想起这一幕来，那“反动技术权威”两口子的身影如在眼前。男子风尘仆仆地扛着三脚架，手里提着个仪表箱子，两只大眼里带着忧伤。戴眼镜的女子挎个白帆布包，手里握着铝制饭盒，伸向豆浆锅，眼里满是兴奋的满足。我想，这两口子假如还在人世，怕也有八十岁了，他们的孩子也五十挂零了。不知他们还记不记得小村里的豆腐坊，记不记得热腾腾、扑鼻香的豆浆和做豆腐、豆浆的勤劳朴实的村民们。

煮熟的豆浆倒进缸里，加了卤水石膏，还是老练的文有爷点起豆腐来。点豆腐的工具是用一根棍子揳上一块有两三个巴掌大、一指多厚的木板子，一上一下在豆浆中翻搅。工夫不大，豆浆慢慢凝聚成团团的豆腐脑形状，豆腐和浆水就分离出来了。

舀进细纱布铺就的方形屉笼里，盖上木板放上大石头，浆水哗啦啦地流进水桶，等到流尽，那豆腐就算压制成了。

豆腐做出来了，卖豆腐成了让生产队长头痛的大问题。队里的老樊家族都是老实巴交的庄稼人，祖上没有出过做生意的，让谁拉着架子车走村沿街去叫卖，谁都不去也不敢去。有一个自告奋勇去叫卖的留儿叔，到晚上回来哭丧着脸，第一天拉走三个，拉回两个半，第二天拉走两个囫囵个儿的，头天的半拉只卖了一个角，还不如头天生意好，一算账，还赔进去了好几毛钱，死活不再出去了。队长急了，一连两三个晚上挨家挨户说合事儿，都未商量成。做好的豆腐一个一个放在仓房里，还怕老鼠啃了，只好分了吃。那几天生产队里像过节一样，家家户户凉拌豆腐，蒸豆腐馅包子，熬豆腐汤，着实让社员们过了豆腐瘾。

老辈人找着队长说，现今老百姓手里没有钱，咋能吃得起豆腐呢？豆腐换粮食也中啊，换回豆子直接磨豆腐，换回粮食卖到集市粮店不也换成钱了？再者，给卖豆腐人一点小小利市，别让人赔本做买卖。

三天后，队里开了社员大会，出台了新政策，抓蛋儿，轮着出工卖豆腐，换豆子换粮食都可。卖得好，一天下来工分照记，可能还赚三二斤豆腐吃。大家的积极性就高起来了。

“割豆腐——喽！”“黄豆换豆腐——！”“玉米换豆腐——！”一腔高一腔低，几个年轻男劳力跃跃欲试，在街角的会场上练嗓门儿，惹得男女老少开怀大笑。

生意就怕闯开牌子，一来二去，俺村的豆腐就出了名。一来豆子磨得细，豆渣过滤得干净，二来卤水石膏配得恰到好处，无杂质无邪味，白白净净的，压得又瓷实，人们戏谑地说可当砖块砌墙用。因此，远近出了名。

因为卖豆腐，队里还有不少笑话。开初有人进村不敢喊，喊出的声音似蚊子哼哼，出村无人了，嗓门儿亮亮的，大腔大调地吼，一腔能听二三里地远，惹得买豆腐的小媳妇撵到村外找不到人。还有的嘴皮子耍得美，能说会道，因为豆腐结下缘分，成了亲戚。也有豆腐没卖成的，和人吵了半天架，一赌气把豆腐掀翻在土窝里，空车子回来了。

那几年，生产队的豆腐坊开得热气腾腾的。牲口有了料，一头头膘肥体壮的，队里有了几个活钱，率先在村里购置了一辆小手扶，神气得很。隔三岔五，就是队里不分豆腐，人们也会端上一瓢豆子去换。社员们调侃说，豆腐成了咱过日子的命了。还有人会接着说，哼，要是碰上吃肉，你就不要命了。

我怀念五十年前那虽然清贫却快乐的岁月，犹记那豆腐坊里冒着腾腾热气的大海锅。那大海锅应该是大集体生产生活的见证物，可早已不见踪影了。

寻觅那口老井，那井口的青石条还在，只是井却干涸了，井里的淤泥快把井口填平了。我再也喝不到那清冽甘甜的井水了。

八车姜的三弦

“八车姜”，它是一把三弦的名字。一把三弦，竟然有那么美妙的故事。这故事我还是听它如今的主人说的，可见宝丰的文化土壤是多么的丰厚。

说的是清末民初，宝丰石桥镇有一富裕人家，老爷子喜欢吹拉弹唱，对大调曲子情有独钟。儿子自幼受其熏陶，亦痴迷于大调曲子，这就叫跟着啥人学啥人，跟着师婆子下假神。每到农闲节庆时候，父子爷俩共聚一堂，邀上三五好友，烟酒茶伺候着，《上小楼》《诗篇》《满舟月》《倒推船》等 100 多个大调曲子调门，玩得娴熟。《三国》《西厢》《红楼》系列唱段一个个唱得如醉如痴，真是一对父子曲友。每日里唱罢曲儿，还要拉开桌子，四碟八碗地宴客。吆五喝六，吃酒猜拳，和众多喜欢大调曲子的朋友乐呵上一阵子，也是视钱财如粪土的主儿。

话说有一年，地里种的几亩姜丰收了。老子让儿子雇上八辆马车往南阳贩姜，说是生意行里有消息说，南阳姜贵，拉到南阳可卖个大价钱。果不其然，儿子领着八辆马车来到南阳，不几天就把满满八车姜卖个一干二净。儿子把车把式叫到一起说：“你们先回去吧，给老爷子禀报一声，就说我还得在南阳待上几日，到客户家里讨要姜钱。等账收齐，就回去了。”

车把式回到石桥，便把儿子的话传给了老子，老头子听了自然满心欢喜。

谁知道少爷这个大调曲子玩友，一头扎进南阳的大调曲子茶社里，今日和这几个曲友唱《武松打虎》，明天和那一帮子弹《华容道》，唱罢做东请客，吃吃喝喝，通宵达旦。隔天又到一个地方和另外几个曲友摆开龙门阵，吹拉弹唱，切磋技艺，出手更是阔绰，整桌整桌地宴请，广交曲友，反正兜里有的是银子，一晃三个月光景就过去了，这少爷一数兜里的银子所剩无几，才想起回家的事。怎么办呢？一年几亩地收的八车姜，辛辛苦苦的收入几个月被抛洒得所剩无几，回家如何向老爷子交差？不换老子一顿暴打也要换老子多少天臭骂。这少爷苦思冥想，突然想起一计，老爷子喜欢三弦，且有收藏之癖，剩下的钱不如给老爷买一把上好的三弦带回去，或可免灾。

于是这少爷托曲友四下打听，从一落魄文人手里购得一把三弦，心里七上八下地背回了石桥家里。

老子见少爷风尘仆仆地从南阳回来，并且带回来一把三弦，连忙打开观赏。但只见紫檀琴杆闪闪发光，镶嵌着白玉的琴轴做工考究，上等蟒皮蒙着的琴鼓溜光圆润，用手拨弄音质纯净优美，大喜过望，连日连夜躲在厅房里摆弄不休，爱不释手。

翌日，老爷大宴宾客，向众曲友炫耀得一至宝，并当场演奏，乐得似得了荆州，把八车姜钱忘得一干二净。时间长了，这老头子想起了八车姜钱，询问儿子钱的下落，这儿子吞吞吐吐假装委屈地说：“都是为给你买这把三弦，跑遍南阳各县，试弹了几百把，优中选优，银子也花光了。”老爷子仍然沉浸在得了三弦的喜悦里，竟不追究。

一百多年来，这把三弦历尽人世沧桑，几经辗转，主人换了几茬，都是爱惜有加，仍然毫发无损，音质愈加纯美，都知道这把三弦叫“八车姜”。如今，在宝丰县颇有名气的大调曲子社里，传承人畅天赐手里弹的正是这把“八车姜”，八车姜仍继续传承着优美的故事。

仓巷街的诱惑

仓巷街，宝丰县城里最为久远的一条回民小巷。因穆斯林民族的饮食习惯，这里的牛羊肉大行其道，清真标识的旗幡随处可见，传统的美食美味弥漫着诱人的香气。多少吃货吃客趋之若鹜，如过江之鲫，天天车水马龙，吃客云集。

过去因为工作单位邻近这小巷，身为吃客的哥们几个，扭一扭就要来这里撮上一顿。孟子曰："食色，性也。"喜欢美食、喜欢吃吃喝喝的哥们几个臭味相投，在宝丰尤其喜欢的是绿豆炝锅面、羊肉汤和焦黄酥香的热火烧。而这三大美味，正是仓巷街的特点、特征、特色。三天两头里，我们就忍不住想往这仓巷街里钻。

今年因新冠疫情的肆虐，我老老实实待在家里，几个月不敢涉足外面的酒店饭店，但今天想起这三大爱好，我的馋虫就在胃里蠕动，食欲大涨，嗅觉、味觉一下子就高度灵敏起来。于是我的心就飞向了宝丰的老城，飞向那仄仄歪歪的老东街，飞向那老东街里更加狭窄的、容不下车辆出入的仓巷老街。

中午时分，乍一迈进这仓巷街，我就为之眼前一亮。半年光景，这变化咋这么大呢？说实话，原先的仓巷街，充其量就是一个稍宽一些的胡同，只能容下三四个人并肩步行，错个车子都办不到。从街口的这头一眼可望着街的那一头，一眼望穿。两旁的房屋，大都是清末或民国时期的土坯瓦房或小青砖房，高矮错列。如今经过改造粉饰，柏油铺地无比洁净，两旁青砖砌就的墙壁，古朴的门头门脸，有古色古香的感觉。原来左手边一座不大的清真寺，如今也焕然一新。这个供街坊居民礼拜的清真寺，有阿訇在此主持礼拜及宰牲事宜，也是回民朋友日常议事聚会之地。清真寺的院子里赫然立着一通石碑，上面记载着仓巷街回纥族平定安史之乱的辉煌过去。原来唐代李隆基在位的天宝年间，安禄山、史思明反叛朝廷，史称“安史之乱”，李隆基仓皇逃往蜀地途中，于马嵬坡赐死杨贵妃，已成惊弓之鸟。唐肃宗李亨即位于灵武，并封皇子李豫（后登基为代宗）为天下招讨兵马大元帅，讨伐叛贼。李豫起用武举出身的太原太守郭子仪为朔方节度使，率兵勤王。郭子仪在兵弱将寡的情势下到西域搬到回纥兵，南征北战，最终收复安禄山老巢——洛阳，取得了平叛胜利。战争后的回纥兵将一部分回到了老家——如今的河西走廊和青海一带，一部分厌倦了游牧，羡慕中原农耕文明的定居生活，就被官家分散在中原各地，而仓巷街回民朋友的先辈就是其中的一个分支。他们世世代代生活在这净肠河畔，和当地的土著汉人和睦共处，融为一体，成为地地道道的中原人、宝丰人。

随着喇叭里一阵一阵“呜哩哇啦”的回文白话的《古兰经》声，回族朋友络绎不绝地到寺里礼拜，他们双手合在胸前，面朝麦加圣地的方向，口中喃喃诵读着，一脸的虔诚和肃穆。对先祖穆罕默德的敬仰之情油然而生。我的心中掀起来一阵阵的波澜，吐蕃、回纥、匈奴……这些影响中国历史伟大进程的民族，最终团结在中华民族这个大家庭里。从心底里，我感觉到中国多民族国家的强大及先辈们多元化的民族融合之力，使得中华民族巍然自立于世界之林。回民朋友勤劳朴实，将祖先们在草原生产生活的方式传承下来。穆斯林的生活习惯使他们对牛羊肉情有独钟，并使其精粹的加工品尝技艺一代一代传了下来。我由衷地感叹信仰力量之大，传承力量之大，也使我更加敬重回民朋友的向心力和凝聚力。

走出清真寺向北，东西两侧有老牌的羊肉烩锅绿豆面馆、牛肉馆，老远便看到了老邓家羊肉汤馆前簇拥的人群，人声鼎沸，好不热闹。我有点惊奇了。多少年来，宝丰人都是一大早来喝羊肉汤，到了半晌就很少有人光顾了，大都去吃大块的热牛肉，去吃可口的绿豆烩锅面，为什么人们的饮食习惯变了，中午仍然如此向往羊肉汤呢？

过去，县城农贸市场老单家的羊肉汤名噪一时，早上吃客们趋之若鹜，天刚蒙蒙亮，吃客就上门了，到了中午老单头就收摊歇息，当然，老海锅里的汤水也见了底了。老单头也是仓巷街的老回民，想当年改革开放之初，做起饮食生意，也是开了先河。胖胖的老单头总是一脸喜气，吃肉喝汤的大都是回头客。他一边大声招呼着熟脸熟面落座，一边问着想吃点啥？杂碎里有切得细溜溜的羊肚儿，有片得薄薄的羊肝、羊肺、羊脸儿，还有藏在小筐子里给熟人朋友留下的羊脑。一大堆从锅里捞出来的热羊肉，蒸腾着热气，冒着羊膻味的清香气儿。端一碗过来，低头先品上一口被香菜葱花冲过的热羊汤，刹那间一股股暖流便激荡着五脏六腑，整个身子的经络就被打通了。有人说，老单头生意做得太精明，看似抓起来一大把羊肉，放在碗里分量却不足。很多吃客一边嘟囔着老单头的小气，一边隔三岔五地还要往老单头的羊肉汤锅边蹭。我想，吃客吃的是色香味，量大量小不在吃客考虑的范畴。老单头刀功厉害，咸淡拿捏得准，羊肉新鲜，汤也新鲜，不愧为农贸市场羊肉汤第一名。可惜，老单头操劳过度，过早离世，便有了老邓家羊肉汤馆在仓巷街里的强势崛起，名震宝丰。我感叹道，江山代有才人出，各领风骚数百年。宝丰的羊肉汤在仓巷街的带领下，一年一年声名鹊起。

朋友在老邓家羊肉汤锅前排队，我等了好大一会儿，待前任食客抚着满意的肚子离座，赶紧占个座位坐下，心里舒个气，认真打量起这不大的馆子。如今这馆子里粉饰一新，实木桌子实木凳子，清漆面油光发亮，再也不是过去矮桌矮凳的地摊模样了。师傅们白衣高帽，服务员戴口罩套袖套，满面春风，一脸和气。我想，这生意要不发才怪哩。

伸长脖子老等，终于热气腾腾的羊肉汤送到了桌上。我低头一看，鲜汤上飘着碧绿的葱花香菜，一团团的用羊油熟透的红辣椒浮在上面，一股股香气冒出来，钻入鼻孔，钻入脑门，窜进五脏六腑，闻着闻着我也是醉了。

我操起筷子，大快朵颐。心里念叨：仓巷街，我永远的挚爱！

弦子的故事

山村不大，也就二三十户人家。

村东头三间草房里住着孟姓的母子俩，儿子小名狗娃，大名叫柱。山里头小名从小被娘叫惯了，村上人只知孟家有狗娃，而不知有柱也。狗娃家原本是村里的殷实人家，有百十亩山岗薄地，两进两出的瓦房院，无奈老爹染上大烟瘾，临土改时把偌大一个家业吸了个精光，戴上个破落地主的帽子，没几年便越过奈何桥找阎王爷聊天去了，剩下孤儿寡母艰难度日。狗娃戴了个坏分子子弟的帽子，在村里抬不起头，奔三十岁的人了，还是光棍一条。

村西头曹姓人家人丁兴旺，兄弟四五个，个个膀大腰圆，能吃又能干，个个娶了媳妇生了子，一大家子红红火火。可就是垫窝的末滴溜儿小妹子，因两三岁时得了小儿麻痹症，腿有残疾，脑子还有点憨憨傻傻，爹娘给起个名字叫能，是盼着小女有朝一日聪明伶俐起来。这小女一天到晚疯疯傻傻、哼哼唧唧，喜欢在人堆里玩，等长到十七大八时，迷上了戏，只要听说哪里有唱戏的说书的，不管三里五里、十里八里，也不管黑灯瞎火、道路难走，专往戏台子、说书摊里钻，家里人咋管都管不住，便由了她去。

孟狗娃家穷，人又其貌不扬，眼看着一年又一年，兔子过了岭，连个说亲的也没有，他急，他娘更急。娘急了就数落狗娃的不是，嫌弃狗娃没材料，什么四手不抬了，啥都不会了。学个木匠、铁匠手艺不中？学个劁猪杀猪手艺不中？成天弄个胡琴吱啦啦，能当饭吃？能当衣穿？还是能引来媳妇？老娘絮絮叨叨、嘟嘟囔囔，这边惹恼了狗娃，狗娃开口说：“龙生龙，凤生凤，老鼠生儿会打洞，没材料爹娘生了我这个没材料儿子，怨不得我。”老娘气得直打哆嗦说：“狗娃呀狗娃呀，你非把老娘气死不可。”狗娃说：“娘呀娘，你好赖还有个狗娃在你跟前甩着尾巴，我二三十岁了，如今连个猫娃也没有。”老娘气得直翻白眼，狗娃依旧摆弄他的胡琴，口里哼着黑黄豆、黄黑豆、黑黄黑豆，吱吱嘎嘎地杀鸡子似的玩。

功夫不负有心人，摆弄了两年胡琴，狗娃的弦子有些章法了，再也不是杀鸡子杀猪的声音了。有时自拉自唱，吼上两腔，连老娘闷了也想听上两句。

这一年冬天大雪封山，村里人无地方去，有人便挤到狗娃家听琴，随便也喊上两声梆子腔。这个来一段《南阳关》，那个来一段《朝阳沟》，一来二去，狗娃家热闹了。

傻子能听闻村东狗娃家有弦子戏，两只脸蛋上便抹了胭脂，眉心点了个红，稀疏的头发扎了个朝天络，喜洋洋地也跑来凑热闹。哼哼唧唧也唱上几句，荒腔走板，倒也开心。

“杜鹃花哦哦呀，花开哎——哎——红似火哦，花开哎哎花落哦——又过了一年多嘀哦嘀——哦嘀——”，也不记得这是哪段戏里的词，傻子天天哼唧着，模仿着，还时不时挤到孟狗娃跟前去唱，到了家仍兴意未尽。开初曹家人并不在意，这傻妞天天外面跑外面疯，也习惯了。后来听了一些闲话，越发感觉不对劲，这傻子能一口一个狗娃哥地叫，眉飞色舞的。吃罢饭丢碗就往村东头那草房屋里跑，像掉了魂一样。哥和嫂看出异样，跟踪了几回，觉得大事不妙。大哥说：“这傻子能莫不是迷上狗娃的弦子了？”大嫂说：“别连狗娃这人也迷上了吧。”二哥说：“可不敢，这狗娃家穷得叮当响，样儿又长得恶心人，咋能攀上这亲戚。”二嫂讥讽地说：“就你那傻子妹能找个啥好家？我看八九不离十也就那了。”老三一听怒从心头起，连声说：“不中不中，坚决不中，那孟狗娃坏分子子弟的帽子还戴着哩，咱坚决不能成个这亲戚，以后咱孩子们上学当兵就是问题。”老三媳妇随声附和说：“咱家世代贫农，万一结下亲了，也是历史不清。”老四刚刚二十出头，正想着当兵的事，立马蹦起来，哇哇大叫着把傻子能从孟狗娃家拽回来一顿毒打，锁到屋里不让出门。

好事不出门，赖事行千里。没上半天，全村人都知道了这事，消息也传到了村东头孟狗娃的耳朵里。本来对傻子能毫无半点意思的孟狗娃，这时寻思起来，难道是傻子能看上我了？我孟狗娃家里穷，剪毛没毛，攒粪无粪。人又是要个儿没个儿，要样儿没样儿，这一辈子光棍是打定了，一辈子也别想沾沾女人边了，猫娃呀狗娃呀就甭想了。嗨，天无绝人之路，要是这傻子能真是有这意思，这人虽傻点，好歹也是个女人，掀起来尾巴只要是个母的。嗨，老天爷呀，不该我孟狗娃打光棍绝后呀。想了又想，孟狗娃是瞎子拾个三弦，美哩圪弹圪弹。

傻子能被关在家里不让出门，这孟狗娃是一天三次去村西头溜达，远远地瞄着曹家的大门就是不敢靠近。没上一月，村西头忽然鞭炮齐鸣，唢呐阵阵，孟狗娃挤到人群一看，心里凉了半截。这傻子能被打扮得花枝招展，被家里人架着，强行塞进娶亲的席棚子婚车。末了，哭哭啼啼的傻子能往人群里扫了两眼，看见了落寞的孟狗娃，二目相对，孟狗娃泪眼婆娑。傻子能呼天抢地，死活不上车。曹氏兄弟见状，掂起棍子就往人群里找孟狗娃的麻烦，吓得他撂开脚就窜了。

傻子能被逼上车走了，孟狗娃也傻了一般不吃不喝在家睡了三天。三天后的孟狗娃像换了人似的，决绝地背起弦子要往山外走，他要去闯荡江湖，离开这伤心的小山村。忽然山路上驶来一辆自行车，车上坐着的赫然是三天前出嫁的心上人。原来三天省亲回门，女婿带着他回娘家来了。

孟狗娃一愣怔，旋即来到村子后面山坡上看林子的庵棚里，琴弦一调，如泣如诉，要拉给那傻子能听。既然今世无缘，再让你听听我的心声。用心拉的曲儿，格外地柔，格外地动心动情，直拉得山风停了吹拂，鸟儿停了鸣唱，孟狗娃沉浸在曲子里不能自拔。

“狗娃哥”，脆生生的如天籁之音打断了琴声。孟狗娃抬头一看，傻子能泪眼花花地站在他的面前，满脸是哀怨。孟狗娃站起身，扑上去，将她抱进怀里，猛啃猛咬，随即成就了好事。事毕，傻子能说了句天崩地裂的话：“狗娃哥这一辈子我都是你的人，三天三夜我没有叫那人挨我一下身子。”言罢，哭着跑着下坡了。

曹家人正在家里招待新女婿，反正是生米已成熟饭，亲戚根正苗红，家也不穷，女婿虽粗笨，也是下力人，也没介意傻子能的情绪，只管吆五喝六地摆开酒席，一家人欢天喜地弄得鸡飞狗跳墙。

自此，孟狗娃背着胡琴出了村，便寻个江湖戏班，跟人学艺。每隔三两个月，就要跑到傻子能的婆家打探消息。先是听说那男人打女人，女人把男人脸上抓挠得稀巴烂。后听婆家放话出来，嫌弃了傻子能，好吃懒做，不能生养，还不如养个老母猪，一年也能下上一窝崽。孟狗娃心里有数了，在戏班上可着劲儿地干，刻刻苦苦地练，三年后终坐了头把弦的位子。

傻子能在婆家闹得昏天黑地，被解除了婚姻，再也没有回到娘家的小山村。有人见到在某个庙会的戏台后面，有个女人在给演员们管戏细。这女人掂茶倒水，嘴上跟着曲子旋律哼哼唧唧哇哇的，手脚忙得不亦乐乎。她时不时抬头看一眼坐头把弦位置、正在伴奏的男人，一脸的陶醉。

舞台边的乐队头把弦亦是拉得满面春风、如醉如痴的，看见后台飞来的媚眼，胡琴拉得是婉转得不要不要的，那不是孟狗娃又是谁？

不要以为这是个瞎编的故事。

汝瓷　汝窑

汝瓷和汝窑是同一个概念里的两种境界。

汝瓷因为在青瓷历史上的极高地位、传世品的稀有而显得神秘和宝贵。汝瓷有着丰富的内涵：既有造型秀丽、做工精细、工艺精湛、技艺卓绝之特点，又有青色淡雅、温润如玉、釉层匀净、宝光内润之特征。高雅的艺术风格、超凡的工艺技术、含蓄的时尚美学，特别是釉内掺玛瑙末，形成特殊的色泽和纹路，釉层光亮温润，器表开片密布，胎质细密，呈香灰色。碗、盘器皿全部满釉裹足支钉烧造，开片一般呈鱼鳞状，釉内有稀疏的气泡，在其周围出现珍珠状的亮点。这些玛瑙的结晶体，正好形成寥若晨星的美景奇观，犹如晨日出海，或谓长虹悬挂，又似春光满地，又如夕阳晚霞，各种奇观闪现，构成了汝瓷特有的艺术魅力。

汝窑作为一种文化，它不仅内容丰富，而且涵盖面广，曾在中国古代陶瓷工艺美术发展史上独领风骚。汝窑集科学技术、工艺美术、造型艺术、釉面装饰、绘画技法、线条雕刻、东方美学及北宋皇宫艺术殿堂所特有的艺术精华于一体，无所不及。因此它不仅备受民间收藏家、文人雅士青睐，更受北宋王公贵族的赞赏与宠爱，最终被垄断为宫廷烧制御用品。记得2001年汝窑遗址中心烧造区保护大棚开放以后，中国科技大学校长朱清时、国务院侨办周中栋、文化部文化市场司副司长张新建等纷纷前来鉴赏。朱清时经特别允许后下到瓷片堆积区，不顾泥土上身，趴在地上用放大镜细细欣赏，好久好久不起来。他嘴里不停地喃喃，感叹道：“我终于如愿以偿，见到真正的汝窑了。”此后，日本、韩国、东南亚等地和我国台湾地区的鉴赏团也蜂拥而至。由于汝窑垄断为官窑后，专门为皇宫烧制御用品的时间很短，仅20年；又由于宫廷对汝瓷的烧制要求很高，技术精益求精，因此汝瓷产品有限，流传甚少。更由于汝瓷珍品奇缺，所以至今在豫西南一带仍广泛流传着“纵有家产万贯，不如汝瓷一件”的说法。

我国著名工艺大师李苦禅先生也曾挥笔：“天下博物馆无汝（瓷）者，难称其尽善尽美也。”可见汝瓷之贵重。至今在宝丰一带，若谁收藏到一件残破的汝官瓷，会将其当作一生的幸运或荣耀，也有人把鉴赏汝窑作为陶冶情操、增强文化素养、消除世俗烦恼、提高文化品位、修身养性的一种生活方式，一种高雅的艺术享受。

汝瓷的制作，工艺精细、技艺超群。汝瓷胎坚质密，釉层匀净，开片密布，釉色纯正。其胎呈香灰色，釉面红斑隐约显露，可谓汝窑一绝。

至于满釉裹足支钉烧制，更是北宋宫廷烧制御用品所普遍采用的一种烧制方法，当然有的制品仍适合垫饼烧制，特别是2000年在对宝丰清凉寺汝窑御用品烧造区的发掘中，还发现有用三枚长条状支钉支在圈足周边，更为罕见。这与以往用三枚或五枚支钉支在器物底心的做法截然不同，可见汝瓷的制作和烧制工艺之考究，非一般窑口所能比拟。这在我国青瓷发展史上堪称新的里程碑，并对后来各个窑口工艺技术的发展与提高产生了重大影响。

汝瓷的造型，胎坚质密，工艺讲究，品种丰富。拉坯成型，造型秀丽，线条柔顺，亭亭玉立。特别是民用瓷部分，更是造型多样，坚固耐用，制作讲究，富于装饰。刻印花卉、图案纹饰，刀法流畅，疏密有致。而图案内容丰富多彩，既有花鸟人物，又有海水游鱼，为广大民众所喜闻乐见。因此各种不同种类的造型，加上釉色滋润，再配以不同的花卉图案作装饰，更为汝瓷的艺术美增添了几分俏丽，受到广大消费者的赞赏与喜爱。官窑被皇宫垄断，南宋周辉的《清波杂志》中说：“汝窑宫中禁烧，内有玛瑙为釉，唯供御拣退，方许出卖，近尤难得。”而民窑则由于产品的畅销，技术得以传播，所以各地窑口竞相仿制。虽各窑的工艺技法有所差别，但产品的造型及其装饰艺术风格，大同小异，均受到各地消费者的欢迎，并得以长足地发展。直到金元时期，这种以青绿釉为主的各类民用汝瓷的造型，各地窑口仍在继续烧制，可见它的历史延续时间之久和影响范围之广。

汝窑的造型、釉色与装饰，均具有东方美学之独特风采。它把造型艺术之秀美、高雅素净之风尚，以及装饰艺术之风格，融为一体，进而把东方美学特有的艺术神韵，展现得淋漓尽致，可谓是宋代瓷艺的百花苑中一支盛开不败的奇葩。

汝瓷品种多样，既美观又实用，同时也具有很高的收藏价值。随着经济形势的发展，城乡人民的生活水平普遍有所提高，特别是很多古陶瓷爱好者和醉心汝瓷研究收藏的玩家，对于汝瓷艺术品非常钟爱，因此目前市场上出现收藏升温的现象。收藏也是一门学问，既要有一定的素养，还要具备对古陶瓷鉴定与鉴赏的基本常识。收藏可分系列收藏与精品收藏。系列收藏即要考虑到古陶瓷的发展历史、不同的窑口、不同的造型、工艺特点、艺术风格釉色、花卉图案及装饰内容。而精品收藏，可完全根据个人爱好，不受历史系列、窑口、品类的限制，只收藏自己喜爱的器形或喜爱的制作者制作的汝瓷。但收藏必须注意三大要素，即历史价值、艺术价值和科学价值，这样才能反映古陶瓷的历史风貌。精品收藏，除了注意它的四大汝窑特征、要素外，最主要应该从它的艺术品位、艺术风格方面去要求，如它的造型艺术、制作工艺、色彩纹饰、图案装饰等，首先要具有很高的观赏性，作为藏品，才能百看不厌、常看常新。因此在收藏时要坚持少而精，以较少的投资，得到最喜爱的藏品，暇余时间尽情鉴赏珍玩，既可得到美的享受又可陶冶情操，提高艺术品位，何乐而不为呢？

烧制汝窑的窑炉，大体为北方典型的倒焰馒头窑，窑壁有的用耐火砖叠砌，有的用废弃的匣钵片砌筑，也有的利用下挖形成的土壁，但筑成后，均在窑壁四周抹一层耐火泥加以密封。其优点是就地下筑，建造简易，方便操作，适于保温。经考古发掘发现，各地窑口又根据各自的设计需要，或烧窑燃料的不同，窑的形制结构又有所区别。

进入 20 世纪 90 年代，液化气、液化石油气进入普通家庭，于是当地制瓷人发明了气窑，气窑是烧制瓷器现代化的一个明显的分水岭，由于容易升温降温，操作便利，很快风靡各地。

过去窑口多是柴烧窑和煤烧窑，其主要结构有通风道、火门、火膛、窑室、吸烟孔、烟囱、望火孔等，且由前向后依次连成形式完整的窑体。

在建窑时利用废砖砌垒墙壁，一般单劈、错缝，一直一横混筑。而窑顶梯形砖则用耐火泥烧成，整个窑壁涂抹一层厚约 0.5 厘米的耐火泥，耐火泥均被烧成赤红色或青蓝色。各部的结构为：

通风道：位于窑室火膛的前方，呈长方形筒状。

火门：前连通风道，后接火膛，瓤部呈长方形。

火膛：是燃火的地方，前连火门，后与挡火墙毗连。

窑室：位于窑基的中部，整体为马蹄形状。

吸烟孔：在窑室的后壁，连接窑的底部，两侧壁面对称，有八个吸烟孔，烟孔上下呈长方形。

烟囱：四壁利用废砖砌垒，向上逐渐内收。

望火台：位于窑的后部，介于两烟囱之间，直对窑室中央，底部用废砖筑砌，有联结成一体的台子。

望火孔：在窑室的后壁上面中部，砌有望火时开关的闸门，闸门呈长方形。

望火坑：位于窑室最后的中部，在望火时有站脚的地方，坑呈斜坡形。

澄滤池：是作坊的专业操作间，专门用来对胎泥料进行过滤的一种重要设施。一般分布在瓷器制作的生产区。

窑具和制作工具：包括匣钵、支钉架、垫圈垫饼、支烧、碾滚、抿子、印模、研磨器等。

匣钵：分筒状、漏斗状及平底盂状 3 种形式，用途各不相同。筒状匣钵一匣装数件，多装烧瓶、尊类高型器体，一般直径在 22~30 厘米，高 17~20 厘米。漏斗状匣钵一匣一器，口径一般 15 厘米，底径 5 厘米，高 6~8 厘米。平底盂状匣钵，也是一匣一器，口径 10 厘米，高 6 厘米。入窑时各匣钵叠放，匣与匣之间往往用泥条填塞固定。

支钉架：一般呈圆形圈状，上有三个或五个乳状支钉。三支钉架又分三叉形和六边形两式，这种支钉架既可使器底施满釉，又可使器物烧造时，由于支起，器底充分吸收热能，促使器底釉层全部熔融。支钉架的大小，随器底的大小而变化，其高度一般在 2 厘米左右。

垫圈：有圆形和椭圆形两种，制作比较粗糙，径 2.5 厘米，厚 6 厘米。

支烧：呈亚腰形的圆柱体。径 28 厘米，高 4.4 厘米。

垫饼：呈圆饼状，有大小之分，最大的直径 22 厘米，厚 1.7 厘米，烧结温度较高，可能是用于烧制耐火度高的产品；小的一般直径 5 厘米，厚度在 0.3 厘米左右。

碾磙：为泥质，经火烧呈粉色。圆磙状，中间有一圆孔，可供穿轴杆穿过以便推动碾压，两端面部刻有辐射状的九道线。直径 82 厘米，长 67 厘米。（现代粉碎原料已采用了球磨机，且粉碎细度更高，效率更高。）

抿子：修坯工具，质地分骨和银两种，皆为扁平长条状，磨制光滑。骨抿子的一端有两排或三排排列整齐、大小相同的小孔，是修坯时滤泥所用，长度在 10 厘米左右。银抿子长 11.9 厘米。

印模：在宝丰清凉寺窑址 1987 年的试掘中发现很多模印的花瓣、卧狮、小马、兽足等物件。同时也发现有骑马武士印模 1 件，武士面容严肃，身着盔甲，端坐马上，整装待发。整体制作精细，是一件难得的珍品，反映了宝丰清凉寺窑雕塑工艺的制作水平，印模残长 9 厘米，高 102 厘米。

研磨器：呈敞口盘状。瓷胎上先上一层白色化妆土，在口沿、内壁分别绘一道或两道黑彩，外置透明釉。用尖状工具在内底按出七圈排列有序的凹窝，形成蜂窝状，便于研磨。

火照及火照插座（即试烧片）：火照一般为不规则的长方形、圆形或三角形，中间有孔，施釉后插入火照插座内，便于在烧制过程中随时挑出予以观察。火照插座为长方形，上有两排整齐的插孔，说明在汝窑御用品的烧制过程中，控制极其严格，火照是随时检验火候、温度及釉的成色不可缺少的一种检查工具。

汝窑的烧造工艺极其讲究，从选料、配方、成型、烧制均有其严格的要求。尤其汝窑御用品的烧制，更是精益求精，技高一筹。其成型也主要采用手拉坯，少数耳把子、握手、乳状足或贴花则采用模印、雕塑之手法。

根据窑炉的结构特征，汝窑的烧制采用还原焰，说明铁的还原焰的烧成在青色釉方面已日臻完善。这在我国青瓷发展史上乃是一个划时代的标志。

汝瓷的装烧一般采用一匣一器，匣与匣叠放，要用耐火泥条加以密封，以防串烟。在烧制过程中用火照随时检验，更是保证成品率的重要手段。由于汝窑还原气氛要求严格，难度较高，尽管采取各种严密措施，以确保成品有较理想的效果，但从发掘现场次产品和碎片的堆积，可以窥见汝瓷之烧成极不易。尤其作为宫廷御用品“唯供御拣退，方许出卖”，更是皇宫殿堂里的艺术瑰宝，从造型上釉色上不惜工本，开片亦追求梨皮、蟹爪、芝麻花的艺术效果。由于汝窑的香灰胎，加上玛瑙作釉，釉内有稀疏气泡，并有明显的玛瑙结晶体的亮光点，呈寥若晨星之奇特景观。更使人赞不绝口的是，釉内多布红斑，或隐或现，若放在阳光下对准焦距，奇景出现：有如晨日出海，或呈夕阳晚霞状，又似春满大地，非人工所为。

宝丰清凉寺，宋代曾为汝州管辖，过去窑以州定名，所以产于宝丰县境内的青瓷称为汝窑就不奇怪了。两地山水相依，都属伏牛山余脉东麓的丘陵地带。清凉寺村周围的山山岭岭都有丰富的瓷土、釉药和燃料资源，窑址附近更盛产玛瑙，这就为汝官瓷的烧制提供了极其重要的物质基础。据《宋史》“汝州”条载：“汝州，辅，临汝郡，陆海军节度，本防御州，政和四年，赐军额……县五：梁（中），襄城（紧），叶（上），鲁山（中），宝丰（中）。”另《太平寰宇记》及《宝丰县志》均记载有：宋时“废临汝入龙兴（宝丰）”。证明宋代临汝已不存在，故“临汝南乡”应是汝州之南，即宝丰、鲁山之窑群。另据《宋史》及《宝丰县志》记载，当时这里置青岭镇，设巡检司（在今宝丰大营镇，距清凉寺仅三里）专管坑冶。因青岭镇界盛产玛瑙，宝货兴发，蒙朝廷赐名兴宝镇，宣和二年（1120 年）改名宝丰。这些都说明赵宋王朝对这里坑冶技术的发展非常重视，因此，把盛产玛瑙的附近窑场垄断为官窑也就顺理成章了。

宝丰清凉寺窑在原有民窑的基础上，被宫廷垄断为官窑之后，由于宫廷用器不计成本，工艺要求甚高，精益求精，质量上乘，生产品种除原有日常生活实用的碗、盘器皿外，重点烧制宫内陈设品。根据汝窑传世品和新发掘出土的大量瓷片标本显示，传世品中计有：出戟尊、玉壶春瓶、胆式瓶、纸槌瓶（实为盘口折肩瓶，因缺盘口，简称纸槌瓶）、三足洗、三足奁、奉华尊、椭圆形水仙盆、十瓣葵口碗、罗汉碗、葵瓣盏托等。新发掘出土的计有：盏托、薰香炉、套盒、盘口折肩瓶、鹅颈瓶、小口细颈瓶、荷口碗、刻花龙纹钵、盖盂、渣斗、板沿盆、龙把杯、长颈瓶、握柄盖、镂孔高足炉及直口深腹盂等器皿。成形工艺多采用手拉还制法，技法熟练。汝窑，因其原料土质细腻，胎质坚硬，呈香灰色，胎、釉结合紧密，全施满釉、釉层浑厚，有如堆脂，釉色润泽，视如碧玉，扣声如磬，有如碧峰翠色、晶莹明丽，清澈温润，故有“汁水莹泽，含水欲滴、釉如膏脂之溶而不流，其釉厚而声如磬，明亮而不刺目”之称。特别是汝窑御用品，造型秀丽、工艺精湛，胎坚釉细，釉色纯正，所以获得“青瓷之首，汝窑为魁”之美称。

汝瓷之所以既受民间欢迎，又受到北宋宫廷的宠爱，与它精湛的制作工艺和超凡的造型设计与艺术风格密切相关。

汝瓷的艺术风格，集中表现在造型设计、施釉工艺及釉面装饰诸方面。汝瓷主要分两类：一为民间大众生活日用器皿，一为供北宋宫廷玩赏的御用品及艺术陈设瓷。为民间生产制作的生活实用品，主要是根据广大人民生活的不同需要而设计、制作，其造型既丰富多样，又适应大众需要，既坚固耐用，又美观大方。更由于其施釉工艺讲究，釉层温润，其釉色因铁的还原气氛恰到好处，出现以青釉为主调的天青、豆青、豆绿、葱翠青、艾青、卵青等色釉。各种青色釉的出现，充分展现了北方人所追求的以青为美的心理。然而也常出现青中寓白，或青釉飞红挂彩，或青色较深又形成海水般的碧绿，也别有风趣。青色富有生机，寓意一年四季常青，给人以希望，给人以春天般的富有诗意的精神寄托。广大消费者，更以青色淡雅、春意浓浓、处处长青、高雅素净为乐趣，进而选用这种富有各种青色之美的心爱产品来充实自己的生活内容。

民用汝瓷的艺术风格，除了造型设计、施釉工艺及釉色之外，其釉面装饰也别出心裁，采用多种技法，如雕、刻、印、画、镂孔、堆贴，最终以大家喜闻乐见的花、草、虫、鱼等组成图案，来加以美化装饰。这种造型讲究、施釉匀净、釉色丰富、善于装饰、构思巧妙、形神兼备的特点，反映了汝窑民用瓷器特有的艺术风格。

宫廷御用瓷的造型，除少数的碗、盘、盆、钵器皿，大多为适应高雅殿堂的需要的艺术陈设。如鹅颈瓶、盘口折肩瓶、小口细颈瓶、带镂孔高圈足的玉壶春瓶，皆以其造型、制作、釉色取胜，充分显示出皇家气魄。而碗、盘、盆、钵的制作更是设计灵巧，工艺精细，施釉匀净，满釉裹足，具有高雅的品位，不同于一般的日用生活器皿，具有独特的艺术风格。汝窑御用品弦纹尊、奉华尊可谓设计精巧，造型别致，工艺讲究，形神兼备，古朴典雅，比例相宜，线条流畅，形体完美，实为皇宫殿堂里的高雅摆设。为了更加完美，有的还采用刻、印花卉等图案加以装饰，还有的采用镂雕、堆贴、印模、捏塑等技法予以装点，从而达到更高的艺术境界，集形体美、制作美和装饰美于一体，具有极高的观赏价值与艺术品位。

汝瓷御用品多采用外裹足满釉支烧，且为芝麻支钉，也有少数例外，而为长条状支钉。但支钉的大小不同，前者以小芝麻支钉或针尖状支钉著称，且常以三、五、六（仅限于椭圆形水仙盆一种）枚支钉为布点；后者支钉稍大，如绿豆瓣大小，多以碗、盘器底支烧，支钉多少，也以器底大小设置，小者三枚，大者五枚，四、六绝无。

支钉的位置，不在器底，而在图足的周边。除支钉外，也有少数采用垫饼或垫圈烧造的。宝丰汝瓷种类繁多，既有陈设用瓷，又有生活用具。器物多为素面，也有少量表面装饰有花纹图案。宝丰汝瓷的传统烧制工艺技术性强，工序复杂，窑变成色，烧制极难，一旦火候有失，将前功尽弃。宝丰汝瓷采用一钵一器支钉托烧的叠烧技法，工艺流程表现形态有选料、练泥、制坯、素烧、制釉、施釉、烧制等主要环节。

选料。将所需制瓷原料高岭土、玛瑙石、黏土（俗称“干子”）风化、沉腐，逐项手选分拣，挑出劣质品后存放。待其干燥后用火煅烧粉碎，或让其自然风化，再对其进行加工、研磨、筛选，达到要求的韧度后，倒入澄泥池进行沉淀。

练泥。将沉淀后的泥料反复水洗，淘洗去杂物和部分铁质，然后对泥料进行反复捶打、揉搓，除去空气，使泥料完全达到软硬适中、细密有度、黏稠有致的制坯标准。

制坯。对泥料进行拉坯、盘筑、范模拓制。拉坯，是在一圆形旋转台上，根据所制器形的构成特征，用拇指在器形外侧控制器形结构，另四指灵活抚于器形内侧把握内部轮廓，通过上提、外扩、内收等环节，拉制不同形状、不同规格的器物坯型。盘筑，是将搓制好的泥条放在转台平面上，按照所制大型器形构造，盘出器形外部轮廓。范模拓制，是根据制作器形预先制出模具，然后用泥料在模具内部制出器形的坯体，去掉模具，再对坯体外部进行修整、刻画等精细加工处理。

素烧。把阴干后的成形胎坯放入窑炉内，根据坯胎厚薄、干湿度进行若干小时的低温除湿，再把炉温升至900℃左右，素烧完成。

制釉。将玛瑙、长石、草木灰、黄金土等制釉原料按一定比例加水、研磨、成浆、过筛，使之黏稠度达到适中，即可使用。这个配方一般秘不示人。

施釉。将素烧过的成型胎坯经过再次筛选，挑出器形完整、胎表光滑、无瑕疵、无破损、无开裂的胎体进行施釉。施釉分为涮、蘸、补、修4个基本程序。涮，把釉浆注入器物内腔，双手把握胎体外部，不断变换角度，使内腔各个部位均匀吸附釉浆。蘸，是将器物表体浸入釉浆中，稍停片刻取出。如此反复二至三次，使胎体附着适当厚度的釉浆。补，是对蘸过釉浆的器物上留下的手印、工具痕迹、气泡及裂釉等仔细进行逐一修补。修，是对胎表出现的釉浆过多部位，用专用工具进行修整，保持器形施釉的均匀性。

烧制是汝瓷烧制技艺的核心技术。器物入窑前，先将匣钵、垫饼、垫圈、支钉等窑具备齐，根据器形所需，将器物用支钉、垫饼等支妥放稳，放入匣体内，然后入窑烧制。传统的烧制主要有柴烧、煤烧和炭烧三种方法。经过30多个小时的预热除湿、升温氧化和拉火还原等程序，使窑温达到

1200℃左右，通过不断取出火照来观察窑内器表釉面变化是否达到所需的熔融温度后停火、待窑变而逐步降温，这是汝瓷烧制过程中一项关键的技术。

千百年来，宝丰制瓷人在烧窑时一直传承着诸多特有的民俗文化，当地老百姓对此非常重视、信奉有加。一是烧窑的家家都敬有老君爷的牌位，点火前窑主必须净手焚香，给老君爷摆供，叩头跪拜，祈祷老君爷保佑烧窑时无风无浪，火候顺当，平平安安。二是要选季节，观天气，择吉日。俗话说："一年四季在于春。"但烧汝瓷不一样，是一年四季在于秋。因秋高气爽，烧出的汝瓷颜色纯正、气质特别，比如秋天烧出的汝瓷盘碗，在炎热的伏天放进大蒜泥隔夜不变味。三是点火时要在猪腰处割一大块肥肉放在窑炉内让其燃烧，据说是窑神馋，喜食肉，投进一块肉供其食用，这样烧出来的汝瓷制品光泽莹润，有青有蓝。四是烧窑时忌女人进场，尤其忌孕妇和小产未满月的女人进入窑场，怕扑了窑神。五是出窑时要将窑里的产品出完，不留一件一片，意思是如果窑里遗留有产品，就等于这一窑没烧好，对下次烧窑不利。对盗窑者来说，所谓"十窑九空"就是因为这个。这些传统的烧窑习俗在当地沿袭至今。

汝官窑遗址从20世纪80年代被发现并发掘直至官宣定论，历时十五年，其后的多次发掘至今实际上仍未完成。县文化主管部门，前有文化馆邓城宝先生主持，后有分离开的文物所（后升格为文物局）全程参与。我作为当时地方文化的负责人，与发掘考古队的专家，如赵青云老师、孙新民所长、郭木森队长成为挚友，学习了不少考古知识，聆听了很多讲座性质的研讨，经过无数次的现场勘察以及与传承烧制的村民、工匠倾心的交谈，对汝窑汝瓷从初识庐山真面目到对其内涵深耕细作，从了解烧造的表面工艺流程到知道其中的关键隐秘。毕竟，汝窑是中国青瓷史上的辉煌，是宝丰人的骄傲，也是汝州人梦寐以求的名片，干了半辈子文化的我，喜欢文化也热爱文化，总觉得责无旁贷。我想，汝州人争这个名分，是因为热爱家乡，是无可厚非的。因宋时同在一个州治管辖，且汝州恢复烧制又早了十来年，如今突然地变成宝丰为汝窑的原产地，思想上认识上难以转过弯来，是情有可原的。但历史总归是历史，假历史是造不出来的，何况一个有名气的大遗址，它需要方方面面的佐证，怎么造假也造不出来。这个著名遗址谁也搬不走，就在宝丰清凉寺村矗立着，除非行政区划的强制性变更，取消宝丰县治并入汝州，但这是不可能的。

清凉寺汝官窑遗址早在 2001 年 6 月就被国务院公布为国家重点文物保护单位，汝瓷传统烧制技艺也早在 10 年前就被国务院公布为第三批国家级非物质文化遗产项目。当年，这个国家级非遗项目是宝丰、汝州两地共同申报的，两地一同享用这一成果应是宝丰人的大度，因汝州早于宝丰恢复烧制汝瓷，且出现了朱文立、孟玉松这些大师，宝丰大规模生产从时间上可能晚于汝州一些，但王君子、马聚魁等上代人从未停止过探索，只是人微言轻，少有人关注罢了。所以，关于汝窑的“汝州乎？宝丰乎？”的争论不休应该停止了。

我们宝、汝两地不都正在共同享用着汝窑这个原产地地理标识和国家级非物质文化遗产保护项目的红利吗？

好酒出在咱的手

一个荒原的故事飘逸着，留下的痕印足以使我思索一辈子。

狗尾巴草拥着庄稼苗在瑟瑟地抖。瓦砾、碎瓷片、烂窑具俯拾皆是，红泥巴烧结成的锅灶，敞着肚腹，任野风亲吻，让太阳、月亮轮流抚弄。

这是宝丰酒史上最为辉煌的一页吗？七十二家酒馆一条街就在这里吗？宋时方圆数百里最大的榷酒之场就在这里吗？

我的心在同辉煌的历史交语。

兴盛于唐宋的宝丰酒，以其味正纯净、清香柔和、甘润爽口、回味悠长而享誉酒坛。“春风着人不觉醉，快卷更须三百杯。”诗人元好问引诱得那些骚人墨客、商贾酒贩云集宝丰，乐陶陶醉醺醺，竟不辨东西南北。遭贬作了监酒税的程颢老夫子，在此施教于人，使我的先人“如坐春风”，顿悟“宋官造遗法”，给子孙留下了“夫子监制更精”的衣食饭碗。

野风扫过这瓦砾瓷片堆就的荒原，仿佛扫着我们的先人们裸露着的酱紫色的酮体。我们的先人瞪着血红的眼珠弯腰弓背从酒篓里舀出一碗红红的高粱酒，那汝瓷大碗在红红的太阳地里泛着亮光。

我站在这钢筋混凝土浇筑的楼顶,读着宝丰酒厂的厂容,感到力的威风。

我读着烟囱，烟囱喘着粗气，高耸着倔强和刚烈；我读着厂房，厂房昂扬着头颅，透着凛然的剽悍。

我读着瓶装生产线，这里荡漾着妩媚的风流，绽放着一朵朵白莲。

我读着宝丰酒人走过的一串串脚印，听到了历史的回音。

只有在灯红酒绿的宴会上，人们才想起你吗？

只有在“举杯邀明月”的团圆桌上，人们才不会忘记你吗？

我站在那密如蛛网的信息反馈、全面质量管理（TQC）、生产调度五光十色的图表前，眼里幻化出科研所那微机、电脑、色谱分析仪上一串串花里胡哨的小灯泡子，如走进《天方夜谭》的迷宫。

厂长贾广寅和党委书记李炳耀笑吟吟地一起走来，这两条豪爽而又精明的汉子，集企业家、外交家风度于一身，拼出了一个宝丰酒的新天地。

满头华发的邢总走来，这位屈指可数的全国白酒评委，为宝丰酒的争标夺魁立下了汗马功劳……

宝丰酒厂的一代精英全都笑吟吟地举杯走来。啊，好一幅惟妙惟肖的《八仙酿酒图》。

在那些佩戴着厂徽的男男女女们一张张荣光四射的脸上，我寻觅到了青春和自负的神采。这些酒民的后代们，被先人的呼唤弄得魂不守舍，双肩挑起宝丰大地的期待，正用人生和青春的画笔去涂抹历史罩在宝丰穹顶的贫穷落后，重新编织赤橙黄绿青蓝紫的七彩梦。

太阳在头顶炫耀，组成一圈炫目的光环。先人血脉深处那种热烘烘的蛮勇气息，使得宝丰酒人胆气勃发。捧金杯、得银牌，虎视眈眈地去摘取美酒皇冠上的明珠。

这一年，宝丰酒厂产曲酒 7860 多吨，创产值 2282 多万元，实现税利 1450 万元，是宝丰酒新生 40 年来的最佳效益。广交会上，宝丰酒一举与数家外商成交。这回，宝丰酒要漂洋过海，把芳香送往异国他乡！

清一色的青石镌刻，真草隶篆，如龙蛇，如闪电。有王任重、杨析综这些党政领导的题词，亦有李准、范曾、姜昆那些社会名流的墨宝，洋洋洒洒，淋淋漓漓。

透过碑廊，我看到一块千里无字长碑，在秋风中默默肃立。我想，那历史撒下的种子，业已在宝丰大地开花孕果。我想，九月九，酿新酒，好酒出在咱的手……

（作于 1988 年）

消失的砖瓦窑

村上有两座砖瓦窑，一座在村东的公路边，一座在村南的小河旁。这两座砖瓦窑是村上的最高建筑，像哨兵似的把守着村子的东大门和南大门。从盘旋着的步行道走上窑顶张望，小村便一览无余，四野也尽收眼底。

这砖瓦窑是农村大集体时的产物，远远望去像战争年代的碉堡，突兀在村边不远的路旁。中原一带的乡村，基本上村村都有这样一座两座甚至更多的土窑。砖瓦是农村生产队建仓房场院和农户住宅的大需求，砖瓦窑便在那个时代应运而生了。

砖瓦窑的建窑技术并不复杂，窑内结构也非常简单。烧窑的火门前是用砖石砌就的拱形券洞，有两丈来深，可用供烧窑的窑匠师傅添煤、看火、休息，也是堆放燃料的地方。窑的内部是近似圆柱的筒形主体，里层的周围先用劣质的砖石或土坯堆砌起来，然后外围用七八尺厚度的黏土一层一层地囤起来，再用碓础一下一下夯实。如果土干了，就浇上一些水掺合，一直垫得瓷瓷实实，免得跑风漏气。就这样一层层垒上去，慢慢地越收越小，窑口就只剩半间房子大小了。一般的大窑垒成两三丈高，一次可烧三四万块砖。那小的窑也有两丈来高，可容纳两万来块砖。窑筒子周围留下六七个烟道，一直通到窑顶，摆个尺把高的烟囱，平常就用砖石盖起来，以免雨水浸泡。烧起窑来，几个烟囱就冒起了烟。砖瓦窑箍成后，要先在券洞的火门旁立个老君爷神位，放放鞭炮，祭祀祭祀，然后就可以把砖坯或瓦坯装窑了。

小河岸边的那座砖瓦窑就在上学之路的旁边，一排大棚子紧挨着窑场，那里是做砖瓦坯的地方。小孩子们一天要经过这里好多趟，所以顺便常常跑到砖瓦窑上去玩，有时钻进没有装窑烧窑的窑筒里面的烟道捉迷藏，弄得灰头土脸，有时跑到砖瓦窑顶上打闹，从窑顶上轱轱辘辘地滚下来，但因土窑坡度较缓且上边又长满杂草，故无大碍。

窑场里几个做砖坯瓦坯的都是村里人，唯独一个烧窑的窑匠师傅是豫东那边的，就在这大棚子里边的那个小屋里住着。

这窑匠师傅是村上雇请来的，有四十岁开外。常年的风刮日晒让他的脸皮似火炉上烧水的铜壶色，个子矮小而壮实。嗓门洪亮，偶尔唱几句二夹弦，那哎嗨嗨哟的尾音，尖锐而昂扬。听人说，窑匠师傅是豫东地面的民权人，还会唱琴书，村人有时便缠着他唱一曲，但他始终没有答应。我们见到他在梁柱子挂了一把胡琴，有二尺来长，看着像唱京剧用的京胡，后来才知道那是一把为琴书伴奏的软弓小京胡。在夜里很晚的时候能听到远远传来的琴声，但白天始终没见到他演奏过。说是他还会唱琴书，但就是不见他开口。

窑场子打造得平整而光滑，还有一堆堆做砖坯用的细细的沙子，比夏天的打麦场有过之而无不及。做砖坯瓦坯的最初工序是和泥与练泥。这泥土用的是河岸边冲积的黄壤子土，一般的死土层里的土壤是不能做原料的，容易开裂变形。和泥、练泥由窑匠指挥，反复地用利刀劈开、摔打着泥块，渐渐地，泥块变得软硬适中，然后把砖模子支在面前，用手掀起一块块砖块大小的泥团用力地摔进砖模子里。砖模子又称砖斗子，有一连二的，也有一连三的。打砖时拼的是力气，用力地将泥块摔进砖模子里，按压瓷实，然后用木刀削平，端到平坦的场子里倒扣出来，一排排，一行行的。晾干后竖起来，再晾。一直到干透，再挪进棚子里码成顶，存放着，等待砖坯集够装窑时备烧。

星期天或者放假时，我们这些大一点的学生会去窑场上干些搬坯子、挑水和泥的粗活，有时也去扣扣砖坯，看窑匠师傅做瓦。

做砖容易做瓦难。做瓦专门的工具和小设备是可以旋转的轮盘以及瓦闸子，和手工拉坯做陶瓷的设备类似。这时候，窑匠师傅就亲自下手了。这东西是他随身携带来的，就在大棚子中敞亮的地方组装，我们就围着看。

那做瓦的转轮固定在地上，高低正好能让人站着操作。轮体有个圆圆的托盘，可水平旋转。中间有一圆形立柱，用以随时套上或取下瓦闸子。瓦闸子由密密实实的细木条缀在结实的粗布上，套上转盘立柱，刚好严丝合缝。外侧的布套被水浸得湿漉漉的，这是为了避免瓦坯的泥片粘连瓦闸子。窑匠师傅手持一个木制的凹形的拍板，又称为水板，内弧里有细密的竖条纹路。

窑匠师傅边做瓦边不停地絮叨着给另外两位小青年上课，似乎是在教训徒弟。他说："这瓦坯泥更是要讲究，要反复地练泥，不能有杂质，不能有石子，要反复地搅拌和摔打，一直练到软硬程度既立架又柔韧为上。俗话说，'这做瓦就是玩泥的'。人一辈子修房盖屋不容易，瓦要周正结实，更不能有沙眼，否则漏雨是要挨骂的。"

瓦泥练好，被窑匠师傅垛成一小截矮墙，然后他用刮铲子切割下一块长条的泥片来，双手托着，小心翼翼地包卷在瓦闸子上，连好茬口，接着让面前的转轮旋转起来。窑匠师傅一边旋转着，一边双手拿着拍板，"啪啪"地拍打，那泥片便厚薄均匀而实在。转轮转着，小利刀便切出一圈整齐的边沿。窑匠师傅双手掂开瓦闸子，错口合拢，抽出瓦闸子，便留下了圆筒子形的瓦坯。这圆形瓦坯是由四片瓦片连在一起的，每片中间有道沟槽，待放在大棚里晾到快半干时，即可分解为四片瓦片，稍加修整，就可以码起来，等待彻底风干备烧了。

窑匠师傅能做滴水瓦当，那刻花雕得好看。做房脊瓦带的龙头和花鸟鱼兽也塑雕得惟妙惟肖。人们说，别看人家个儿矮又黑瘦，心巧手也巧着哩。还有人说，窑匠师傅唱琴书也唱得好，有人见他在老君爷神位前唱过好几回哩。大家起哄让窑匠师傅来一曲，窑匠就只是笑笑而已。

到了装窑时候，窑场子里就热闹了。男男女女排成一排，一块一块砖、一摞一摞瓦往窑筒子传递着。窑匠师傅钻进窑筒子的最里边，指挥着人们摆放，留出火道和烟道，下摆砖，上放瓦，每块砖每片瓦留多大的缝隙。窑匠师傅不停地大声吆喝着，一天的工夫这窑就装成封顶了。

窑匠师傅选了一块砖坯，恭恭敬敬地放在老君爷的神位前，点上三炷香，摆上供品，拜了三拜，放在窑洞火道里，说这是“老君砖”，这窑货烧好烧不好，就全看它呢。

砖瓦窑上冒出来了浓烟，这窑货点火烧了三天四夜。窑匠师傅就在窑券洞里垫个草席睡下了。一会儿他趴在火门口上瞧瞧那火焰燃烧的程度，一会儿又去看看那块装在火道后面的“老君砖”的颜色变化，一会儿再添几锹煤，两眼熬得通红通红。

住火后，队长吆喝我们这些半大小子挑水洇窑，这窑匠师傅就用木棍捅咕着让水沥沥拉拉往下浸，脚下热乎乎的，一挑水一挑水洇下去，那窑顶就弥漫着一片蒸汽。

待出窑时，本家五爷想要那块“老君砖”，说是能辟邪镇宅，窑匠师傅慷慨地答应了。那“老君砖”烧得似琉璃样，敲着钢钢有声，五爷宝贝似的揣回了家。

那第一窑的砖和瓦，生产队翻盖了仓房，第二窑货翻盖了磨坊和会计室，生产队部院里就气派起来了，惹得邻村眼气，翌年便也箍了一座窑。

乡村里修房盖屋，缺少不得这几样工匠：一是做砖瓦的窑匠，不是很多见，凤毛麟角的；二是下房基跟脚石的石匠，因技术含量不太高，每村都有十个八个人会打石、下线、摆弄水平尺。砌墙、缮屋面房顶的泥水匠和做门窗、房梁、椽檩的木匠也是被人高看一眼的。村上有了这些手艺人，那些个青堂瓦舍、大小宅院便一间间矗立起来，人们便有了舒适的家。

连烧了几窑货，眼看着天凉了，窑匠师傅就有打道回府的念头。一连跑到队长家要求结算工钱。队长就说，社员们喜欢听说书戏，你临走时给大家唱一场吧。

晚上，就在小河边的窑场子里，窑匠师傅换一身干净衣服，还把老君爷神位请出来，那软弓小京胡“吱吱咛咛”地拉了一通，他就酣畅淋漓地甩开嗓子唱起来：

天为宝盖地为池，
人是阳间浑水哩鱼。
父母养儿鱼产子，
子孝孙贤水养鱼。
兄弟和合鱼帮水，
夫妻相和水帮鱼。
六十年前都是人吃土，
六十年以后土要吃人的。
人吃土来土常在，
土开口吃人么，
后代可要哭哭啼。
得了意的狸猫它欢似虎，
落了魄的凤凰它不如鸡。
攒下了金山它是催命的鬼，
交下了亲朋它是护身的皮。
昨夜晚脱下这鞋和袜，
也不知明天清晨起不起。
阎王爷好比那打鱼的汉，
也不定来早与来迟。
人都是空着手来空着去，
憋口气住到那棺材里，
身下没有半领席。
趁着胸口还有半口气，

积点德，行点善，
和睦相处家家喜。
人活一世不容易，
劝大家好好多珍惜。
…………

窑匠师傅这几窑货烧得成色好，工钱队里边也给得足足的，他心里得劲，就卖力地唱，唱了一曲又一曲。虽然说豫东地方口音大家还听不习惯，但那琴书柔柔的旋律和他沙哑的嗓音，听得人们也是如醉如痴，都说这小窑匠还真有两下子呢。

夜深了，人群也散了，只感觉那软弓京胡仍在“吱吱吖吖”地拉着，一声一声，高高低低，被顺河风带得老远老远。

第二篇

记在心里

还愿书

春节刚过，远房从未联系过的表姐打来电话，让我去马街书会上给写摊说书。点名还要宝丰有名的余老先生和他的徒弟李春迎，我说余老先生快百十岁的人了，唱不了长篇大书哇。她说，一是想沾沾老寿星的福气，二是那给神仙的许愿不能变，让徒弟唱大书，那神段子让余先儿唱。我惊讶于表姐说书行话的专业，她说这都是行内人指点的，送子奶奶喜好这一口，媳妇添了孙女，称心如意，满月宴要还愿了。

放下表姐电话，我忽然想起来 50 多年前老家小村那两家唱愿书的一幕幕来。

那年冬天，村上边姓和吉姓两家同日娶媳妇，一时间闹得全村筛子笸箩乱动弹。这家请班唢呐吹吹打打，那家也赶紧跑韩店请来一班。立灶的，搭棚子的，挨家挨户借桌椅板凳的，剪窗花贴对联的，整村人都动员起来了。

我们这些正上高小的娃娃们，正赶上闹洞房。这家闹一会儿，就一窝蜂跑那家去闹，跑过来跑过去，闹得是天翻地覆，不亦乐乎。末了，大家开始评论起两家新媳妇的长相，有时大人们也掺和进去，有理有据地发议论。

有人说："这边家新媳妇长得胖墩墩儿的，脸圆，屁股也圆，一身的福相。你看那屁股圆周周的，肉夯夯的，撅屁股瓦腰的，肯定是个生养孩子的人，旺夫又旺家。"有人还说："屁股大，引小子，三五年就是扑扑通通一大群，这老边家三辈子单传，这辈子想的就是儿孙满堂。"有小伙伴不服气地说："脸怪黑，没有人家老吉家媳妇白。"也有人接腔说："小孩子知道啥，人家那黑是黑，耐端详，细瞅瞅，耐看着哩，先生掐了八字，旺夫相。”

我和小玩伴儿江子私下议论说，老吉家媳妇好看。要个儿有个儿，苗条条的身段。要模样有模样，白生生的瓜子脸。还有那弯整整的眉，一笑两个酒窝，那双眼像天上的一弯月亮，老是喜眯眯的，像一汪透亮的清水，美着哩。

我就把老吉家的新媳妇当作了将来娶媳妇的模板。我想，要是弄个胖乎乎的媳妇，不说别扭，单说要扑扑通通生一大群孩子，可是咋养活呢？心里纠结着，还是想找那瘦点苗条点、长得好看的媳妇。

果不其然，半年时间一晃而过，这老边家的胖媳妇肚子就扛起来了。那婆婆公公美得合不拢嘴，见人就夸媳妇快生了，掰着指头算日子。人们说这老两口子想孙子想疯了，你看天天美得像吃屁花子一样。日子临近了，又是提前叫亲戚，又是张罗着收米面，待满月客。

谁知媳妇临盆生个闺女，那老两口子的脸就黑丧下来，唧嘟囔囔的，也不打算待客吹响器了。保媒的本家族婶子说：“先生掐过八字，这媳妇一肚子小子哩，这送子奶奶先把闺女给送过来了。”

老婶子哼唱道：

送子奶奶游四方，
怀中抱个白胖郎。
奶奶殿里去求子，
许下说书唱两场。
…………

一唱惊醒梦中人。那边家老两口子看个好日子，去到香山寺里奶奶殿又是磕头祷告，又是烧香添灯，许下来年的说书戏，忐忑不定地盼着媳妇的肚子能争气。

说奇怪也就真奇怪。边家媳妇真是能生养的料子，没等上半年，可又出身子了。这一回，那媳妇的肚子鼓得是又高又圆。这公公婆婆三天两头往寺庙里进，不管是道观、祖师庙、山神庙、牛王庙，还是眼明寺、风穴寺、香山寺，逢庙就进，见神就磕头。许是心诚，许是边家的造化，也更是老边家儿子媳妇努力的结果，临盆坐草时，边家儿媳一胎生了两个小子，喜得边家又是放炮又是吹响器，满月酒办得大方又排场，把本不经常走动的远亲，驴尾巴吊棒槌拐弯抹角的朋友也叫个遍，唱了三天书，一天两场，也算是村上乡亲们沾了点光。

老边家媳妇肚子像开了闸，这老吉家媳妇两年多了，还没有一点动静。吉家婆婆是个碎嘴子，免不了说些不中听的话。“是只老母鸡也该开窝嬔蛋了，两三年了，老吉家养个张嘴子货，就知道三天两头走娘家。”这老公公明里不说，暗地里却和老婆子咬耳根子吹枕边风。“咱家喂的小母猪一年还下两窝猪娃哩，那后沟吕老头的狼猪来打圈，一打一个准，一窝下来就是八九只猪娃子。是不是咱娃子不中用，逃懒不下劲儿呀！”老吉婆“啪”地打了老吉头一巴掌说：“老了说话还没一点成色。人家老边家三天两头庙里烧香许愿，又是唱愿书又是吹响器，咱也该去拜拜送子奶奶，该许愿就许摊说书，咱也不能小气喽。”

第二天，老吉婆兜了半兜子鸡蛋上老边家里讨教。这老吉家与老边家不沾亲不带故，平日素无来往，今日带礼进家，老边婆自是喜笑颜开，比常客亲热了几分，便传经送宝似的打开了话匣子，一股脑地把求子还愿经历倒给了老吉婆。

原来边家三世单传，人丁不旺。到了她这辈，本家族爷便叫从娶媳妇合八字，到儿子婚期看日子，都请高人指点，头胎生个闺女，有点心瓷。先生又指点去香山观音菩萨那里求子，求到送子奶奶殿。那送子奶奶殿供奉有三个奶奶：大奶奶、二奶奶、三奶奶。那大奶奶心善，一求就灵。三奶奶吝啬，送了还老是收回去，不好成人。拜菩萨拜送子奶奶，心要诚，要上供，还要添香火灯油钱。最重要的是要许愿，要生男要生女，神前要祷告明白。许愿就必须还愿，是唱大戏，还是唱说书，要给神仙许明白。许了愿，如愿以偿了就要还愿。大戏咱庄户人家请不起，神也不怪罪。请摊说书戏唱唱，那神灵也爱听。求子不许愿，那等于是白搭，白白忙活一场。

拜过神仙许过愿，到大奶奶神像脚下去偷娃娃。那大奶奶、二奶奶、三奶奶脚下都有一大堆泥塑的、木刻的、布缝的小人。有大的，有小的；有胖的，有瘦的；有黑的，有白的；有小子打扮的，也有闺女打扮的。看中哪个了，一把抓手里，用红绳拴住，揣进怀里，扭头就走。不挑三拣四，不回头观望，万一惹三奶奶不高兴，收回去，那孩子就是生了也不好成人。回家路上，不拐弯，不串门，也不要和闲人搭话。进家就把小人放进箱子里，箱子千万不能上锁。一上锁，那小人就出不来了。媳妇怀上了，有心的再去给菩萨报个喜。到媳妇生下来后，必须把偷来的小人娃娃原样再送回奶奶殿。顺带还得再多做小人还回去，生一个多还一个，生两个多还两个。这可是老辈子的规矩，万万不可坏了老规矩。许的什么愿，一定要还什么愿。唱愿书到寺庙奶奶殿唱最好，俺那头胎就是在庙上唱的。在家里唱也行，村子里乡邻们也能沾光听听书，排场些。但也得把神灵请回来，上香上供，一点路数也不能少。

老吉婆一夜未眠，心里盘算来盘算去。天未亮，一骨碌就爬起来，收拾收拾就直奔香山寺，她要烧那第一炉香。供品摆了双份，香火钱拿了双倍，头磕得是“咚咚咚”地响，许下口愿求赐双胞胎，许下三天六场弦子戏。要是随了心愿，就请个唱得好的书状元，让神仙好好过过戏瘾。

其实呢，吉家媳妇这两年心里憋屈得很。听着婆婆那指鸡子骂狗的话，气得不要不要的。无奈自家身子不争气，让老中医看了多少次，都是经血不调身子虚，那中药一服一服不敢在婆家取，老是回娘家煎药吃。不知道是中医先生的药方起了效，还是老吉婆求子许愿的结果。半年后，老吉家媳妇怀上了。有几天，媳妇光想吃辣的，有几天又光想吃酸的，吃吃吐吐，反应厉害。老吉婆赶紧去请邻村老中医号脉，说是有喜了。

这老吉婆喜不自胜，把媳妇当奶奶侍奉，只差没砍块板子立个神位敬起来了。又是杀小鸡炖汤，又是烙油馍放葱花香菜的，啥事也不让媳妇干。一边忙活着，一边喜滋滋地想，人常说酸妮儿辣小儿，这媳妇吃辣喝酸的，莫非是龙凤胎？想想她在送子奶奶殿偷的是两个小子，就偷偷地乐。

老吉婆挽着媳妇到村街上溜达，说是遛遛娃儿，还不是有意在夸耀。有人就顺杆爬给老吉婆戴帽说：“哟，这五六个月身子笨成这样，莫非也是双生吧？”老吉婆大声回应说：“菩萨面前我是许了大愿的，那送子观音可灵验了。要是生个双胞胎，我唱它三天三夜书，让神仙听个够，也让乡亲们听个够。”邻居们说：“愿许下了可要兑现。”老吉婆爽朗地笑道：“那是自然。”

好事说到就到。老吉婆算算日子，早早把儿媳送到镇上卫生院，真是一胎生两个，一男一女，喜得全家上下乐开了花。老吉婆回来掀开箱子拿出小人仔细端详，明明白白偷回来的是两个小子，咋另一个越看越像妮妮，老吉婆愈发认为这愿是要大大地还了。

书场就设在老吉家的大门外。早在媳妇孕期期间，老吉家就翻盖了门楼，影壁墙上设了神龛，菩萨神位、送子奶奶神位、当坊土地爷土地奶奶神位都立出来，供品摆放一桌，香烟缭绕着，又是作揖又是叩拜，老两口子一心的虔诚。

说书先生请的是鲁山西羊石的乔双锁乔状元，他是马街书会上有名的老唱家。弦子“叮叮咚咚”一拉，简板“啪啪啪”地开打，乔先生娓娓动听地道来：

敬天敬地敬三仙，
敬神全凭好香烟。
香烟飘飘腾空起，
飘飘荡荡就上了天。
观世音打坐菩萨殿，
劈面闻到一阵好香烟。
掐住烟头闻香气，
就知道是凡间弟子把愿还。
观世音一见心喜欢，
一道玉旨往下传。

玉旨传下菩萨殿，

天地全神下凡间。

…………

请神仙不知神大小，

让位不知正与偏。

神让神来仙让仙，

该坐哪边坐哪边。

天地全神都请到，

俺一段仙曲送神前。

…………

说的是城东有个香山寺，

送子奶奶老灵验。

去到寺上磕个头，

然后再把娃儿拴。

老吉家来到寺上求儿男，

金炉以内焚香烟。

但只见三个奶奶上边坐，

金童玉女列两边。

今天求您不为别的事，

俺家里缺少小孙男。

若是您开恩送来子，

俺许个愿，天大的愿，

说书戏连住唱三年。

大奶奶拿过子孙簿，

从上到下仔细观。

只因他老吉家前世做过亏心事，

罚他今生无孙男。

二奶说，罢罢罢！

咱看他今儿许的口愿大，
送他个龙凤双胎转回还。
三奶奶吩咐童子去送子，
送子就在三更天。
到如今媳妇怀胎十月满，
生一对龙凤双胎心喜欢。
这本是老吉家求子书一段，
也算神戏书半篇。
众神听罢喜庆书，
神喜人乐两双全。
凡间弟子来还愿，
昔日的许愿今日还。
三天愿书今天唱，
诚心诚意敬神仙。
众位神仙都请到，
但等着下午开正篇。

乔状元一气唱得是字正腔圆，有滋有味，怪不得是鲁、宝、郏一带数得上的说书状元。

下午的正版戏是《美人洞》，一唱是十天半月也难唱到底。人们听温了听顺了，便叫喊着要续上几天，唱个有头有尾的。便有人说：“老吉家，你家生的双胞胎，双喜临门，这愿书得加倍双份唱，唱个十天八天的。”老吉婆心想：这愿书的段子里有“说书戏连住唱三年”，咱有这天大的喜事，多唱几天又有何妨。随又向神灵祷告说：“保佑子孙后代无病无灾，长大成人成才。要是再生上一胎，咱就真的连唱三年。”

那书桌前，弦子拉得嘚瑟，简板打得快活，供桌上的香也燃得笑开了花。老吉婆说：“神仙喜欢着呢。”

杀猪过大年

过了腊八节，年味就越来越浓了。地上的雪正在悄悄地融化，房檐下的冰奈子被调皮的大孩子用竹竿一个一个捅下来，“啪”的一声就摔得粉身碎骨，小孩子就抢在 嘴里吮吸着，小手冻得通红通红。

街上到处都是泥泞，西院大伯穿着泥屐子敲开三奶家院门，扯着嗓子喊道：“三婶，三婶，看看你家猪圈里的那头猪喂得咋样了？”说着就趴在猪圈的矮土墙上张望。那黑猪以为来人又是喂它食呢，便哼哼唧唧着走向食槽，轻快地摇起了尾巴。三奶说：“别光想好事。我这头猪食品站早号下了，说是可评一等一级，价钱高着哩，再喂两天就赶去卖了，百八十块到手，一家人等着扯布做新衣裳过年哩。”大伯和生产队长来过两三回了，一心二心想杀三爷家这头猪，可就是和三奶商量不通，过不去三奶这一关。

杀猪过年，这是庄上的老传统。一个生产队杀头猪，每家每户按人头分块肉，大户人家分个七八斤，小户人家三两斤不等。化化肥油后，炸个丸子豆腐什么的，油渣掺萝卜粉条做扁食馅，一家人沾沾荤腥气，就算过个肥实年了。三奶是庄上喂猪的行家，年头赶会，逮个猪娃子，到年尾就喂得膘肥肉厚。队上派大伯来几趟，三奶就是横竖不让庄上人杀。三奶说：“庄上人没钱，分了肉，年儿半载还欠钱不给，天天像讨鹅娃儿账似的。好几家欠两三年了，眼看是没指望了。”大伯幽幽地说：“唉，咱庄稼人不是穷嘛……”说着说着，村街上传来孩子们的儿歌：“说俺穷俺就穷，腰里束根穷麻绳……”大伯闻听，边用木棒敲着猪食槽，边也有板有眼地唱道：

左是穷，右是穷，
腰里还束着根穷麻绳。
走哩慢喽穷撵上，
走哩快喽撵上穷。
不紧不慢正步走，
一脚踏进穷人坑。
这个脚踩住穷蝎子，
那个脚踩住穷马蜂。
蝎子蜇，马蜂拧（方言，叮），
浑身肿，浑身疼，
跑到大营去请先生。
先生下手老是狠，
又是掐，又是拧，
你说心疼不心疼
…………

三奶于是笑着说：“你这孩子，三四十岁的人了，还像没长大的孩子。这鹅娃儿账要是队里有人管喽，还有商量头儿。”大伯拍拍胸脯，说：“这猪被你啰啰叫一年了，辛苦你了。今年队里猪肉账包我身上了，光缺粮款就能顶一大截子哩。”

说着说着，腊月二十三就来了，一群孩子又迫不及待地在街上齐声唱起了儿歌：

小孩儿小孩儿你别哭，
过了腊月就杀猪。
小孩儿小孩儿你别馋，
杀猪割肉咱过年。

三奶听见村街上小孩子们反反复复地高声喊唱，喃喃道：“孩子们想过年吃这嘴肉是想疯了，这猪也该杀了。”

大清早起，大杨树下就支起了那口黑老吊大锅，半锅水烧得冒泡，热气腾腾的。大伯和几个小伙子就来三奶家逮猪。等上完秤，三奶含着泪向猪身上泼去一瓢水说：“本是人间一道菜，你就安安生生上路吧。”大伯颇为动情地说：“喂养一年了，也算家里半口人呢。这猪下水给您老算搭头，也不枉您老啰啰叫那 300 多天。”

大黑猪四肢攒蹄被捆得结结实实，弹挣着，号叫着，被四个小伙子抬到大锅边的青石条上。一群小孩子胆小，不敢见血，却在远处又唱道：

小白鸡儿，脸皮薄，
杀我不胜杀那鹅。
那鹅说，我的脖子长，
杀我不胜杀那羊。
那羊说，四只白蹄向前走，
杀我不胜杀那狗。
那狗说，成天看门喉咙哑，
杀我不胜杀那马。
那马说，背上鞍子恁都骑，
杀我不胜杀那驴。
那驴说，成天曳磨呼噜噜，
您吃细来我吃麸，
杀我不胜杀那猪。
那猪说，吃您剩饭吃您糠，
杀我就开腔，哼哼唧唧见阎王。

大伯是村上唯一的杀猪匠，一套杀猪的家伙什儿齐齐备备。穿上围腰，掂出那把早早磨好的杀猪尖刀，人们就议论开了，这个说：“杀猪杀屁股，一个人一个路数。”那个说：“杀猪杀尾巴，一个人一个杀法。”还有的调侃道：“杀猪割耳根儿，一个人一个门儿。”更有个逛蛋浑小子大声叫喊：“杀猪割把儿，一个人一个法儿。”惹得众人哄堂大笑。大伯斜着眼斥责说：“看你最小，数你最能，一会儿掏出来猪鸭儿鸭儿，给你娘送回去。”

大伯喊人端来一大盆子，盆里倒上井里打上来的清水，拍拍猪头，洒上水，刀尖对着猪下腭，嘴里念叨着说道：“猪呀猪呀你莫怪，你本人间一道菜。他不吃来我不宰，你向他人去讨债。下辈子呀，你别再托生猪了。”一刀下去，便直往那大黑猪前腿中间的心脏处捅去，那猪声嘶力竭地嚎着，用力地挣扎，只见脖颈下血窟窿里一股一股向外蹿血。挣一下，蹿一股，那猪的号叫声渐渐地低沉，渐渐没了声息，盆子里的血也快流满了。有人向盆子里洒了一把盐，鲜红的血慢慢变成深色，凝成了一团。

大伯旋又操起尖刀，在猪后腿弯处割开一道口子，就用一根筷子粗细的火柱捅起来。翻过来，翻过去，把猪的全身捅了个遍，趴在猪腿那割开的口子处吹起来。片刻工夫，猪被吹得四蹄朝天，人们用棒槌捶打捶打，一直到吹得滚瓜溜圆的，便下锅了。

猪身下到锅里，只淹到了半边身子。大伯满头大汗地指挥着人们一边为它翻身，一边用葫芦瓢往它身子上浇热水。一群人手忙脚乱地齐下手，用尖石砸，用铁刮子刮，猪身就变得白亮起来。待浑身猪毛煺干净，大伯拿出肉钩子来，一下子钩进猪屁股的臀尖，一声吆喝，几人就把它挂到了大杨树的树杈上，开膛破肚，大砍刀卸去猪头与猪蹄，便有会计掏出账簿呼喊着分肉。

人们都盯着那前夹肋和腰窝处，这地方是白花花的肥肉，盯得眼里像要冒出火来。人人都打算着用这厚厚的肥肉化成膘油过油锅，炼过的油渣还能剁扁食馅，炸点豆腐干和素面菜丸子，热热呵呵过个肥实年。大家伙儿争吵了半天，大伯无奈，只好想出个抓蛋蛋叫号的办法，分分先后，叫大家撞运气了。小孩子们却全然不管这些，只要是肉，能吃上顿肉扁食就行，便兴奋地在一旁唱道：

小孩儿小孩儿你别馋，
杀了猪咱就过大年。
二十三儿，祭灶官儿。
二十四，扫房子。
二十五，割豆腐。
二十六，去割肉。
二十七，杀小鸡。
二十八，贴嘎嘎。
二十九，去灌酒。
年三十儿，包扁食儿。
大年初一，放鞭炮，穿新衣。
撅撅屁股作作揖。
…………

挤挤扛扛地分完肉，除了一地猪毛和那口没了热气的大锅，肉架子上只剩下了一挂大肠。人人都嫌脏，没人去拾掇，大伯用围腰包起来，哼着路戏，疲惫地往家走去。谁知进院就和老婆对骂起来，原来是他家的一份肉忘了。肉也分完了，细想起来，分明是这一家那一家割肉上秤时，秤杆冒高不低，把水分给挤干了，挤得大伯家只剩下一挂大肠。大肠是剁不成扁食馅的，大婶嘟嘟囔囔地骂，两个妹子嘤嘤地哭，一家人都是枯皱着脸，和那天上低沉的黑云一样。

傍晚的大杨树下，大伯靠着树根"呼噜、呼噜"地吸着水烟，还是和往常一样喜笑颜开的。别人问他这年下的扁食咋吃？他说："大年初一，逮个兔子，有它咱过年，没有它咱也过年。吃不住肉扁食，咱吃素的，豆腐粉条馅的，鸡蛋白菜馅的，红白萝卜馅的，咱多弄它几样。有这挂大肠，能多喝它几顿肠子汤，那味道美着哩，嘿嘿，比他们好多家过年还滋润呢。"

那边厢三奶拐着小脚，掂一块有二指宽的肉条子过来了。原来三奶听说大伯临了没有分到肉，忙称了称自家分的肉，明显涨出来有小半斤。三奶知道大伯是厚道人，给这家那家称肉，肯定也是只多不少，末了坑住自己了。三奶走到大伯跟前说："保呀，忙乎一天了，孩子们也等一年下了，盼着大年三十吃这顿肉扁食呢。这块肉你就捎回去吧，好歹让她娘儿们几个吃一顿舒心饭吧。"

大伯忙站起来谦让着，眼里分明泪花花的。接过肉，"嗖"地一下就蹿回家了。

大年三十的除夕夜，村上的饭场上空无一人。鞭炮"噼啪噼啪"在各自的院里炸响着，人们在自己家里围着火炉包着扁食，一家人欢笑着，那香气和烟气就弥漫在村子的上空。

我们一年一年长大了，春节也不知过了多少次，年年岁岁虽相似，岁岁年年皆不同。但次次的除夕夜吃饺子，就想起儿时那年杀猪过年吃扁食的情景。三奶和大伯很早就都下世了，他们可曾在地下吃八盘子八碗火锅海鲜等如此丰盛的年夜饭？

一挂猪大肠让一家人过个年的日子，成了我心中年味最浓的记忆。

红薯的记忆

记得前年逛书会，逛到接近中午，肚子里就咕咕叫了。忽然听那边有高声的叫卖："热哩红薯，香甜可口！"就忍不住张望了两眼。只见路口一老海油桶改造的烤炉上摆放着几个刚出炉的红薯，冒着腾腾热气，打老远便闻到了香气。忍不住肚子的叫唤，踅过去买了一个。热得烫手，便两只手倒腾着，放鼻子上去闻那久违了的味道，一下子，遥远的红薯记忆便一幕幕纷至沓来。

那年我刚刚高中毕业，满打满算快 20 岁了。冬季积肥，队里量我家农家肥的立方量，我有异议，便在生产队社员大会上顶撞起队长来。队长是我本家叔叔，是个说一不二、十分霸道、十分要强、十二分要脸面的红脸汉子，一般社员们很少敢在公众场合与他理论什么长短。年轻气盛的我不计后果，硬是和他争吵起来，让他很没面子。一气之下，本家叔撂了挑子，当众威胁说这生产队长干不成了。众目睽睽下，我反而讥讽说："哼，离了王厨子就吃带毛猪了？离了你这队长，地球就不转了？"气得本家叔叔脚一蹦，就走人了。

队里没了领头雁，这安排农活事就没人管了。家里来了好几拨叔伯哥嫂们劝我当众给叔认个错道个歉，我死活不干，态度决绝，说是没有啥错可认，自认理由充足，清高得很。

眼看着打罢春，那河边的杨柳一夜间可就泛青吐芽了，有人上树攀枝做起了柳笛，领着小童们满街嘟嘟地吹。社员们急了，有老农掐指算那二十四节气歌："春雨惊春清谷天，夏满芒夏二暑连，秋处露秋寒霜降，冬雪雪冬小大寒。”本家族老爷对我说：“眼见雨水来了，惊蛰谷雨说到就到，这红薯、烟苗、棉花、谷子咋种哩？该下红薯母，育红薯芽了，该打烟畦育烟苗了，该挑红薯垄沟了，这生产队长没人干，谁领着社员们干哩？一年红薯半年粮，180多口人就指望这红薯过活哩。要不，年轻人你干？”

我知道，这红薯是当时社员们的活命主粮。鲜薯可蒸着吃，煮着吃，烤着吃。红薯干既可蒸煮吃，又可磨成面粉烙馍、蒸窝窝头、和麦面一起做花卷馍，更可擀红薯面条，做成粉欠，下粉条。正是一年筹备种红薯的季节，社员们一个个上门让本家族老爷规劝我。

我也知道，这本家族老爷拐弯抹角劝导我，是要我给本家叔叔低低头，道个歉，给本家叔叔一个面子。那时的我，正是天不怕地不怕的年纪，说是血气方刚也好，说是争强好胜也行，冷不丁来了一句不着调的回答：“干就干！”本家族老爷一愣，激我一句说："今儿黑就开社员大会，要真选上你，你要不干可不中，那可是丢人打家伙呢。”我当时脑子肯定进水了，根本不服气，“皮锤子是幺”，自认没有过不去的火焰山。张狂的我认为，一年四季就那几样农活，打坷垃，扩（方言，赶）牛腿，帮耧耩地，扬场放磙，都是出力活，没多少技术含量，不懂了问问那些叔伯大爷们，也难不倒人，便十分自信地点头答应了。

晚上的社员大会就在生产队的草屋里召开，大家异口同声选举了我。我知道这是本家族老爷串联动员的结果。我想到矛盾暂时不可调和，僵局一时也打不破，关键是180多口人的吃喝就在春天这节骨眼上，节令不等人，不赶紧走马上任，领着社员们备春耕，社员们不把我骂死才怪。人误地一时，地误人一年，就这样我把我自己推上了风口浪尖。

一大早，我找人打开了生产队的红薯窖，亲自跳下去察看红薯保鲜状况。记得前几年冬天，有人喝酒后偷偷下窖里取红薯在牛屋烧红薯吃，来年一窖红薯变成菊花心，坏了。气得队长破口大骂，也没人敢承认是自己作的孽。谁敢承认？让谁赔这一窖红薯，谁家也赔不起。其实很多人心知肚明，只是没人揭发罢了。一窖红薯母坏了，育红薯芽就打瓦了，只好到洛阳偃师那边的集市上去买。买回来的红薯芽品种不适应俺村哩山岭礓石薄地和低洼黑录土地，当年红薯得了炭疽病，一块一块地黑，产量大减。为此，好多年来，这事都被一些社员背地拉出来叫骂埋怨。后来，窖口上做个十字架交叉穿杠，上了锁，一般社员就进不去了。

我擎着蜡烛一一观望着四方洞里堆满的红薯，那红薯的新鲜气息就钻进鼻子里，我使劲抽抽鼻子，有水珠子从顶棚落下来，滴进脖子里，温温的。我忙喊时任会计的文有爷下来看，谋划着挑拣好红薯母后，还能剩下不少，能分给社员们回家煮鲜薯吃。于是，我来到大杨树下，敲起了那个生产队长才能敲的大铁钟。

那钟声，低沉而浑厚，当被我拽动绳子敲响它的时候，就算是真正地走马上任了。铛！铛！铛！一下一下，那钟声承载着的责任和义务就这样落在一个毛头小伙子的肩膀上了。

就在大杨树下，我简短地分配了活计，女劳力去窖边分拣红薯母，两个上岁数的爷叔领工指导，半天把活干完。棒劳力把牛屋里的牛粪连同垫圈的草和切碎的庄稼秆一同混合，做薯芽温床。就在牛屋场院的空地上，铺成五尺来宽的畦子，用麦草和成的马渣子泥围成尺把高，一畦一畦上面撒上一层薄薄的土，然后一篮一篮的红薯母运过来，又一排排头朝上有序摆放，上面再覆盖一层垫圈的牛粪和庄稼碎屑，用马渣泥糊严实。只有上面一层是薄薄的，等发芽时揭开。听老农们指点着，留下两畦，用生产队的塑料薄膜盖上，插上温度计，随时掌握温床上的温度变化。

人家都收工了，我还张罗着队上的琐碎事。直到晚上，拖着疲惫的身子回到家，见到娘直喊累。娘说："不让你干吧，你非要干，既干了就得顶住光气，别让人家看你笑话。小伙子的力气是越用越有劲，睡一觉第二天就还是生龙活虎的。如今饭也能吃饱了，考学也不让考了，就奔着农活干吧。别逃懒，人的力气在头顶上呢，该下来就下来了。"

娘拖着久病瘦弱的身子为我做可口的绿豆面条，黄巴巴的脸上，一道道皱纹直通到下巴下面，但笑容仍然挂在脸上。我端起碗，瞧着娘的背影，猜测她心里想的是啥？是想到一向懦弱的儿子终于有了胆量而高兴呢？

还是想到儿子正往有出息的路上走，给她老人家长脸了而高兴呢？我不得而知。

一闷觉睡得不知天亮，娘把我叫醒了说："原来这时候你本家叔叔早把钟敲响，在大街上叫喊开了，当队长就得有当队长的样子，你可不能再睡懒觉了。"我慌慌张张跑去敲钟，又慌忙回来带铁锨，然后在街上一声一声吼道："南洼地挖红薯垄沟去！"

离村也就里把地，我在地头干了一歇子，三三两两的人才懒懒散散地到了。一人一垄沟，我就奋力挥锨干着，远远地把他们抛在后面。在那个年代，出工不出力是常态，看他们不紧不慢在后面磨洋工，我心里便有点窝火。批评吧我不敢批评，厉害吧也不能厉害，论辈分我是晚辈，哪一个拉出来不是叔伯就是大爷，平辈人同龄人就有两个，一个还是哥，我实在张不开嘴，要多郁闷有多郁闷。

一天就这么过去了，下地的人不算少，可就是不出活儿。我想：如今都是大呼隆，在混日头混工分呢，我当普通社员时不是也这样吗？能逃懒就逃懒。如今农活耽误了半个月，不能这样子拖下去了，得想办法赶出来。

晚上，我给本家族老爷商量，挖红薯沟不能大哄大嗡干了，再磨洋工磨下去，这红薯苗眼看是栽不上了。我说："分包给每个人干，根据每个地块长短，挖一条沟给记多少工分，我只管活的质量到位不到位，按量按质记工分，中不？"本家族老爷当过 20 年村支书，经历过不少风风雨雨，他担心地说："这算是承包单干吧，运动说来就来，上头要是追查喽，这事可不小呢。"我说："这又不是分田分地弄自留地小片荒什么的大事情，就这短短几天撵撵落下的活计，没啥大不了吧？"

就这样说干就干。打着本家族老爷默许的旗号，我找会计和小记工员一合计，就连夜开社员会公布政策。第二天，我还没把钟敲响，有人就过河下地了。这真是人叫人动人不动，政策调动积极性，只见地里锨锨飞舞，人们挥汗如雨，一条条垄沟在他们手下延伸着，原来测算三天的活儿，不到一天干完了。后来转战北岭、王家坟、东河滩地、东北洼等地块，不用吆喝，不用催促，没几天这农活可透亮了。

天气一天天热起来了，每一天我都要去育红薯苗的温床那边瞭上几瞭，拔出温度计，看温度的高低，揭开薄膜，请教询问那经验十分丰富的老农老“合子手”们，该不该揭顶了，该不该浇水了。老农给娘说：“这孩子有心劲儿，慢慢地就上道了。”

很快红薯苗露芽出土了，每天浇上一遍水，没几天就长得粗粗壮壮，叶子舒展开了，一片葱绿，该拔芽栽地里去了。

这时，原被中医诊断为伤寒痨病的娘，越治越重，竟然卧床不起了。请来卫生院长一瞧，牙根出血，鼻子出血，身上零零碎碎不少出血点，院长叔说：“这病很凶险，不是小毛病，赶快去大医院查查吧。”

这一下，我一生的最低谷最悲摧的日子开始了。

如今回想，1974 年的春天在我眼里一切都是灰色的，没有阳光明媚，没有鸟语花香，记忆中老是阴沉沉的天。

我和父亲在当天夜里把娘送到平顶山市人民医院，化验结果是红细胞已降至三点多，白细胞已低到不能再低了，输了两瓶血浆，状况有所缓解。经第三天脊椎骨髓穿刺，医生的怀疑成为现实，诊断书上写着再生障碍性贫血，并当即下了病危通知书。按当时的医疗水平和技术，这种病被医院判为近似血癌。医院里的主治医师是宝丰东关的老乡，他很沉重地一字一顿地告诉我和父亲说：“这个病没法治了，造血功能已经枯竭，全靠输血活命。一瓶血浆 36 元，一天需要输一到两瓶，你们根本负担不起。回去吧，让她多吃些好一点儿的吧。准备后事吧。活在世上的时间最多也只有一个月了。”这话犹如一声晴天霹雳，击打得我愣住了，好半天缓不过来劲儿。

头天晚上，我心里还盘算着季节不等人，队里栽红薯苗是当务之急，谋划着陪娘住两天院，稳住病情，回去赶紧领着社员们红红火火干起来。谁知兜头一桶冷水浇得我大脑一片空白。小时候挨娘的骂和打最多，可娘在我心里是最亲最亲的人，于是催父亲四处求医，打听到洛阳老城瀍河医院有专科治疗“再障”，就送娘去了。

有父亲同事朋友的介绍，入院很顺利，陪护母亲的任务由父亲承担，我就返回家里主持队里的生产大计，招呼着赶紧把红薯苗栽上。栽红薯苗没有多少技术含量，早上去温床那里拔红薯苗，修剪过长的根须，洒上水，用麻布麻袋什么的盖上防日头暴晒，然后给温床泼水，一是催苗，二是降低一下温度。吃罢早饭，男劳力需去一里远的地方挑水，挑起水桶率先走，挖坑的扛起锄头，带着红薯苗也紧跟着，后面是负责埋苗子的妇女老人们，近百十人浩浩荡荡地上岭了。

北岭离村子有二三里远，乃村子里的制高点，缺水。栽红薯苗所用的水要到岭北的浣河沟里挑，一来一回也有一里多地远，我是大小伙子了，也是队长，就拣了一副大桶挑着，唯恐别人说闲话。几趟水挑下来，肩膀磨得就有点吃不消了。虽然有垫肩垫着，左右肩换来换去，但两个肩膀仍火辣辣的。卸任的本家叔正当40岁的壮年，阴沉着脸跟在我身后，和我竞赛似的，一步不落也一步不超前。接着，又有两三个劳力悄无声息地加入他的队伍，跟在我屁股后面，我快走，他们也快走，我慢两步，他们也磨蹭着，看他们的眼神似乎向我示威似的，一脸的不屑。

这时候，生产大队的大队长跑到地头找我，来说安排各个生产队出劳力挖村渠干义务工的事。我就站在地头和大队长争论出人数，讨价还价，好大一会儿才敲定下来。等大队长离开，我到地中间一看，好几副空空的水桶就摆在地垄沟里，几个人拧着烟筒子坐在扁担上喷云吐雾，大咧咧的。这边的坑挖得齐整整的，一棵棵红薯苗摆在坑里，后面的妇孺老人单等着浇下水掩埋，此时也坐在垄沟上面干等。我一见这场面心里就窝火了，但还不敢发脾气，脸色拉下来说："这块地远，来一趟不容易，咱干完了，早点回家不中？"说着下手把自家挑的水一瓢一瓢浇向红薯苗坑里。一个长着胖猪头的单身矬汉子，猛然跳起来，大声叫喊："啥球队长，你挑一桶，俺也挑一桶。你能站地头上歇，俺也能坐地里歇歇。"另一个干瘦的货也跳出来随声附和喊道："啥球队长！毛没长齐就声张当队长，充啥球光棍儿大蛋哩？"我知道这两个家伙都是本家叔叔的铁杆保皇派，一个是队里的光棍汉，老是队上垫底的戏谑对象，论辈分是叔哩，但平时也没把他当长辈看，如今敢出来挑战我，定是后面有人唆使。另一位干瘦黑脸，正儿八经是没出五服的八爷，此人外号"黑蝎子"，可想平时在常人眼里是个什么货色。

两个人一递一句地和我吵，甚至于那“黑蝎子”干瘦货想和我耍拳头。我碍于晚辈而没恶语相向，但确实气了一肚子，窝了一心的火。在众人解劝下，我气呼呼地去挑水，于是就有一排人跟在我身后走，像我本家叔叔一样，暗里开始和我较劲。如今想来可笑，这吵吵闹闹，其实特刺激精神，憋了一肚子气儿，又憋出一股劲儿，反而加快了劳动速度。我挑着水的身后，一排挑水人也有序地在后面紧跟着，好似一道农村生产生活的风景线。

每天早上照例是召集大家在场院里拔红薯芽，修剪整理，给温床上的红薯母浇水。气氛是沉闷的，但社员们都明白事理，自己不能砸自己的饭碗，这红薯是救命粮，一亩地可收一两千斤，这春种红薯可是头等大事。有一两个老农背后指点我说，这两天日头太毒了，怕红薯苗在地里晒蔫巴了，改在半下晌栽种，夜里返苗快。确实，第二天一早去看，一夜的露水滋润，红薯苗在地里就返醒过来了。我想，要是有场小雨下来，那只有两三片叶子的红薯苗肯定支支棱棱精神起来了。

队里的春耕生产就这样日复一日地重复着，红薯苗也都下地栽上了。我舒了一口气，天真地想象着在农村大队如果干得出色，就有可能被推荐选拔为工农兵学员去上大学，圆我幼时向往的大学梦。自认为自幼就天资聪颖，学业老是名列前茅，想博个远大前程，脑子膨胀，就雄心勃勃起来。

高兴之余，就和春节时订婚的对象商量着去洛阳医院看望治病的母亲。在洛阳医院里，母亲脸上已经有了红润，看到我和未来的准儿媳一齐来了，笑脸如花。看来母亲的病状已经控制住了，我心里也不由得高兴。母亲就逼我俩去照了合影，又给准儿媳扯了一身时尚的“的确良”，其乐融融的，母亲开心极了。

谁知几天后，母亲和父亲就办了出院回来了。我问父亲为什么？他言不由衷地说：“医生说了，你娘这病已经稳住了，全靠以后将养。再继续住院，咱住不起了。”我这才知道，父亲已借了厂里财务和同事们2000多元，加上前段时间家里盖了三间瓦房，早已山穷水尽了。2000多元，这在20世纪70年代无疑是天文数字，姐姐远在东北工作，连攒带借的，为娘治病两次也就寄过来100元。我发愁了，一愁这无底洞如何能帮父亲填上，二愁母亲的病能不能在家治好。我十二分担心，但又无能为力。

当晚就有两拨人一前一后去看望娘，说了半夜话，被我撵走了。第二晚我去大队部开会，等我回到家就又快半夜了，又有两个人絮絮叨叨地在我母亲面前诉说我当生产队长期间的是是非非，惹得娘一肚子气。人走后，母亲询问根底，心里没底的我只好照实叙述，气得娘唉声叹气。

谁知道这“再障贫血”最怕怒气攻心，两天之后娘的脸变得蜡黄蜡黄，一点儿血色也没有了。在我的威逼下，父亲只好又带上母亲去洛阳住院。主治医师是个老中医，看到返回的病人时拒绝接收，我抱着娘坐的椅子大哭，“扑腾”一下跪在名叫李富生的医师面前，哭得他不知所措。

医院收了母亲，转入急诊，挂上血浆，我就急忙坐那每天唯一的那趟火车往家赶。第二天照例到大杨树下敲钟，吆喝社员们干活，到大队开会，找老农们咨询下步的农活安排。谁知第四天，一封电报到家：“你母病危，速找车接回。”电报是父亲拍的，我明白娘的病已回天无力了。

这无疑是噩耗，我的心乱极了。

接回娘的那晚，父亲厂里的那台小工具车冒着一路电闪雷鸣和瓢泼大雨，在泥泞的路上颠簸到后半夜。母亲昏迷不醒，被我背回家中，换了干衣被，就安详地躺在床上。望着呼吸还算均匀、一脸蜡黄的母亲，想着母亲的一生就这样走到了终点，她含辛茹苦养大了儿女，却在将要享受天伦之乐的壮年就这样匆匆而去，我撕心裂肺，痛不欲生。娘呀，孩子我还没长大，还需要你的呵护呀。我下面还有两个小弟，姐姐又远在天边，这以后的日子谁来执掌？父亲背了一身债，压得他难以喘气。这一家人的日子往后怎么过？我的大学梦，从此要破灭了。

天亮后，母亲就安逸地走了。大脑一片空白的我，被长辈拉着沿街一家一家去磕头，两只膝盖跪出来半腿泥巴，两只手上也糊满了泥巴，就连和我对着干的那“猪头光棍”小叔、“黑蝎子”八爷我都照例一头磕下去。最后在场院里找到原任队长的本家叔叔，我无声地长跪不起，我这一跪，他长足了脸，似乎原谅我了。母亲在世时为人善良，勤劳又乐于助人，门前门后的婶婶叔爷也都来了，本家族的老老少少都一齐来为她的后事操劳。

我端着老盆哭到坟上的泪还未干。

真应了那句老话，福无双至，祸不单行。一周后，又一个坏消息传来，原来订婚的对象家里反悔，退婚，把定亲的信物礼品又原封不动地让媒人送回来，在我原本受伤的心上又插上了一刀。本来刚刚邮寄到家的两人合影使我看着心里稍有安慰，谁知这又一晴天霹雳，又把我打得晕头转向。我把照片撕得粉碎，撒向天空，心在滴血。这像是一刀，几乎让我毙命。当时，我连自杀寻死的念头都有了。从此，我明白了世上少有什么情什么意，一切要靠实力说话。人世间的绝情无义如此，反而坚定了我勇往直前活出一个人样的信心和决心。

如此重大变故，加上还有患病卧床的奶奶，我的人生陷入困境，跌入低谷。原本不切实际的幻想，被生活的柴米油盐锅碗瓢盆所左右了。父亲和我抱头哭了一场，让我把这生产队长辞了。

大杨树下，我敲起了平生所敲的最后一次大钟，宣告只当了三个半月生产队长的历程走到了终点。

红薯苗依然在地里茁壮地长着。麦罢，锄红薯，给红薯上磷肥，翻红薯秧子这些活，我零零碎碎、多多少少地干过几次后，就被父亲想法弄到县水泥厂、钢铁厂干临时工。在工厂劳动的日子里，哪个工种累、补助高，我就干哪个。炉前工和捞矿渣都有高温补助，后夜班还有两毛补助，有时连轴替班，一月下来，工资竟领了 50 多元。队里缺粮款交上了，替父亲还了一些账，减轻了父亲的压力。

转眼收秋种麦，又是一阵子农忙。回到家里，我就想起当生产队长那三个半月的日子，领着大家栽红薯苗时那热闹的场面、吵架斗嘴的场面历历在目，我便想着去看看那地里的红薯长得怎么样了。

红薯一棵棵鼓胀起来，有的长出了地面，露出泛青的头。扒出一颗，扒拉扒拉泥土，咬上一口，脆而甜。那碧绿的红薯叶子经霜一打，一夜之间便泛黑了。妇女们在忙着采摘红薯叶子，打算腌制，晒干，变成来年春天饭桌上的食物。红薯梗子青时可做牲口饲料，干硬时可做柴火。这红薯遍身都是宝。

我一路想来，那三个半月的生产队长也没有白干，从此我知晓了春耕备播农事农活的那些细节事儿，明白了人世间的冷暖阴晴，更懂得了有些人为眼前利益而短浅狠毒的目光和做派，将使他们一辈子为生计而劳累奔波。

我在地里转悠着，望着眼前的一片葱绿，那过去的恩怨早丢脑后，被忘却了。今年的雨水下得均匀，玉米、高粱、谷子、芝麻、黄豆地里，蛐蛐儿和蚰子在浅唱低吟着，秋庄稼要丰收了，红薯更是要丰收了。

我想到往年种罢麦子，农村的学校要放红薯假，像收割麦子一样，大人小孩齐上阵，小孩割红薯秧子，大人男劳力挥着三齿耙子刨得红薯一地鲜红，女人和老人就在后面拾掇红薯上的泥土和秧棵上的筋筋，归堆，等待下午上秤分到户。一到晚上，满地里人影乱晃，马灯闪烁，家家支起红薯刨子，将红薯切成片，撒得满地一片洁白。红薯干晾晒干了，被人们拣拾回去，用箔席储藏起来，或用碓臼杵成小指头大小的碎块，掺和着小麦、黄豆、玉米磨成杂面，或做窝窝头或做杂面条。也有很多人筹划着把鲜薯磨成粉浆，过滤成淀粉，可做凉粉原料。上冬来，三九严寒，粉坊开张，家家下粉条，也是一道风景。

我更知道，那些色相好的红薯，出红薯时也大都被小心翼翼地呵护着，生怕被刨烂，被撞破皮，人们早已收拾好了窖子，一车一车储藏在红薯窖里，成为人们一冬的主粮。那最好的鲜薯，集体要留下来，作为来年育苗的红薯母。

在那个年代，玉米糁煮鲜红薯，盐拌的萝卜丝，是农人们饭桌上的标配。其实，农人们哪有上桌吃饭的习惯？都是捧个大碗，轩尖一碗红薯，上面放一撮萝卜丝或腌制的黄菜，蹲在街角饭场上一边喷瞎空儿，一边填满肚子。

农耕年代悄悄地走了，正如手机、汽车悄悄地来。寻常百姓家如今每每吃饭真正上了桌，细米白面太寻常，红薯倒成了稀罕物。饭桌上几菜几汤的，年轻人还不满足。在饭店，馒头、白米随处扔掉，红烧肉、鸡鸭鱼，筷子戳两下，就被糟蹋了，让人心疼。满桌的剩菜剩饭，这要是让我娘那辈人看见了，一定要骂："这一群败家子儿，吃孽果子满了。"

可惜娘去世太早，没能赶上这样的好日子。她一生就活在吃红薯的日子里，红薯干，红薯馍，离了红薯不能活。那年，她才 50 岁。

夜戏

春节过了，元宵节过了，天气渐渐地暖和了，大乡庄子的庙会便一个接一个来了。

庙会大多都唱大戏，甚至于有两三台戏对垒，名曰唱对台戏。这时候，剧团、戏班子便忙碌得不得了，戏剧行里有句俗话说：“金正月，银二月，好收还是三四月。”麦收前的这段日子，天气不冷又不热，春耕的农活也不累人，赶会看戏便是乡村人们绕不开的话题，剧团戏班子的生意稠，有好唱家的大戏班的戏往往年前就被写走了。

逛庙会，老人们结帮去庙上烧香磕头还愿，家庭主妇是去看花花绿绿的锦货棚，吃货们瞄着那馋涎欲滴的小吃摊，这些都需要花钱。不花钱的是戏台子下看戏，这里无疑才是最热闹的所在。

看戏，大人们看的是戏里的故事曲折让人牵挂，演戏人的一招一式动人心弦，婉转动听的音乐唱腔舒适入耳。半大小子们不懂戏文，凑的就是热闹，看戏台子上男女演员长得是俊是丑，是高是矮，上台来一个，就品评一番，打打分。假如遇到一个出靓的青衣花旦，免不了就想入非非，“咕咚，咕咚”往喉咙眼里咽口水。那戏场子里卖甘蔗的、卖花米团儿的、卖爆米花的、卖气球风筝的，吸引的是小孩儿。那些穿戴得花花绿绿、头上别发卡梳辫子的姑娘小媳妇儿们，三五成群，嘁嘁喳喳的，则是戏台下的别样风景，半大小子们有的动了歪心思，老想猴斥猴斥。

于是，这些半大小子们就可劲儿地往她们跟前凑，当地人说往女人堆里凑是串小场。偌大一个戏场子，这边往那边挤，挤呀挤呀，好半天才挤挪到一起，便有人涎着脸皮搭讪说话：“哪庄儿哩？咋不认识哩？”胆小的姑娘顿时羞红了脸，低下头不敢回应。便有厉害些的姑娘白了一眼，接腔道：“俺是恁姑奶奶哩！”这半大小子讨个没趣，没招了。另一个尖酸的家伙叫石磙的立马接腔说道：“咦，一群姑奶奶，那姑爷呢？咋没见姑爷陪你们看戏哩？”一群半大小子便起哄，这个说姑爷还穿着开裆裤呢，尿床挨打了。那个说，咱几个里面肯定都是姑爷。惹得那群女人里面领头的一个小媳妇儿破口大骂：“谁家的羊圈门没关牢靠？跑出来一群充大蛋的骚货！”惹得戏台子下一阵笑声，石磙这小子冒冒失失的，人称“冒失鬼儿”，没招接腔了，便握紧拳头瞪起两眼，一副想要打架的模样，观众们的秩序便有点乱了。

戏台子上，那掂着长竹竿维持戏场子秩序的两个二蛋货，正伸着脖子看戏台上筋斗翻得一连串，闻听这边乱了，吆喝一声便来弹压，这一群半大小子就落荒而逃。

正是草长莺飞的季节。麦苗拔节起条，蹿起了半腿深。麦穗露了头，那春风寨里的老日子庙会就来到了。

喜欢看戏的人们逢人便打听，今年这会上的戏是咱寨里的“春风”曲剧社唱的？还是虎狼爬岭上的“红脸王”剧团唱的？得到答复后，有人便担心地说道：“咱寨上唱青衣花旦的杏花姑娘和扮二花脸的石头儿两人私奔了，一下子崴了两个台柱子，这戏还咋演哩？”有人便知根知底、神神秘秘地说：“这两个人唱戏，唱着唱着唱出了情分，谈起了对象，生米做成熟饭，怀上了孩子。女方一家人极力反对，到团上闹得鸡飞狗跳的。团上的头头无奈，暗地里安排两个有情人偷偷远走他乡去了。团里只好临时从岭上外乡叫了两个角儿，说是那花旦扮相俊俏，水袖功亮眼，舞得特别好看，台步也走得一拧一侧，一笑两个酒窝，万人迷的角色。还说那唱腔细溜溜儿的好听，跟咱那野地里天上飞的凤头百灵一样啾啾的，美哩很，不是一般的美。”一传十，十传百，三里五村便传开了。于是这家叫亲戚，那户喊朋友，说是今年会上有好戏看了。

庙会的戏台子就扎在集贸市场的北头。夜幕降临，闹台的锣鼓便敲打起来，一阵一阵的“急急风”催促着看戏的观众，也催促着正在化妆的演员。

等领头的“冒失鬼儿”带着三四个半大浑小子气喘吁吁地跑到戏场子。戏已经开演了，台下面人山人海的，黑压压一片，都是奔着这俩名角来的。只见戏台上三四盏汽灯点得贼亮贼亮，遮堂与幕布红绿相间，一老旦正在“伊伊呀呀”地唱，一老家院躬身伺候着，这戏唱的是《风雪配》，正角儿还没有出场呢。

“冒失鬼儿”便说：“来得不算晚，这高秋芳还没出场哩，咱颜公子准备着抢亲吧。”大家七嘴八舌开着玩笑：“该出手时就出手。抢回去给咱石磙哥当新媳妇吧。”一群人嘻嘻哈哈，专等那花旦出场亮相了。

没多一会儿，鼓板声一变，那拉大弦的就提起劲儿来，比往常拉得格外卖力。只见两个丫鬟圆场站定，一声声脆脆的小锣伴着鼓点，“嘚嘚，一嘚，一嘚嘚……”，从后场袅袅娜娜就走出一娉娉婷婷的可人儿来，水袖甩了几甩，亮相站定，过门开奏，还没开腔唱，下面戏台子看戏的人就哄哄开了。乡下人不懂鼓掌，就有人高声喊叫：“排场！排场！”后面的人群看不清楚，就往前面挤，挤呀挤，一波一波的，有的挤丢了帽子，有的挤掉了鞋子，小孩子被挤哭，原本坐前排的老头儿老太太们被挤得骂声连天。场子里大人叫小孩哭，秩序一下子乱成一锅粥。

眼见这戏是唱不下去了，花旦无可奈何退下场，那维持戏台秩序的两个二蛋货跳下台去，一个光着膀子抡起衣服叫着骂着，一个就操起长竹竿往挤得厉害的人群头上敲打。乱了好一阵子，这戏场子才慢慢安静下来。

伴奏的弦子过门重又拉起，花旦重又小碎步舞出来，轻启歌喉，婉转恰如凤头百灵：

今日是俺出阁的头天晚上，
还缺少上轿的绣鞋一双。
急慌忙我只把那银灯挑亮，
独坐在闺房里来绣鸳鸯。
…………

“冒失鬼儿”这一群浑小子挤到了台子角下，一个个瞪大眼睛盯着花旦的身段。这花旦台上一颦一笑，一招一式，惹得“冒失鬼儿”那群浑小子哈喇子都要流下来。

“这角儿长得就是美。”

“唱得也好，人也美。”

乡下人不会拽词，用一个“美”字就是最高褒奖。几个人就安安生生伸着脖子，支起耳朵，瞪着两眼，站在戏台子角下一直到煞戏硬是没有挪窝。其间戏台子下挤了几次，他们还帮着维持秩序，大声地喊叫，只怕戏再中断，唱不下去。

夜深了，看戏的人群渐渐散去。“冒失鬼儿”几个人恋恋不舍踅向后台，扒住幕布看演员们卸妆，光想瞅瞅那花旦的俏模样。说着说着，维持戏场秩序的二蛋货过来骂道：“滚蛋，今儿黑就是恁几个浑小子乱场子，再不走，把胳膊腿给你们卸两只。”

几个人跑出去老远，心有不甘。有人献计说：“这几个演员就住在十字街老郭家的酒坊里，咱在那小石桥边等等？”大家齐声赞同。眼前，三三两两走过去不少人，月亮地里影影绰绰的有几个演员打扮的人，细看都不是那花旦，就有人沉不住气说：“回吧，看来咱没那运气。”正说间，那边厢风摆杨柳似的走过来两人，其中一人莺歌燕舞地唱着那戏中高秋芳的唱段，那不是花旦又是谁？

“站住！”“冒失鬼儿”上前截住去路。

“干吗呀？”那角儿娇滴滴地回答。

“不干嘛，就是想和你说个话。”说着说着，就拿起手电筒往人脸上照。

“咦咦咦，干吗呢？”这角儿脸洗过了，重又穿上花旦戏衣，边走边学花旦的水袖功，见状，忙用水袖遮住了脸。

“哥儿们就想看看你长得有多美，和你说说话。”说话间凑到跟前，又把手电筒照了照。

“流氓，一群流氓逛蛋！想占老娘的便宜。”那角儿头一声还娇滴滴地学花旦的声调，第二腔便变了声，粗壮如公鸭嗓，原来是那个男角儿在学那花旦的戏呢。

手电灯的强光下，这演员脸上斜着一道刀疤，几个黑油麻子坑坑洼洼，眼瞪得铜铃一般无二，一脸的凶相，不就是那戏上的“捣丑”无赖颜公子吗？

这几个人扫兴极了，有气无力地往家走，一路念叨着那花旦，心里像猫抓了似的。这个说，咱有钱了，发达了，也写戏，就写这花旦高秋芳的戏，写他个三天三夜，看个够，听个够，就让她住咱家里，咱情愿端吃端喝伺候着。那个说，咱就是为她铺床叠被端屎端尿也愿意。“冒失鬼儿”一路上一言不发，心事重重，不知道又动了啥歪心思。

这老日子庙会的戏唱了一春又一春，新戏老戏轮换上演着，那外请的名角儿花旦高秋芳再没有来这儿露过脸，使得这群“冒失鬼儿”再也打不起精神去看戏。戏场子少了这几个浑小子，倒是也安生不少，但免不了夜戏的台下还是挤挤扛扛的，那两个维持戏场秩序的二蛋货仍然在岗位上辛苦着，比唱戏的演员都出名。

光阴似箭，日月如梭，日子一天天过去了。昔日的“冒失鬼儿”娶妻生子，在外做生意又发了财，在家里修了五间楼房，富丽堂皇的。竣工时，想起小时候发的誓约，便要写戏庆贺。于是，让我千方百计打听，请那个名角儿花旦所在的剧团，不讲戏价，要大唱三天。

“冒失鬼儿”对我说，年轻时遇到个惊艳的女子，这辈子心里头就罩在这影子里了，在那脑子里转来转去，咋撵也撵不走。

他还对我说，就是娶了媳妇也经常做梦，梦里那场夜戏时不时地重复上演着，那花旦的身段、声腔、一招一式，扰得他十几年夜里不安生。

昔日玩耍的伙伴们被“冒失鬼儿”招聚在一起，又是划拳喝酒，又是大块吃肉。那花旦自然而然被邀到场，坐在一桌，斟酒端酒。

这几个货近距离地打量着他们心中惊艳的花旦，细看她脸上虽白生生的，但已是细纹纵横了，两鬓稍有花白，明显没了昔日的花枝招展和灵动。但偶尔一笑，那酒窝却一如既往地荡漾着美，这美虽打了不少折扣，风韵却仍不减当年。伙伴们喝着酒也时不时地唱上几句，不着调，却有几分沧桑。

那花旦听着伙伴们讲那过去看夜戏的故事，听到人们对她那暗恋的情结，也有几分唏嘘在心头，便多喝了几杯。

夜戏就在村子的乡村大舞台上开唱，戏台子下围满了观众。头场戏照例是当地人喜欢的曲子名剧《风雪配》，这是写戏的主家“冒失鬼儿”点的戏。

夜幕降临时，走在远处，看那舞台上花红柳绿的舞，听那声声丝竹管弦，花旦那宛如凤头百灵的唱腔传得老远老远。

这群如今已成家立业的小子们就站在百米开外，远远地站着听着看着，再也不往人群里扎堆了。

我骤然想到鲁迅先生的《社戏》，当年挤在戏台子下的小伙伴和划着小船的少年几无两样。如今，那戏台子上“伊伊呀呀”地唱，被线阵音响扩放得清晰而悠远。雪白的灯光和电子彩屏背景辉映，和那过去的土鳖油灯和汽灯比，恍如隔世。远远地看过去听过来，别是一番滋味在心头。

拾麦

农忙五月天，芒种一半茬。焦麦炸豆的日子里，农民社员们大都累得鼻塌嘴歪的。天还没亮，树上的“吃杯茶”一有动静，生产队的上工钟就响起来。日落半夜，打麦场里还是人声鼎沸。男女老少起五更打黄昏，弯腰弓脊地挥镰割麦。那四折叠住的感觉，被火辣辣的日头晒得脱了一层皮的滋味，着实不好受。地里的活儿一有点眉目，队长便说要放几天麦假，女人和小孩子们就欢呼起来，一窝蜂地跑地里拾庄稼。

拾麦子是女人和孩子们的活儿。男劳力一边忙着在场院里打麦，一边还得侍弄埋住脚深的大秋庄稼。仰脸看天，单等老天爷下场透雨，晚秋的玉米、芝麻、黄豆才能下种。

这时候，收割完麦子的麦茬地白花花的一片耀眼，东一棵西一撮的麦穗便成了女人和小孩子们眼里的猎物。看谁眼疾手快，看谁能脚踢手扒拉，一个个奋不顾身慌慌地往篮子里拾掇。在那一年红薯半年粮的岁月，拾麦穗，无疑是小麦收，是家家户户麦天里的心坎事，也是小户人家的些许希望。

记得60年代末，有一年收罢麦，上交完公粮，社员们人均分了18斤麦子。大家都发愁这日子咋过下去。如果不是当年秋季红薯、玉米好收成，大伙儿非饿掉大牙不可。那时，要不是娘和几个婶婶大嫂子们起早贪黑跑十几里地到外乡拾的几十斤麦，掺和着玉米、黄豆、绿豆，磨了些杂面，恐怕年下连饺子都难以吃上了。因此，麦忙天割麦打场是男劳力的头等大事，这拾麦便是女人和孩子们的第一要务。

从小笨拙的我，腿粗胳膊细，跑又跑不快，手又不顺溜，眼又不济事，每每下地收获不丰，回到家总是挨骂或受白眼：“还有脸回来吗，仰着个脸看老鸹、野雀往嘴里屙吧。”或者说：“人家的手是手，你的手就是两只脚？是脚也有四只蹄爪子扒挠扒挠……”骂得我直想找个地缝钻进去。我很委屈，眼泪打着滴溜儿，硬是没让它流出来，上午在岭北的一幕又在脑海里翻腾：

我村大多是山岗薄地，麦子熟得早也收得早。这两天，拾麦的人们疯了似的，像牛把式犁地一样，不知走了多少个来回，把麦地拾掇得干干净净，犄角旮旯、地沟地头都寻遍了。剩下个把苍蝇头似的小麦穗，也是像寻白头小雀一样难见。

几个小伙伴们商量着去岭北邻村那边瞅瞅。岭北的邻村那边是水浇地，麦穗个头也大，一穗顶我们这边好几穗。翻过小岭就看见邻村的麦地里人影晃动着，看来邻村也放麦假了。

我们便飞疯一般地跑过去跟在人家后面拣拾。人民公社大生产，一个生产队一个规矩，谁知道侵犯了人家的地盘，邻村有个干部模样的人吆喝着骂着撵我们滚蛋。我吓得赶忙退出来，提着篮子在地头发呆，有胆大的两个伙伴仍然像没听见一样，脚踢手扒拉地往篮子里拾掇麦穗，就看见那边有两三个人跑过来夺篮子。

伙伴们一窝蜂地往自家地里窜，我傻了一样纹丝不动地站着。那两个大人从我面前撵过来，一个戴顶竹帽，一个扛把桑杈，斜眼瞅我一眼，放过我直朝那几个贪婪的伙伴追去，一路上齐声乱喊。

岭尖上正有十几个本村劳力在锄红薯，一看到孩子们被追得哭爹叫娘的，立马挡在面前，只见那瘦骨嶙峋的九爷一声怒吼：“咋着？！跑俺庄压凌人哩不是！”掂起锄把就朝竹帽子那人抡了过去，那竹帽子飞了，露出一大秃瓢，明晃晃的。“秃子！秃子头！”大人们一阵哄笑。竹帽子吓得愣怔一下，赶紧跑着去拾竹帽子，那个扛桑杈的忙扔了桑杈说：“爷们爷们，算了吧算了吧！”两个人灰溜溜地走了。几个伙伴满脸沮丧，被大人们教训一顿说：“自家地里咋弄都中，跑人家地盘里胡来，那不是屎壳郎跑到蒜臼里寻着挨锤哩！”

在那个饥饿的年代，为了争一口吃的，为了一个白面蒸馍，为了填饱咕咕叫的肚皮，受苦受累不说，难堪的、受羞辱的事也时有发生。

记得那年村西头侯家死了男人，撇下了孤儿寡母和老娘，日子过得艰难。一家人的担子把一青年妇女压得直趴下。她去拾麦，拾着拾着，拾到了生产队的打麦场边，看见场院里尖尖的麦堆和成垛的麦捆，就有点眼馋了。左观右看，发现晌午头看场的老黑回家吃东西去了，四下无人，便溜进去往缝好的小布袋里灌麦子。正紧张间，猛听得外面一阵路戏：

吃罢饭当时不饥，
正东走俺腿肚朝西。
老丈人家是一门正经亲戚，
可就是丈母娘还没生闺女。
…………

这妇女一下子蒙了，被老黑逮了个正着。老黑说："送大队部吧，等着戴高帽子游街吧。"那妇女一听，吓得心里扑扑腾腾，忙说："好兄弟，放嫂子一马，嫂子家上有老，下有小，老作难呀！可怜可怜你那小侄女，眼看没奶吃了。"那老黑是基干民兵排长，根正苗红，正追求着进步哩，一连声地正经说道："不中！不中！坚决不中！"

妇女怕了，知道游街示众是"谷草捆老头——丢大人"的事，戴个纸糊的高帽子，自家敲锣自家叫喊："我偷生产队的麦子了，我没觉悟！我不要脸！"那场面要多丢人有多丢人，不但落个小偷名声，在四里八村都抬不起来头。女人无可奈何，忙掀开衣襟，露出两只大白兔子，忙又去解裤腰带，面带哭腔哀求道："嫂子跟你好一回，中不中！我这又不是米面罐子，掠点儿，也不会少点儿啥。"老黑眼一闭，狠狠地说："俺是干部，不吃你这一套！你再弄这一出，信不信我立马用绳捆上你。"那妇女也是急中生智，把脏手往脸上一抹，撕拽着头发，把裤子也褪到了脚脖子上，大声说："俺就说你强势俺了，今儿你让嫂子过不去，俺就告你强奸罪。"老黑一听，惊得一跳："嫂子呀，你咋又弄这一出哩，你这不是往俺脸上抹锅底灰哩？"这妇女说："你既然不仁我也不义了，丢人咱都一齐丢人，我破上（方言，豁出去）了。"

后来的事就不清楚了。

不久，不知道是谁还是传了出来，村上人都悄悄地说闲话，女人堆里更是说啥的都有。有说老黑从了嫂子，两人做了那事，还让女人灌满一小袋麦子喜滋滋地走了。还有人说，老黑的肠子都悔青了，没逮住黄鼠狼惹得一溜儿臊，大队干部不让干不说，连民兵排长也抹号了。还有人说，老黑和嫂子从此好上了，两人老是偷偷地眉来眼去。老黑明里暗里接济嫂子家渡过了那两年饥饿难耐的日子。

小时候，我真是怕过麦天，一见麦稍发黄就犯愁。一怕弯腰弓背割麦，汗湿全身、麦糠撒脖子里的难受，更怕拾麦时手脚不利索，收获寥寥，回到家不是受尽白眼就是挨骂。还有的小伙伴也难受地说，麦苗一返青起了条子，就想起麦天的难过，怕得要死。可又想到麦子收了，能吃上一顿白面蒸馍或吃上一碗白面条，又巴望着麦天快来，馋虫哈喇子就流出来了。

没上两年，老黑真的和嫂子一起过上了没羞没臊的日子。后来年景也越来越好了，生活也逐渐改善了，这女人一连串为老黑生了三个小子。村上人说，这女人屁股大，是生养小子的身段，日子过得瓷瓷实实的，这可把老黑美得屁颠屁颠的，天天路戏哼唱得是有声有色的：

眼怕花来耳怕聋，
鼻子怕的是气不通。
住在高坡怕天旱，
住在低洼怕水冲。
小鸡娃最怕恶老雕，
老鼠怕猫兔子怕鹰。

做生意就怕赔了本，

咱庄稼汉就怕没收成。

唱戏全凭好喉咙，

喉咙哑了唱不成。

说书人全凭一张嘴，

弹三弦万万不可指头疼。

…………

村人见老黑一路坠子戏摇头晃脑地唱着，便问道：“老黑呀，心里舒坦着哩？”老黑笑嘻嘻地说：“哎呀，这几个娃子快把我吃了。等过两年养活大了，都能给我下地割麦拾麦去了。”于是，大家都说，兴这拾麦，算是给老黑拾了个老婆。

磨坊里，那驴在有紧没慢地转着圈儿，娘在旁边的笸箩里筛着箩，头发上沾了一层面粉。那磨盘上是少量的麦子和绿豆，还有杵臼成豆豆状的红薯干、玉米和黄豆，这几合一的粮食从磨眼里“呼呼噜噜”地徐徐而下，我一边赶驴，一边收麸面。戴着“碍眼”的驴转着圈儿，还一门心思地想扭头吞一口。我掂起赶驴棍打下去，那驴也不叫唤，只是加快了蹄子“嘚嘚”地跑几圈儿。

娘说：“这拾来的麦子配上杂粮，够咱家几口人喝半年稀汤面条了；要不然，一家人就得喝菜糊涂，喝西北风了。”说着说着，戏谑似的瞧着我笑了笑说：“等你长大了，也学你老黑哥拾麦子拾个媳妇，生几个大胖小子。”

我吓得一哆嗦，便恨上了那收麦季节。有一天，碰见老黑一家人去双街赶会，老黑手牵一小儿，背上驮一小儿，那嫂子怀抱一小儿在后面跟着。老黑一路又吼唱起了路戏：

日月好比一张耧，

摇到东头又到西头。

阎王爷好比那摇耧的汉，
众小鬼好比那曳耧的牛。
世上人好比那耧中的籽，
摇来摇去摇到地里头。
…………

这老黑一路唱着路戏，驮着孩子的背佝偻着，苍凉的嗓音久久回荡在我的脑海里，我越想越觉得是这个理儿，越想越恐怖，吓得出了一身冷汗，又起了一身鸡皮疙瘩。

逃学

记忆中的逃学发生在上小学四年级时，正是开始学习雷锋叔叔的年代。

那天早上早自习，背诵的课文是《海上日出》。课文很简单，下篇的《向秀丽》，我也通读了好多遍。自认为在老师心目中是好学生，就有点飘了。

回家吃罢早饭，我背起小书包喊我隔墙的小哥们一起走。村子前街就是东西向的河堤，一直到村西头顺河拐了个弯，向北折过去。翻过河堤，一条蜿蜒小路通向小学校，也就里把地。

小学校建在中华人民共和国成立后废弃的关帝庙里，三间大殿是最高建筑。虽不见关帝爷神像，但墙上还镶嵌有好多碑碣，座位下也有不少支座位的碑座。我就坐在关二爷曾经坐过的大殿里上课，有时登上讲台领读课文，甚至收发作业，代老师批改，好不威风。

村头河堤边有一人家房后种了两棵大桑树，桑葚已经红了，密密麻麻的，红黑白青相间，透过桑叶，感觉到那甜已沁入喉咙眼内。

那家人因无子嗣，绝户了，前院改为生产队的仓房院，两棵结满果实的桑树没人照看了。上岁数人说，这院子正对西河下水头，风水紧，虽有河堤挡了一些煞气，但终是挡不住。还有人说，“前不栽桑，后不栽柳，院里不栽鬼拍手”，那桑树虽然栽在院后，终不是什么好事，断了香火也是意料之中。我们听得惊心动魄，不敢靠近那大桑树，只怕惹骚气上身。

“吃杯茶”叫得正欢的季节，河里的蛤蟆早已开唱。大人们下地干活去了，我们摇摇晃晃走到那河堤旁，只见桑树上枝叶乱晃，枝叶间有个人在攀枝偷摘桑葚，弄得一嘴的黑与红，正是胆儿壮的右边邻居的小伙伴儿。

那甜的诱惑比什么吓人的传说都厉害，大家完全忘了那吓人的传说，立马翻过墙头，“呲溜溜”爬上桑树，摘到手里就往嘴里填，黑的甜，红的酸，黑里泛红的那味儿着实美，早把上学的事儿忘脑后了。

“铛！铛！”小学校的预备钟响了。我们哥几个唯恐迟到，溜下树撒丫子就跑。满嘴的黑红颜色也顾不上擦，鞋子跑丢了也顾不上再穿，一手拎鞋一手拎小书包，没命地奔向小学校。

随着两声的“铛铛！铛铛！”上课钟响，校长和班主任已挡在校门口，望着我们五六个迟到的学生满脸怒色，责令我们立正罚站，不得进入教室。我想，平时我规规矩矩的，老师总高看我一眼，这次肯定会对我法外开恩的。

谁知道，立正站了45分钟，腿都站酸了。第一堂课下课了，便有一群同学过来嗤笑我们、骚扰我们，弄得哥们几个好没面子。第二堂课又开始了，老师还没有解除处罚的意思，我就有点沉不住气了，于是生气地向比我大一岁的哥提议说：“咱跑！逃学！走！”

正是十来岁淘气调皮的年龄，天不怕地不怕的，顺着小河拐个弯就奔向了向南的大路，一口气跑到龙泉寺东北角那座庙里的学校。龙泉寺是中心小学，有好几个高年级的班级，比我村学校大多了。此时的操场上正上体育课，学生在一窝蜂地抢篮球玩，让我们好生羡慕。

不一会儿，有个教室又传出唱歌声，我们就好奇地爬到窗台上听，“我是一个兵，来自老百姓……”哥几个跟在后面哼，里面的学生就向外张望，教唱的老师怒冲冲出来喝斥，哥几个就只好躲在院内大树下，远远地跟着旋律继续哼唱。

歌词没咋记清楚，旋律倒是听得明明白白。调皮的小哥们几个你一句我一句顺嘴出来却变成了：“我是一个兵，来自小学生，从人（家）菜园过，偷薅人（家）一棵葱。上树摘桑葚，弄得一嘴红。逃学龙泉寺，家也回不成。白儿哩受辩论，黑儿地挨斗争……”

唱到这里大家的心就沉重起来。天快晌午了，逃学逃了半天，老师肯定要家访告诉家长，这一顿结结实实的打骂是跑不了啦！不敢回家也无亲可投，肚子里咕咕咕叫，前心贴后背了。

哥是我们的主心骨，一不做二不休，趁晌午头地里无人影，哥领着一伙人跑到豌豆地里疯狂地摘了一书包，回到远离村子的小河边，捋捋豌豆角吃，捧捧小河水喝，肚子里算是有了本钱。

少年不知愁滋味儿，我们正是上树掏鸟窝、下河摸鱼虾、疯得不着边际的年龄。这时也正是农忙季节，大人们地里家里正忙得不可开交，根本无人寻找这群淘气鬼，我们玩得肆无忌惮，疯起来就忘了一切。

哥说磕拐，我们就一个个右腿金鸡独立，搬起左腿就互相冲撞起来。磕拐用的是蛮劲，个儿高大的占便宜，个儿矮小的往往吃亏，一上来便被人家压在腿下难翻身，因此我总是败下阵来。不一会儿就有人躺在沙滩上喘气，直叫不玩了。

哥说玩龙摆尾，捉龙尾巴。于是哥做龙头，最小的弟弟做龙尾。那哥的龙头当得好，让三四个人拉住他衣裳后襟，龙尾摆过来摆过去，我捉来捉去就是捉不住那龙尾巴，沮丧的我也一屁股墩在沙滩上不想玩了。

哥说那就跳房子吧，拿树枝在沙滩画上几道子线，让我们单脚跳过来跳过去的。这是单人游戏，自己玩自己的，我们一会儿便没了兴趣。

我们又玩星星过月儿，玩老和尚钻门洞，口里念着“老和尚乌嘟嘟，东门进西门出……”玩冲娘娘，河滩里有的是大小石头，立起目标就用石头冲，目标除了娘娘，还有背倌、打手、捞腿的，五花八门，不亦乐乎。

正疯间，有眼尖的高叫：“快看快看呀！鱼鹰船来了！”于是我们就往河边那深潭处跑。

只见那放鱼鹰的头戴斗笠，挑着小渔船正往水里放，三只两大一小的鱼鹰站在船头上正左顾右盼，却被放鹰人一杆子打入水内。我们紧张地盯着那鱼鹰扎进深水里不见了踪影，一会儿可见小的又凫出浅水来。那放鹰人吹着口哨，一竿子又打下去，那小鱼鹰又钻进水里，看得见小鱼鹰的影子“嗖嗖”地在浅水处飞。另一只大鹰出水叼了一条长白窜条，放鹰人把杆子顺过去，鹰就顺杆爬上小船，吐出鱼来又下水了。另一只出水也叼了一只四两重的鲫鱼，放鹰人高兴得眼都眯了起来。

小鹰又出水了，仍是口中空空，又是一竿子被按下水去。明显这小鹰或偷懒或是捉鱼能力差，老是被放鹰人用杆子敲打。

我们便放声大笑这小鹰真笨。

一个时辰过去了，那两只鱼鹰在这潭里逮了有十几条鱼，放鹰人把它们捉的最后一条鱼奖给了大鹰，那两个大鹰脖子一伸鱼就下肚了，然后立在船头扑腾水珠子。

这只小鹰仍一无所获，眼巴巴地盯着大鹰吞吃鱼，扑腾扑腾想往大鹰处凑。放鹰人口里念诵着："甭想不劳而获。"又一杆子把小鹰赶进水里。哥见多识广，对我们说："这是熬鹰哩，调教调教，好让它长本事，逮住大鱼呢。"

我们立马同情起小鹰来，巴望它能捉一条半条出来。时间一分一秒地过去了，仍不见小鹰的踪影，我们着急了。突然"哗啦啦"一声，远处的岸边冒出一朵水花，小鹰露出半边身子，高昂着头，一条金黄的"各亚"在它的嘴喙上扑棱着，它终于有了成绩了。

船夫将小船划过去，掂过鹰脖取了鱼，又旋即弄了一条小鱼喂给它。它扑腾着翅膀偎向大鹰，大鹰亲昵地举起嘴喙刷了刷它的羽毛，小鹰就"啊啊"地叫，仿佛向大人炫耀它的功绩似的。

鱼鹰船远去了，太阳也要落山了，我们也累了，正惆怅着如何回家面对挨打呢，有个小弟就叫喊着肚疼，还有个就蹲下拉肚子。这肯定是吃生豌豆角儿惹的祸，于是便一窝蜂地往家跑。

这时候，大家才明白，家是回归的窝，家才是小船的港湾。

娘肯定是掐着点儿知道我哥俩这时候非回家不可，手里攥着拇指粗的一根竹子，正坐在当院里候着哩。

娘一边骂，一边用竹竿敲头，轻轻地，并不重，我用手挡了两下，就惹恼了娘。"唰"的一下，下一竿就落在了屁股上，一下比一下重。屁股上火辣辣地疼，我硬是一声不吭。

不一会儿工夫，那竹子就被打劈打散了，呼扇着。二弟却象征性地挨了两下子，躲进屋里去了。我噙着泪说："不公平，凭啥打我打得狠？"娘不论理地说："你是老大哩，当大驴驮大载。"

这么多年过去，逃学挨打那一幕始终忘不了。小院的砖铺地上，我跪到天黑得透透的，直到一声“起来吧”，才敢到灶火里去喝那凉透了的稀面条。在那个时候，娘始终对我不公平，老是向着小哩，不管三七二十一，挨打挨骂的总是我。姐姐远在城里上中学，我就是娘的出气筒了。可到如今，我想念最多的还是娘，娘的影子老出现在梦里，醒来往往已泪流满面。打记事起，父亲就拍过我俩巴掌，极少呵斥我，可父亲在我心中的地位比娘可逊色多了。

我想，这就是“儿不嫌母丑，狗不嫌家贫”的道理吧？

我正是长身体的时候，遇到了三年困难时期，所以记忆中的童年充满饥饿感，那些塞进肚子里的野菜、红薯渣渣没有多少热量，半晌子就饥肠辘辘的。因此，偷玉米穗、偷扒红薯、偷瓜这些下三烂的事因为填不满的肚皮而没少干。童年最像样的玩具是自制的弹弓、货郎担儿兜售的彩色琉璃蛋儿和用庄稼秆儿自制的象征性的手枪、冲锋枪等，虽不堪但那玩法儿却是五花八门，别出心裁，是如今的儿童们无法想象的。

我们这一代的童年虽痛却快乐着，逃学只是记忆中印象最深刻的一幕。

货郎担

1978 年的夏天，我离开了教书的岗位，被招为公社文化站专干。到县文教局报到时，见到了时任文化股股长的朱团老师。乍见一脸和气的朱老师，忽然想起十几年前在舞台上看那曲剧《游乡》里姚三元的扮相，他俩太像太像了。那《游乡》戏里的主角姚三元有个货郎担儿，担起挑子游四方：

老汉我今年五十三，
名字就叫姚三元。
自幼就挑货郎担，
担起挑子呼闪闪。
如今是供销社里一成员，
四里八村常转转。
山村野道我不嫌远，
坡陡路滑我不怕难。
不嫌远，不怕难，
为的是挣那俩辛辛苦苦小皮钱。

在风行现代戏的年代，小曲剧《游乡》因接地气，颇受老许昌地区群众的欢迎。剧中姚三元头戴毡帽，拨浪鼓打得溜儿熟，挑着担子满舞台转，逗得台下观众笑声一片。

望着一脸善良面相的朱团老师，我绞尽脑汁，怎么想也和那滑稽幽默又有点小狡猾的戏中货郎担儿挂不起钩来。我想问又不敢问，只好带着疑问走了。回家的路上，我努力在想戏中的姚三元和真实的货郎担儿之间的联系，小时候在村上围观货郎担儿的情景历历在目。

60年代寒冬的小村，宁静而安详，薄霜给树木挂上了一层白，一条老狗耷拉着尾巴急惶惶地在村街上跑着，清晨的街上还看不到半个人影。不知道谁家的大公鸡在高屋顶上“喔喔喔”地不停打鸣，那老狗便昂起头“汪汪”地应了两声。不一会儿，“吱呀吱呀”地，一扇扇的屋门便开启了。随着一连串的咳嗽声，有身影飘向了村头的老井台，打出两桶冒着热气的井水，沥沥拉拉地顺着村街拉成了一条线。家家户户次第冒起了炊烟，便有人双手交叉笼在袖筒里撵一群鸭子下河，有弯腰的老头儿背个粪筐沿村街拣拾那前一天牲口遗下的一坨坨粪块。不大一会儿，人声鼎沸，小村醒了。

太阳冒红，人人端着大黑碗或大白碗里轩尖冒顶的煮红薯，上放一撮凉拌萝卜丝，围在大杨树下边吃边喷空儿。这时候，村头上悠悠走来一货郎担子，但只见他一手扶住挑子，一手举起扁鼓左右拨拉，一阵阵“扑蹬！扑蹬！扑蹬蹬蹬！”的小鼓声响起，敲得鼓点欢快又急躁。岭北那位走村串户的货郎大叔又卡着饭时过来了。

“找头发换针喽！换顶针儿！换糖豆喽！”一声吆喝响亮而又悠长。小孩子们率先围了一圈，争着看那玻璃柜子里的稀罕物。只见柜子的方格里整齐地排列着针头线脑、木梳镜子、发卡手绢、胭脂雪花膏、熏衣裳的臭蛋儿（方言，卫生球）、染布的颜料之类的一应女红用品，还有火柴、烟袋锅、手电筒、小灯泡、电池、大众牌洋烟卷、万金油之类大人们的用品。最让我们这些小孩子馋涎欲滴的是那些连环画、小砸炮、花花绿绿的玻璃球和五色糖豆。这个看看琳琅满目的东西，那个摸摸玻璃柜子，手指在柜上滑来滑去，苦于囊中羞涩，腰里掏不出一半个钢镚儿来。

一个叫民的孩子眼巴巴盯着那糖豆目不转睛，他爹骂道：“吃嘴猴儿，又想吃糖豆哩。去，把你娘那门后的破鞋寻出来换糖豆吧。”叫民的孩子疯一样往家跑，拿来一双破鞋。货郎掂起破鞋拍打拍打，皱着眉头从柜里掏出来三粒糖豆，民笑眯眯地忙往兜里装。民他爹叫住民说：“换几个？”

孩子怯怯地回答："就仨。"民他爹说："给我一个，你吃一个，那个给你娘吃。"说着便从民手里要了一粒，放进嘴里"咯咯嘣嘣"地就下肚了。一众大人忍俊不禁，也忙唤自家小孩儿回家寻头发、寻烂鞋、寻烂铜去了。

有人带了头，便有人回家找头发的找头发，哼咛大人的哼咛大人，也有换针线、顶针儿的妇女，买盒洋火的老人。货郎担子前人流不断。我忽然记得床头的席下还藏了五毛钱，那是上次去双街赶会娘发的喝胡辣汤、吃包子的钱，没舍得花，打算攒下来买根竹笛子吹呢。可我禁不住那一本本连环画的诱惑，便跑回家翻箱倒柜地找出来买了两本，一本是《狼牙山五壮士》，一本是《长坂坡》，那五个八路军和赵云都是我心目中敬重的大英雄。我心想，有了这两本画儿，就有了和小伙伴们交换的本钱，就能看到更多的《武松打虎》《黄继光》《董存瑞》这样的英雄故事了。

这货郎担儿十天半月总要到村上遛一圈儿。一听到"扑蹬！扑蹬！"的鼓声，我们便一窝蜂往村头跑。娘给的钱总是三毛两毛的，是让买铅笔、作业本的，哪有多余的钱去买奢侈的糖块糖豆。有时偷偷把娘攒下的头发换几个玻璃球崩着玩游戏，也总是输的多赢的少，没几天就跑到人家大孩子们的兜里去了。于是便盼着娘多梳下来点头发，也让我弟兄俩尝尝糖豆的甜。直到有一天清晨，忽然看见40多岁的娘梳头时露出来了头皮，头顶已稀疏了，心里便酸酸地断了念想。

骑着自行车，我一路走一路想，又想起朱团老师在舞台上一边打拨浪鼓一边唱，那词是：

谁买针，谁买线？
好钢针，头发换。
痱子粉，要现钱，
玻璃镜子对面看。
尖嘴烟锅烟袋杆，
还有那郑州出的大众烟。
五色糖豆一分钱仨，

又好看来味又甜。

哧溜溜响的皮叫曲儿，

拿出来能哄小孩儿们玩。

哎——要买您就快来买吧！——

这腔调这戏词咋就跟真实中的货郎担儿的叫卖声一模一样呢。

后来到文化馆、文化局搞创作、写剧本，跟着朱老师学，才知道了文学创作源于生活高于生活的道理，我才知道朱老师就是姚三元的扮演者。我也明白了文学要深入基层、深入生活，而不应流于肤浅，蜻蜓点水，走马观花。人民与生活才是文学创作永不枯竭的源泉。

在那个物资匮乏的年代，货郎担儿走村串乡，兜售小商品，方便了农民，方便了家庭，是对集体商业的填充和弥补。

到了70年代时，那货郎担儿有很长时间不见过来了，人们就念叨起来。有人说，被当作资本主义尾巴割掉了，挨了批斗。有人见过他在家待着不敢出门，被监督劳动改造了。没有了走村串户的货郎担儿，增添了很多不方便。妇女们想染布买包颜料需跑到双街供销社去买，手电筒的小灯泡闪了烧了，好多天用不成。更闹心的是小孩子们，攒了大把大把的头发和娘的烂破鞋，就是不见货郎担儿的身影。村头上长时间听不见那"扑蹬！扑蹬！扑蹬蹬！"的小扁鼓声和那悠长的叫卖声了。随着时间的推移，那一脸笑眯眯的货郎大叔的影子就淡出了。

社会在急剧地变革着，进步着，进村的货郎担儿愈来愈少见。到了80年代，物资逐渐丰盈起来，人们的生活方式慢慢地变化着，货郎担儿基本完成了它的历史使命。

小村逐渐地变了模样，村街上的路硬化了，再也见不到满街跑的猪羊和鸡，自然也看不到雨后街上的泥泞，闻不到鸡屎、鸡毛和猪粪的混合味儿了。小河里的水干涸了，没有了哗哗的流水和鸭鹅的"呱呱"叫声，村头的老树下不见了正在反刍的牛，也看不见一群群玩耍的孩童。小村静极了，只有一两个晒太阳的老人在墙根旁呆呆地坐着。

昔日走村串乡的货郎担儿没了，接着补锅的小炉匠、钉鞋修鞋的鞋匠、磨剪子的、戗菜刀的也不见了。到后来，骑辆破自行车挂条红布条的劁猪匠不见了，剃头的一头热一头凉的挑子不见了，钉驴蹄、牛蹄、马掌的匠人不见了，那谁家办婚礼待客全村人出动的场景和习俗也不见了，全拥到城里、镇上的饭店吃桌去了。

农村冷清清的，青壮年出去打工，孩子们被送到城里镇上上学，只剩下了老弱病残。土地被流转出去，村里少了炊烟和人气。那个时代的文化逐渐消失在了历史的长河之中。

每每回到小村，我便有一种怅然若失的感觉。想起孩童时村里那一幕幕热烈而缓慢的生活场景，回想起那货郎担子边的热闹，那“扑扑蹬蹬”的拨浪鼓是多么的撩人。还有那泼辣村妇因丢了老母鸡，拍着大腿，嘴里不干不净地骂大街，一群人端着碗在大树下开社员会，吵吵得鸡飞狗跳的，这一街两巷的喧闹再也回不来了。

夹毡

第一次夹毡那年我正上高中，算来也有五十来个年头了。

我的个儿长到一米七五左右的时候，年龄十七有余十八不到，算是个大小伙子了。本人眼睛虽小，五官却也端正。嘴笨，不善言辞，心里却不憨，倒也有些窟窿眼儿。父亲在县城里上班，有工资，家里的条件比一般农村人好些。平时娘把我打扮得光鲜齐整，出门时的穿戴总是干干净净。应客办事，有两件像样的行头，一件的确良衬衣，一件卡其呢外套，在小伙伴里面就有点鹤立鸡群的感觉了。家里呢，还有辆“白山”牌半旧自行车，出来进去骑得飞风一般，烧得五脊六兽，不成样子。坑坑洼洼的沙石土路上，时不时还会来个大撒把，拽得像鸡屁股打瓜蛋儿似的。于是便有本家长辈人瞄上了我。

一日，本家族老祖奶奶趁我在她家玩，悄声告诉我说：“生啊，你小爷要娶媳妇了，到时你就去夹毡吧。”

我乍听见，猛一惊，头就蒙了。

夹毡是婚礼中举足轻重的角色，除了履行迎娶当中那些烦琐的路数，还要协调好男女双方的家庭关系。如遇上不通情理的家庭和丈母娘，那麻烦事可稠得很。在乡村，常有因彩礼和嫁妆的纠纷纠缠，闹腾得夹毡人左右不是的事情时有发生。剑拔弩张时，甚至于婚礼半途而废，最后闹到退婚的也有。这夹毡可不是什么美气活儿，也不是我这个未长齐绒毛的青涩生瓜蛋子能干下来的。

我当即推辞说：“不中，不中，可是不中。我就是个借桌子、搬凳子、端盘子、涮碗的料儿，可没有夹毡那大本事。”

老祖奶奶给我瞪起了眼：“你和你小爷天天狗撕羊皮，好哩多个头，这点小事你都不想干？嗯？”老奶奶在家族里辈分最高，是人人敬重的长辈，平时，待我这小孙子辈里的老大可亲切了，总是高看我一眼，我已经不敢推辞了。

小爷比我大两岁，是单传独子，也许是长辈老祖奶奶考虑下辈延续香火、人丁兴旺的事，早早就为小爷定下了亲事。记得当时小爷极力反对，不吃不喝、不去上学，在家怄气。老祖奶奶对我说：“你去劝劝你小爷，墙上的画儿怪好看，能当吃还是能当喝？能遮风还是能挡雨？有些怪好看的闺女，驴屎蛋儿外面光，就是个衣裳架子，搁哪儿，哪儿不中，生成的跳天猴儿，就不是过日子人。咱家笼子里装不住那种鸟儿，倒贴皮儿咱也不敢要。”后来小爷想开了，也就勉强接受了这门亲事。

谁知不到两年光景，小爷还是一个中学生呢，家里就急慌慌地要操办婚事。

喝罢汤，我就去村上经常操办婚礼、做过夹毡的前辈家里讨教。我本家老叔读过不少书，也是村上的识字人，他说，结婚可是人生中最光鲜最喜庆的日子，老辈子上传下来了“纳彩、问名、纳吉、纳征、请期、亲迎”一共六大项礼仪，那可是周公定的规矩，路数一点儿也不敢少。

本家老叔喷得唾沫星子乱飞：“纳彩”的意思是向女方求婚，由媒人或由女方提出要求，需双方家长同意答应后才可往下说。第二项的“问名”不简单，需要咨询男女双方的姓氏及生辰八字，请算卦先生按天干地支排八字，按照五行相生相克掐算，说了不少“金鸡不与狗相见，莫叫白马见青牛”“龙兔泪双流，猪猴不到头”之类云里雾里的“六害”歌诀。下面的“纳吉”“纳征”，意思是订婚，成亲家。这里面还有看家庭、相家底之说，女方要来一干子亲戚，看男方家庭的经济基础，房屋有几间、粮食有几缸等家底子，女方满意答应即算成功一半。经媒人传话，男方需向女方送订婚彩礼，得送女方几身衣裳或金银首饰之类的定亲物品，女方接了也就算亲定成了，真真应了过去“父母之命，媒妁之言”的传统。到了打算娶媳妇嫁女时，双方都说选日子吧，则要请算卦先生掐八字定日子，这说的就是“请期”，为确定良辰吉日，媒人会领着男方主事人到女方家去喝商量酒，还得准备“四干四湿”、酒菜食盒等，双方酒桌上咬牙印确定婚期及一应事务。

我老叔说，前面的过场已被媒人走过了，那就不是你的事了。后一项当天办的“亲迎”那可是最隆重、最烦琐，也是最要紧的结婚仪式了。

说到要紧处，本家老叔打顿住不往下说了，说是做了一天活了，困了，该歇了，回家睡吧。回去的路上我想，这结个婚，路数咋这么稠？夹毡这活儿，重任在肩啊，要是弄不好办砸了，一对不起小爷，二丢自己的面子。不行，还是得把来龙去脉弄清楚。本家老叔这主儿有大烟瘾，我该花两毛钱买盒烟孝敬孝敬、贿赂贿赂他，把他肚子里的东西都掏出来。

第二天，我从村代销点买盒“黄许昌”，又踅到他家，双手恭恭敬敬递过去，老叔笑得两眼都没了。他撕开抽出一支叼到嘴边，我忙“嗤拉”一声划火点烟。“嗯嗯，生啊，你长成大人了，会来事了，这夹毡的活儿我看你能干成……”

我不失时机地给他戴起高帽:“叔呀，你可是咱庄上数一数二的能干人，那庄上谁家红白大事哪铺事也离不开你，你肚子里知道的道道多了去了，给侄娃子指点指点吧。”

本家老叔一口气吸下半截烟，吐出一烟圈，长长出口气，便给我上起了课:

“夹毡人的地位非同一般，是娶亲队伍的领头者，需能言善辩，头脑灵活，不仅要熟知娶亲的路数习俗，还要善于和娘家各色人等打交道。过去娶亲，奢华的用花轿，迎亲队伍有五七个不等的轿夫和一个压轿孩儿，二至四个娶女客，吹吹打打的唢呐队，一路浩浩荡荡。不济的也是马车或牛车，扎上一席棚，上结红绫，牲口头上也要披红，连赶车车把式的鞭子也得缀上一抹红。夹毡人肩背褡裢，当地人称钱褡，是用老粗布缝制的中间开口、两端装东西的长形口袋，里面装满鞭炮、红纸和红纸包的小封子，腋下夹一块红毡或红布。按时辰出发时，夹毡人先放三声炮，花轿才能起动，接着一挂大鞭放罢，唢呐齐奏，滴滴答答，一路好不热闹。”

我脑海里涌入孩童时赤着脚满街追花轿跑的情景，花轿里是戴着凤冠、披着云鳞状羽衣的远房姐姐，好不漂亮。

夹毡人一路放喜炮，引得无数孩童抢炮花子，所以至今流传着“二百五好听两响炮”的乡间俚语。

老叔侃侃而谈：“到了娘家门口，花轿或者花车停下，夹毡人里外跑个不停，除放三声花炮报信迎娶队伍已到家门，还得协调娘家人早早打发上轿上车事宜，不能误了时辰。娶女客到新娘子闺房接洽梳妆打扮的事，夹毡人此时和娘家人谈送客和嫁妆、压箱孩儿等事宜。大户人家还备有酒席，夹毡人还不能忘了顺手“偷”娘家一件诸如小酒杯之类的物件，这也是老规矩了。”

本家老叔说，最怕的是娘家人和婆家有点小摩擦或者因彩礼嫁妆不到位而闹不愉快，这就麻烦了。新娘迟迟不上轿不上车，最急的是夹毡人，唯恐错过吉时，误了大事。这时的夹毡人不能用言语催促，就是可着劲儿到门口放花炮。

“腾、嗒”“腾、嗒”，二踢脚两响炮一迭声地响，唢呐一个劲儿地吹，新娘子才姗姗来迟，脚不沾地，或踩红毡或由兄弟背上车或轿子。

又是三声炮响，轿、车启程，新娘兄弟扶轿相随，称“帮轿”，用车的就在花车后面跟着，再后就是娘家的“送客”。送客还有正客和歪脖儿客之分，新娘子的舅舅、伯叔、弟兄是男送客，妗子、姑、姨、嫂嫂为女送客，晚辈的侄女、侄子等被唤作歪脖儿客。

此时的夹毡人是领路人，不能走回头路，不能走重道，经大小村庄必须要鸣炮奏乐，不得无声无息。如巧遇两家娶亲队伍，双方要换红花红喜字，并相互放炮示好。

娶亲的一路遇到桥、十字路口、井口等，要用红毡或红布遮挡一下，燃放鞭炮，以避鬼祟，驱除晦气。遇石兽、老古树、石碑、石磙或石碾之类的大石头，夹毡人还需在一片红纸上抹些唾沫，意思是不让精灵精气们开口。特别是遇到了不能绕过去的庙宇，务必用大红纸贴上庙门，不能让诸神看见新娘。

规矩咋这么多呢，本家老叔的一番课，让我头都大了。

娶亲队伍到家门口，夹毡人除不停地放炮，还不能让新娘下车下轿，还有一个重要的仪式要夹毡人做，那就是“激犁”仪式，取吉利之意。夹毡人跑进新郎家里，一手用铁钳夹一块事先烧红的犁铧，一手端一碗食醋，围着花车或花轿转，把醋往犁铧上浇，此时犁铧被激得冒白烟，并发出“哧啦哧啦”的响声。

这个转圈也有讲究，要正三圈，倒三圈，刚好把醋倒完，新娘方才能下车下轿，夹毡人的使命算完成了。至于新娘进门以后的仪式程序就不是夹毡人的活儿了。

我倒吸一口冷气，心里发怵了。本家老叔说：“你怕个啥，这年代破四旧立四新哩，新事新办，老规矩改了不少。如今又不兴花轿，不兴响器，路途远了最多弄辆牛马车，还有不少是骑自行车的。”

我恍然大悟，原来如此，老祖奶奶恐怕就是奔着我那自行车的车技才瞄上我的吧。

喜期很快临近，我又担心起女方会不会到时出啥幺蛾子，老祖奶奶又吩咐我说：“生啊，别发愁到你花奶奶娘家有啥事，那可是一家好人家，不会为难咱，你就把花炮可着劲儿放就行了。记着，娶回来时，别把你花奶奶甩路沟里就行。”嗨呀，老祖奶奶也是与时俱进，就派了我和娶女客两人，还让我用自行车载新娘子回来，该省的都省了。

好在花奶奶娘家只有四五里地。那天，天出奇地好，一路风和日丽，一路喜鹊叫喳喳，所幸路上既无石兽、石狮子，也无什么庙宇，一路炮声，我乐得过足了放炮瘾，顺顺利利地把新娘接回了家。

我很自豪，感觉像期终考试门门得了满分似的，吹牛吹了半年。谁知刚过半年，又一件夹毡差事落到我头上了。

比我大几岁的本家小叔的亲戚是上次我夹毡的花奶奶村的。小花婶来看家庭、定亲时，我曾远远地瞄过几眼，模样也算齐整，不像本家小叔皮肤黑黢黢的。我想，真应了农村的一句古话："有好汉无好妻，矬汉子娶个花滴滴。"本家爷当然知道我曾夹毡过且还算顺当，找到我说："还是那个村，还走那条路，两家相隔不算远，熟门熟路的，你再走一遭吧。"

我自认为有了经验，夹毡并没有多深的水，且小叔也是从小玩到大的玩伴，关系好着哩，便一口答应了。

那天，天阴沉沉的，似乎要下雨的样子。一路炮声到了女方娘家，花婶婶娘的脸也和那老天一样，阴沉沉的，黑丧着难看。别说有什么酒菜支应个门面，连杯水也没得喝。一会儿说彩礼不够，差个绸缎被面，一会儿说少两条"太平洋"床单，嘴里嘟嘟囔囔，不干不净的，让我好不尴尬。我从那家屋里走院里，院里走到屋里，焦心得很。看花婶婶的神情，她不像是在乎这些东西，无奈老娘固执，她也无可奈何，穿戴都弄好了，就是躲在里间不敢出来。

天阴不见日头，估约莫已小晌午了。午时新娘娶不到家，是犯忌讳的。我灵机一动，想起本家老叔那一课，娶亲在娘家如遇麻烦纠纷之事，万万不可插话，不可参与，只一个劲儿地放炮。

对！放炮！我跑到院外当街，"咚咚咚"只管接二连三地放。炮声惊动了小村全村人，男女老少、大人小孩子挤过来看热闹，免不了小孩子大喊小叫抢炮仗，女人们指指戳戳、议论纷纷，说啥的都有。时间长了，那老太太也存不住气了，只好匆匆打发闺女出门上路了。

有了两次经验，我不在乎第三次再干夹毡的差事了。玩得最好的本家弟弟也要结婚了，又让我去夹毡。我当然已经是驾轻就熟，女方娘家虽远，离有 20 多里地，但和新郎官一起去娶亲，两人各骑一辆自行车，车把上缀朵大红花，好不美气。我一路高歌，一路放炮，逢河逢桥，逢岔路口，逢座小庙，本本分分按规矩路数，顺利地将新娘接到了家。这小两口后来过得很恩爱。

待两年后我办喜事时，小弟充当夹毡为我服务，并把自己的新棉袄让给我这个无新衣的新郎穿了好多天，我至今仍感觉心里暖暖的。惜乎，我这位人高马大、特喜助人为乐、人见人夸的小弟，后来不幸英年早逝，让人想起就难受。

离开村庄后，我再也没干过夹毡的活了。有时回村聊闲话儿，得知如今的婚礼办到了饭店里，要么镇上，要么县城，迎亲变成大车队，婚礼的习俗也是中西合璧，不伦不类的，改变得太厉害了。农村里早已没了过去阖村动员，借桌椅板凳，搭棚子立火灶，杀猪过油锅，贴对联扎红绸带，半个村子的人都跑去攒忙，拉得筛子笸箩乱动弹，连牛也风光的情景了。

听说，夹毡这个行当仍在现今的婚礼上延续着，但那些个规矩路数丢掉的不少。老祖宗的传承虽在，味儿却消失了。

听书

人们常说“饱暖思淫欲”“人闲生余事”，这话一点儿也不假。过了“三年困难时期”的翌年春节，大家刚刚填饱肚皮，有了饺子吃，便嚷嚷着想唱戏。村上有老人说，戏就别唱了，去“十三马街会”上写个说书的好唱家，热闹热闹也行。于是，村上的四个生产队长一商量，借了两辆自行车，一人驮一个，就去赶会写书（方言，请说书人说书）去了。

下半晌，几个人兴高采烈带回来一副简板和一副铰子，说是写下了汝河北郏县薛店的老唱家“王结子”，这是他说书的家伙，是信物，晚上就要赶过来唱头场书了。

天擦黑儿，村街上就黑压压地坐了不少人，满村人差不多都出来了。那架着马灯的书桌后面坐着“王结子”，哧溜哧溜地在喝茶，一张嘴那颗大金牙就露出来了。

书还未开唱，当街便有两口子因琐事吵起架来，人们便拥去看热闹。那女人是村上赫赫有名的母老虎，丈夫也是个怕老婆的，没几下便败下阵来。“王结子”手敲铰子，“噎噎噎”一阵子，便把看热闹的人拉回了书场。见要开书，人们慌忙回归座位，伸着脖子老等。单听“王结子”故意沙哑着嗓子，一字一句吟道：“说的是天高够……够不着，斗大盛……盛……盛得多。母狗咬……咬……咬……咬牙狗，狗也怕……怕……怕老……老婆。”口吃的“王结子”四句闲言顿时把人们逗得哄堂大笑，有的人笑岔了气，把小凳子都掀翻了。

“王结子”眼看那两位吵架的夫妻似有怒意，话锋一转，开言唱道：

“天上下雨地下流，小两口打架不记仇。白哩吃的是一锅饭，到黑地儿里还枕的是一个枕头……”紧跟着又一波笑声，书场里一片和顺和谐的气氛。

记得头一回听“王结子”唱书，唱的是《杨宗英下山》。那杨宗英是杨七郎的儿子，孩童时被猛虎叼上深山，被鬼谷子王禅老祖收留，学得一身武艺，要下山为其父报仇。临别，王禅老祖赠一神兽为其坐骑，名曰怼怼怼。这“怼怼怼”头上长一肉橛儿，手扳不动，普天之下可转三圈儿，厉害无比。

“王结子”本名王树德，艺名王明德，是河南坠子龙门派第二十代传人。因口吃结巴，人送外号“王结子”。行内人都知道说书人的功底是七分道白三分唱功，这“王结子”道白口吃，唱起来却十分顺畅，且道白与结巴结合，别有一番风味。“王结子”出道早，名震鲁宝郏襄汝一带，年年在马街书会上亮相，是周边村镇争抢的“写书”目标。

“王结子”说书力求生活化口语化，完全用的是鲁宝郏一带人民群众的方言土语，风趣幽默，还不落俗套。比如形容二八俏佳人的赞口，不说沉鱼落雁，不唱闭月羞花，但说是：狗见了不咬，驴见了不踢，马见了不跑，鸟见不敢飞，老母猪闻闻一辈子不知道饥。说到天仙下凡尘，表的是：

脸蛋白，白生生，
赛过鸡蛋皮二层。
眉毛弯，弯整整，
弯似月牙笑盈盈。
两只大眼虎灵灵，
樱桃小口红通通。
头发黑得如锅底，
鼻子长到正当中。
耳朵挂着连环坠，

滴溜甩拐九莲灯。
一双小脚咯吱吱，
咯吱咯吱咯噔噔。

他一边唱着，一边表演着，学那小脚女人风摆杨柳似的走路，一颦一笑一回头，再抛个媚眼，那风情万种的小女子形象被他演绎得淋漓尽致。

20 世纪 60 年代，农村里还有不少小脚老太太。现学现卖，我们这些小孩子就学“王结子”的做派，有时故意在老太太眼前咯吱咯吱的用脚后跟学小脚老太太走路，引起老奶奶一连串的笑骂。

三天书快要唱完了,《杨宗英下山》才刚刚奔入正题。最后一晚,夜深了，人们意犹未尽，稳稳地坐在书场不动，叫着喊着让再奉送一段。“王结子”哑着喉咙说：“各位乡……乡……乡亲们，我王……王结……结……结子破上老……老命，再……再……再……再奉送大……大……大家一……一出儿。”简板一响唱道：

孔夫子有道把书传，
全凭着周公礼仪定江山。
知礼都知孝父母，
孝敬爹娘理当然。
还有的不孝之人不知礼，
终日里打骂老人甚可怜。
说的是顺天府有个丁家湾，
丁员外有个儿子叫丁兰。
…………

一段《丁兰刻木》唱得催人泪下，书场里就有几个老人大放悲声，那哭得是昏天地暗，被人劝导着搀扶着回家去了，但还有一群老戏迷老戏筋不愿走，商量着非要再续唱几天。

可人家“王结子”下场书早被写走，不能误场。误场即失信了，再三再四商定才定下等种完秋，庄稼锄罢两遍地，再来村上唱上个十天半月。

等待《杨宗英下山》的日子里，正上小学的我们几个孩童，天天念叨着“怼怼怼”，也把“天上下雨地下流，小两口打架不记仇”挂在嘴里，盼着“王结子”赶紧来村上接着唱。班上有一个同学，顽皮得不得了，学习成绩老是倒数第一第二，出了名的逛蛋学生。说也奇怪，这个上学不长记性的家伙，说书人的戏词他却记得特准。“王结子”头晚唱罢，第二天他居然能弄两块木板敲打着，学着“王结子”的腔调，哼着肉弦子，演绎起《杨宗英下山》来。唱到兴奋处，弄一根树枝骑到胯下充当“怼怼怼”，招惹一群同学围观起哄，被老师拽着耳朵掂到课堂上罚站。

这同学是我隔墙邻居小弟，他怕我告诉邻家叔婶要挨打，便弄了两本《水浒传》的连环画贿赂我，他说坐在学屋里就没有听见老师讲的啥，耳朵里面老是“王结子”的“怼怼怼”，十来岁的孩童成了名副其实的“结子迷”。我们这群人老是盼着“王结子”还来村里说书。这情景，距今已过去 50 多年了，邻居小弟也因病去世多年，可他那惟妙惟肖地学唱“王结子”的神态仍然如在眼前。

树上的马唧了叫了，秋庄稼蹿到了膝盖深，锄也被挂上墙了，听说“王结子”将如约而至，我们在教室里便无心学习了，心早飞向了村后街那书场。

这次“王结子”带来个女徒弟，长长的辫子拖到屁股蛋下，花格子短袖衬衫，两只大眼虎灵灵的，清丽而出众，惹得半大小子们的魂像丢了似的。开场的书帽由女徒弟唱，唱着唱着，唱到了悲伤处，这女徒弟哭起来，收不住场了。在一旁歇息的“王结子”连忙起来圆场：“妮儿呀，你可是哭啥哩？”女徒弟也机灵，接腔说：“我想俺娘啦。”“王结子”故作悲伤地说：“哎哟哟，你想你娘了，我比你还想哩。”有人插言道：“人家的娘你也敢想？”“王结子”嘿嘿一笑，鼻孔朝天，一副鬼脸，满不在乎。大家正诧异间，谁知女徒弟却说：“俺干爹想俺干娘，那不是正想嘛！”众人恍然大悟，才知道女徒弟原来是认“王结子”为干爹了。

“王结子”的说书语言接地气已到出神入化的境界：

小弦子一拉响叮咚，
老婆子好听老头哼。
小伙儿好听小媳妇儿唱，
老母猪也跟着唧哼两声。
…………

大家笑得眼泪花花，直骂“王结子”这货真酸真黄。

“王结子”喜欢在大书中间加小段，用以调节书场的气氛，调动听众的情绪，比如唱到包公探地穴，令人恐怖、胆战心惊时，他就在中间歇场时加一段《关公辞曹》，其中唱道：

曹孟德骑驴上了八里桥。
尊一声关贤弟请你听了：
“在许昌俺待你哪点儿不好？
顿顿饭四个碟两个火烧，
绿豆面拌疙瘩你嫌俗套，
灶火里忙坏了你曹大嫂。
芝麻叶豆面条顿顿都有，
还给你包了些马齿菜包。”
…………

如今细想，这唱词有毛病呀。堂堂一品丞相，权倾朝野，竟骑驴送行，一品夫人还忙着下灶火做饭，这太不合情理吧？招待英雄，桌上也就四个小菜两个火烧，喝芝麻叶豆面条，寻常野地里的马齿菜倒成了鲜物？这与尊贵的身份相符吗？这不是寻常百姓心里向往的美好生活吗？可老百姓这些草根听众们，根本不去纠结，也不去追根问底，愿意听，喜欢听，而且听得如痴如醉，听到心窝里去了。

因为“王结子”说的书，接地气，贴近老百姓的生活，所唱之处，留下口碑，很快风靡这一带乡村。他说过，说书人演出要能打动晾恶（方言，能调节气氛，调动情绪），戏份要做足。该悲伤时能唱哭人，哭得心酸心痛；该欢乐时能唱笑人，笑得开怀开心；这才是说书人的真本事。

那些个天，日头落山喝罢汤，人们便向书场里拱，这个笑那个闹，把不大的小村庄搅得不安分起来。人们听了《杨宗英下山》，又听《包公案》，熟悉了小将杨宗英的英勇无畏，熟知了黑脸包公的铁面无私，又羡慕起大侠展昭的盖世武功。

很快到了“破四旧、立四新”的火红年代，“王结子”与时俱进，很快推出来《十大英雄传》《沙家浜》等一些现代曲书目。村上和“王结子”定有盟约，年年锄罢两遍地来唱，《十大英雄传》没咋听明白也没有记住，河南省的100多个县名一串一串，让我们惊奇的是“王结子”竟无一下打磕儿，一溜顺唱得滚瓜烂熟。

“话说沙……沙家浜里有一片芦……芦苇荡，叫日本鬼子糟蹋得不……不……不像样。新……新四军有……有个指导员叫郭建光，他胳膊上叫日……日本鬼子摧……摧，摧……摧球一枪，因此上养伤来在沙……沙家浜。”

那些年，“王结子”演绎《沙家浜》可是出了名，后面一群“结子秀”跟着模仿他表演。那人老好的阿庆嫂，家里有副鹁鸽牌的沙奶奶，擀碗稀面片，扑碴扑碴眼儿，喝了不大点儿，仍关心着芦苇荡里的伤病员的郭建光。忠义救国军司令胡传魁我日他怼，那阴险狡诈的参谋长刁德一他娘个逼，传令兵刁小三头上长个把儿，一眼大一眼小，一耳根儿各娄，一耳根儿撇拉，塌鼻子，深眼窝，一脸黑油麻。这些形象深刻地印在听众心里，也被很多很多人演绎着，传唱着，至今不衰。

我的启蒙教育先是家里老人的童谣，然后是牛屋里的“瞎话儿”，再是说书里侠肝义胆、除暴安良的侠士，威风凛凛、铁面无私的包公，受苦受难、十年寒窗、一朝成名的穷秀才，为富不仁、翻脸无情、昧婚坑婿的恶员外，这些个故事比在学校课堂上读过的书更形象更逼真，也记得更牢靠。

那些年村上经常有说书人光顾，有豫东灾年过来讨吃喝的艺人，唱一晚住一晚，挨家挨户收些许粮食就走。也有从小失明，学了说书拉弦儿，找个吃饭门路的，在村上唱几场。有时，邻村桑园陈和陈楼的本地说书人也来填填空缺，但像“王结子”、余先儿这些名嘴说书人必须得提前写，提前约，慢上一点儿就被别村写走了。近的还能跑邻村蹭蹭，听上几段。远了，这闲日子寂寥无趣，只好钻牛屋里去听“瞎话儿”了。

我喜欢说书，宝丰人也大都喜欢。书目里的故事、人物形象、人物命运抓住了人们的心。那一个个真善美、假恶丑，回荡在简板与琴弦之中。

我明白了，一年一度的马街书会那如潮的人流便说明了一切。

2005 年的马街书会上，“王结子”已 90 岁高龄，被后辈人搀扶着上台唱了一段，昔日的风趣幽默不再，腰也有点直不起来了。我望着他佝偻的身子，心想：英雄迟暮，花无百日红，唱了一辈子，火了一片天，也该谢幕了。

2009 年，王树德王老先生溘然长逝，一代说书名嘴就永远留在我们的记忆里了。

马街书会却仍在延续着不散的传承。

牛屋里面听“瞎话儿”

牛屋是生产队搭建的草棚子，四面透风，既宽敞又亮堂。牛屋的四角放了四只牛槽，拴了七八头牛，队里最珍贵的家当就全在这里了。到了入冬季节，天冷了，牛把式们用秫秸箔把牛棚子围起来，糊上一层厚厚的马渣子泥，就成了名副其实的牛屋。下雪天，牛屋里笼起了火。生产队场院里大堆大堆的树根疙瘩、枯树枝子、玉米秸秆、玉米芯、芝麻秆、烟柴都是烤火的燃料，一掐子一掐子往牛屋里挟。看见牛屋里冒起了烟，乡邻们便缩着脖子袖着手，深一脚浅一脚往牛屋里凑，这牛屋便喧闹起来。大家烤着火，还一齐起哄让牛把儿老甲说“瞎话儿”。有人在红红的火炭灰堆里埋上一堆红薯，不一会儿就烘熟了。揭开那薄薄的皮，红薯的香味顿时弥漫全屋，啃了一嘴黑灰的小孩儿们，被热红薯烫得喉咙眼生疼，眼泪就流出来了。这泪花，不知是热红薯烫出来的，还是被老甲的“瞎话儿”里的故事情节弄笑了，反正是得劲得眉眼都舒展开了。

这牛屋的冬天，不管外面是北风呼啸还是雪花飘飞，已没有了寒冷，剩下的只是欢笑，成了乡亲们欢乐的大本营。

老甲是队里的老牛把式，也是讲故事说“瞎话儿”的高手。旧社会时家里也殷实，幼时上过几年私塾，是村上少有的识字人，据说家里藏了不少戏本子、老古书。“破四旧”烧古书时，也只见过几本揉搓得不像样子的《三侠五义》《水浒传》《小八义》等，是薄绵纸线装的石印本。后来问他要书看，头摇得拨浪鼓似的不承当，不说有，也不说没有，一副高深莫测的样子。真不知他肚子里到底藏有多少墨水，装有多少故事。

记得第一次听他说“瞎话儿”，是几个小伙伴这个叫叔那个叫爷地求了他老半天，他才故弄玄虚地开腔：“瞎话儿瞎话儿，一肚子两肋巴儿。你说瞎话儿成捆儿，我说瞎话儿成本儿。”于是他开讲起一群人逼那位吹牛人交出瞎话儿本的“瞎话儿”来：“那夸下海口家有瞎话本的人回到家里，想起人家要上门索要瞎话儿本，闷闷不乐，愁眉苦脸。小女儿问了到底，翌日一早便让父亲躲了起来，她坐在门口应付。第二天那帮人上门问：‘妮儿，您爹呢？’小女儿回道：‘俺爹上山打露水籽儿去了。’那头儿说：‘咦，露水怎会有籽儿？’小女儿答：‘那瞎话儿怎会有本儿？’那帮人领教了小女子的厉害，垂头丧气要走出去。另一人愤愤地说：‘让我对付她，我捂住半个嘴巴也能说住她。’返回去又问道：‘妮儿，您爹到底弄啥去了？’小女儿又答：‘俺爹牵着牛上山垒锅台去了。’那人想借机羞辱她，便又说道：‘哼，就不怕牛拉屎屙你家锅里？’女儿答：‘嗨，捂住那半个屁股眼子。’那帮人见斗不过一个小妮子，便夺门而逃。”“瞎话儿”说完了，那小妮子机智的回答却深深地印在我们心里，后来一遇到嘴快、嘴贱、饶舌或骂人的，就用“捂住你那半个屁股眼子”回击。嘿，听“瞎话儿”竟然还听出了门道，还能活学活用。

隔几天，小伙伴们又跑去牛屋求老甲说“瞎话儿”，老甲拗不过一群孩子的苦苦哀求，就接着又讲起吹牛逼的故事。说是一人吹他自己头顶着天，脚立在地，不敢弯腰，怕一弯腰天就要塌了。另一人吹着说他自己上嘴唇挨着天，下嘴唇挨着地，嘴一张一合就刮大风，房倒屋塌的。这人说开封相国寺的塔离天一丈八，那个人说赊家店的春秋楼半截还在天里头。这个人说我吃过一个肉包子，那包子大得没边没沿的，1000人吃了半个多月，吃出一块石碑，碑上写着几个大字：离馅还有四十五里。说得我们直流口水，天天想象着吃那个没边没沿的大肉包子。

喝罢汤，几人又相约去牛屋。老甲吓唬我们说：“黑灯瞎火的，赶紧回家睡吧，那山精、山怪、老巴子、山混子冬天没啥吃，专门下山吃小孩哩。那西山的山混子头如柳斗，眼如铜铃，红眼绿鼻子，四只毛蹄子，吃你不吃你，先给你两蹄子。”吓得年龄最小的小仔“哇”地一声哭了。

我们中间有胆大点的孩子说，西山远着哩，跑到咱这儿天都明了，死缠活缠就是不走。老甲无奈，只好又把狼老婆儿这老掉牙的老故事给拉出来糊弄我们。当老甲说到狼老婆儿敲门时，大家就齐声喊：门搭儿、门鼻儿、刷子枯欻儿来开门！老甲哈哈大笑，知道这瞎话儿已经玩熟烫了，就别出心裁让我们一个个扮演大妮儿门搭儿，二妮儿门鼻儿，三妮儿刷子枯欻儿，他蒙上花毛巾扮演狼老婆儿，演绎故事情节。我们当然兴奋极了，分配了角色，便认真得像玩捉迷藏那样投入。故事到了狼老婆儿扮麻子时，他用树棍沾上草灰在脸上点点，蛮像回事。那狼老婆的高跟鞋也是他模仿故事中在磨道圈里沾两个驴屎蛋蛋，弄两块干牛粪，踮起脚尖走路，一扭两扭的，弄把扫帚装狼尾巴。本来挺恐怖吓人的“瞎话儿”让他一倒腾，给弄得满屋喜气笑声，大家心满意足地回家了。

我们一年一年地长大了，老甲的腰也一天一天佝偻了。他嘴里的瞎话儿，不再是哄蒙小孩子的《王小砍柴》《八百老虎闹东京》《狼老婆儿》《狐大仙》《嫦娥奔月》等神仙鬼怪故事，而是精忠报国的岳飞，铁面无私的包公，断手剖眼做药引救父的妙善公主，鲁山的宋三才子，郏县的秀才仝轨与李桥水，孙膑与庞涓，鬼谷子王禅老祖，姜子牙，等等，一个个娓娓道来，让我们听得是心惊肉跳又酣畅淋漓。特别是宝丰人白朗反袁讨袁的传说、本家樊钟秀在蒋冯阎大战中战死许昌，因与当地杆匪啸聚山林、攻寨掠地、除暴安良的事多有关联，且本村邻村都有不同入杆为匪的参照人，更加相信了他的故事的真实性。月亮地里我们玩游戏，就模仿起山寨里的老大老二，腰里别上木头做的笨炮匣子枪，用树枝做的大刀长矛，冲冲杀杀地发动起战斗。常常是玩到半夜，弄得一身臭汗一身肮脏，回到家里挨大人一顿臭骂。

最让我受启发受教育、受益匪浅的是两个理发剃头匠和县官的故事。

说的是一刚上任的县官头发长了，派一衙役外出寻理发匠，县官是个细法讲究人，有洁癖，反复交代衙役要找一干净的麻利的理发匠。衙役出得衙门，刚好街前急匆匆过来一剃头挑子。只见剃头挑子上一头面盆，一头炉灶，各项工具洁净有序、整整齐齐，正合县官要求，便引进衙门来。

那县官看见理发匠一身装扮利落整洁，且一套理发家什井然有序，禁不住夸赞一句："哟嗬，这一套家什整得还怪排场哩。"理发匠忙施一礼："谢县太爷夸赞，殊不知上山砍柴，下河脱鞋，'工欲善其事，必先利其器'，此乃行规也。"县官猛然一愣，暗想：此句出自《论语·卫灵公》，难道这理发匠是读书人出身？落魄了才混到这步田地？遂问道："读过书吗？"理发匠随口答言："四书五经略知一二。"县官暗想，果然是读书人，便有了三分怜悯之心。正在洗理之间，县官的小儿子领一小狗过来玩耍，把小狗逗得上蹿下跳、闪展腾挪，理发匠不失时机恭维一句："令郎天庭饱满、地阁方圆，日后必是帅才，领千军万马的人物。"县官心里对理发匠又多了三分好感。正在此时，一大狸猫突然也加入小狗队伍，"喵呜"一声，一窜就蹦到了狗的头上。理发匠突然就来了灵感，随口而出："哎呀，官上加官啦！县官大悦，此吉兆呀。"

临了，县官从内衙拿出十两银子，告诉理发匠说："看你像是个读书人，理发埋没人才了，回去做本钱，干个小生意，好好读书，来年科考吧。"理发匠千恩万谢，回去果真开了生意，丢掉了剃头挑子，从此吃饱穿暖，衣食无忧。

邻村的同行眼红了，上门讨教发家致富经。理发匠把与县官剃头厚赠银两的事一五一十、原原本本地告诉了同行。那同行暗想：我也得去县衙赌一把，不定县官给我银子更多哩。

于是，这一位剃头匠把家伙什儿里里外外换个全新，天天梳洗打扮得干净利落，担起挑子在县衙前街转悠。

忽一日，衙役又出来寻理发匠，看见这剃头挑子更新理发匠更麻利，拉住挑子就往衙门里拽，这剃头匠大喜过望，功夫不负有心人，这发财的机会来了。

县官下堂正为讼事难断生气，看也不看剃头匠的家伙什儿，也就没闲心询问那句话了。剃头匠拿起剃刀发呆，等着县官发问。县官说："你咋不开整呢？"剃头匠说："俺等您县太爷问俺话哩。"县官说："剃头这一行都是这规矩？不问不答不开工？"剃头匠说："正是。"县官很不耐烦地说道："你这套家伙什儿整得也不错呀！"剃头匠忙照以上剧本回答："回县太爷，'工欲善其事，必先利其器'。"县太爷心想：他娘的，这剃头行里都会这句。剃头匠磨磨叽叽，在等着县太爷的公子哥出现，左等右等不见小公子过来，只有那条狗摇着尾巴在厅里晃来晃去。眼见头已剃完，公子不来，那只狸猫也不见踪影，剃头匠手持剃刀就僵那里了。

县官极不耐烦地连连催问："怎么不剃了？你磨叽个啥哩？"那剃头匠思路正在狗和猫的身上，忙回答一句："回县太爷，这狗头上没毛（猫）了！"县官勃然大怒，喝令打了剃头匠四十大板，逐出衙门。

这个从小就刻入脑海的瞎话儿，可能影响了我的后半生。从故事中我领会到一个颠扑不破的哲理，那就是人不可能两次踏入同一条河流，所谓水无定势，山无同形，自然界无两片相同的树叶，总有星星点点的差异。如果干任何事都比葫芦画瓢，墨线不错（方言，循规蹈矩）地照前人去做，十有八九是要失败的。再者要顺势而为，不能死板教条。时间、地点的变化，人心每时每刻的变化，都在影响着事物的发展与进程，墨守成规，终将一事无成。随着社会经验的丰富，教训的积累，我愈来愈明白这一简单"瞎话儿"里的内涵。

老甲老了，喂牛、使唤牛的精力不再，加上夜里跌一大跤瘸了右腿，更加地佝偻了。生产队就把照看牛屋和场院的活给了他。白天掠掠扫扫，垫垫牛圈，收拾收拾牛粪，夜晚依旧还在牛屋里生火，严寒的天，给大伙儿取暖也给牛取暖，闲暇时照旧给大家讲"瞎话儿"。

忽一晚，我在睡梦中被人们的叫喊声惊醒，爬起来蹿到街上，只见牛屋的方向火光冲天，人们手掂水桶、脸盆往牛屋那边跑，牛屋失火了。

天亮了，四大间牛屋烧了个精光，只剩下烟熏火燎过的断壁残垣。七头牛跑出来，五头无伤无痕，这是牛缰绳拴得松的幸运。另一头最棒的大黄犍身上到处都是烧伤，牛缰绳都挣断了。喂它的牛把儿留太哥抚摸着它的头，心疼得泪不断地流。另一头母牛最惨，全身烧得无一处好肉，躺在地上连叫的力气也没有了，已经是濒临死亡了。牛是队里最主要的生产工具，社员们将它们奉若宝贝似的供养着，发生这么大的灾难，是人们始料不及的。

大家把怨恨的目光射向看守牛屋的老甲，老甲一脸灰白，懊悔地蹲在地上抬不起头。他说了实话，头天晚上讲故事讲到半夜，烤火的火头灰烬他没及时灭净就回家了，半夜起风引燃了柴火，致使火灾发生了。

那年我 15 岁，那头烧死的牛的肉分给了大家，牛屋又重新翻盖后，老甲再也没向牛屋迈进一步。他给家里人说过，晚上一闭眼，那头濒死的黑母牛就常常进入他的梦里，两只眼里流着泪，他老是惊出一身冷汗，白天走到牛屋旁边，也不敢往牛屋里瞄一眼。

牛屋里的“瞎话儿”虽然仍继续着，但比起老甲说的来，那“瞎话儿”就味同嚼蜡，寡然无味了。

打麦场

过了立夏，天气立马就热起来，村头大杨树上的“黄瓜篓儿”一迭声地叫着“日不溜溜儿，对球谷儿”，竹园里的“吃杯茶”也一连声地应和着。树荫下拴着的两头老牛，一站一卧，一嘴白沫儿地在反刍着，偶尔抬起头“哞——”的一声，便惊得那鸟儿扑棱棱地飞到村边的场院屋顶，复又“日不溜溜儿”“吃杯茶”地叫着，刷着存在感。一到傍晚，那河里的青蛙早已“呜哇呜哇”地叫成一片，老人们便说：“蛤蟆打哇哇，四十五天吃‘疙瘩’。”

“田家少闲月，五月人倍忙，夜来南风起，小麦覆陇黄。”没过几天，镇上的小满会便热闹起来。一街两行，摆开的都是镰刀网包大煞绳，车连牛粮，杈把扫帚牛笼嘴，木锨掠耙等收麦子的农具。镇上离俺村也就四五里地，当着生产队长的本家现德叔，领着会计和保管挑挑拣拣弄了一人牛车，咕咕咚咚拉了回来，这冷落了一冬春的场院可就热闹起来了。

队长说：“男劳力赶明儿早起都挑起水桶来泼场，赶紧得把麦场碾碾糙起来。”

两个牛把式嘟囔了一大堆，说是碾场的两个石磙磙框坏了，牛车上装麦子用的前后挡断了。还有个三爷也负责任地说：“头年的旧桑杈木锨使顺手了，也有坏了的，请木匠时也连带修修。”保管说：“装麦子的口袋被老鼠咬了不少窟窿，让妇女们来缝缝连连。”

队长连说：“中中，麦天眼看要来了，该预备的就早些下手吧。”

这场院挨着村头路边，也就七八亩大。石磙后面缀着个耢子尾巴，被驴拉着，欢快地在场地里转着圈儿，没上两天场地被碾压得瓷瓷实实、明光明光的。

也就奇怪，“吃杯茶”一叫，小南风刮了没两天麦穗就炸芒了。人们一大早手拿镰刀涌到麦地里，弯着腰一把把地割着，队里的牛车也忙不迭地一车一车往场院里拉，横七竖八堆满了场院，这时需要垛起来，然后一天天地打麦。由队里的“合子手”先铺个基础，一群人便一杈一杈往上挑，到一人高时，“合子手”上去看垛，防止歪斜塌垛。经过大家伙儿半夜的奋战流汗，小山似的麦垛就起来了。

那个时候的我也就十五六岁，人瘦得麻秆似的，人称“气死狼”，说是两个狼不够吃，一个狼吃不完。人瘦没力气不说，干啥活儿还没眼色，老是不受待见，成了人人背后说的“怕下力”。本来打麦场上的活儿，算是技术含量比较高的农活儿，遇上我这个“怕下力”，算是没我的立脚地了。族内有个大我十好几岁的小爷，也是身小力薄的，农活搁哪儿也不中，且成分又高，也是个不被待见的主儿，于是有了我这个伴儿，算是有了共同语言。

打麦的头道工序是摊场。早上照例是种玉米，锄红薯地，给烟叶捉虫子。日头升起老高时，肚子里咕咕地叫，该吃早饭了，队长却一声令下，男劳力都去场院里摊场。摊场可是个技术活儿，你得把成捆成绺儿的麦秆用桑杈挑起来用劲儿地抖擞，打成乱秆，形成较大的空隙空间，然后一杈一杈地竖立成半腰高，能让日头光线照进来，这样才能把麦秆晒焦晒透。我和那个小爷一边切磋，一边示范着用力地用桑杈挑着麦秆，队长就有点不高兴了，说是磨矶啥呢，没吃过猪肉没见过猪走。弄得我左也不是右也不是，挑起来就是竖不起来，越急越干不好。小爷偷偷说，谁也不是生来就会，熟才能生巧，一个学生娃子能下场干活就不赖了。我心里那个感激呀，就别提了。有了知音，边干边聊，也不觉得饿，不觉得累了。

到了小晌午，场里的麦子被日头晒透了，风吹透了，牛把式套上牲口拉上石磙，开始“吱吱咛咛”一圈又一圈地碾场。我手里端着把破旧木锨，眼盯着几头牛的屁股，防备牛儿把粪拉在麦子上。瞧见哪头牛的尾巴要撅起来了，赶快跑去襻着接住拉出来的牛屎，突然一头牛拉稀，蹿了我一身的粪水。正晌午头，我就这样站在场边晒得满头流汗，看牛的屁股转圈圈。

歇罢晌儿，该翻第一遍场了，这活儿倒没多少技术含量，只见满场麦秸飞舞，人人弄得灰头土脸。接着又是"吱吱咛咛"地碾第二遍，如此三番，翻了又翻，抖擞了又抖擞。半下午时，"合子手"用杈挑挑碾碎的麦秆，摸摸下面的麦糠麦粒，嘴里"咯嘣咯嘣"地咬着麦籽儿，大手一挥，该起场了。

"起场喽"，一声呼唤，只要不是妇女，老的少的都下场了。这时候，挑麦秸的，积麦糠楂堆的，拿扫帚的，大呼小叫着，像打仗一样，满场都是人影，满场都是麦秸麦糠飞舞，半个时辰就把掺和着麦籽麦糠的大楂堆积起来了。这时，傍晚的风来了，"合子手"看看风向，指定了堆的位置，能拿起扬杈的劳力便使劲儿把麦糠往天上扬，糠皮被刮到下风头，麦粒儿落在大楂子堆上呼呼啦啦地响。在麦糠堆里，队长扬起杈，试试麦糠里没有了麦籽儿，便指挥大家把麦糠推到场院边的沤坑里去了。

这时候，我和我那位小爷老是挨训斥，立得不正站哩歪，反正扬场这活儿，这手就不知道咋使劲儿哩。大楂堆子扬完，便轮到队里的几把"合子手"上场，我们这些半吊子只能傻傻地站在一旁观摩。戗扬，这是打场最费力也最有技术含量的活儿。两人一左一右，扎住弓字步，手里的木锨上下翻飞，麦籽儿和大楂子撒在空中，又一条弧线地落下来。打掠的老"合子手"三爷，腰扎布板带，头戴细竹帽，手里是一把队里最娇秉主贵的上好扫帚，煞下半腰，往落下的成弧形的麦堆上轻轻左右开弓，把浮在表面的大楂子一一掠去。全场几十号人就这么看着这三两个人在龙虎飞腾。一堆麦楂子戗扬下来，几个人就有点气喘吁吁了。顾不上喝口茶，另一堆也开始了战斗。望着他们弯腰弓脊拼命似的劳作，我就有点自惭形秽了。我想着读书时课本里描绘的苏联集体农庄里的康拜因联合收割机，想着我这个百无一用是书生的自己，怎么笨手笨脚学不来这些老农的本事，被好多人瞧不起呢？

麦子终于扬净了，大家一脸的喜悦。"合子手"们蹲在一边，掏出烟锅"吧嗒吧嗒"地抽上两口，就着泡着竹叶栀子的大茶壶往嘴里灌上几口茶水，长出了一口气。队长指挥着装麦子，我们这些半大小伙子一口袋一口袋扛着麦袋子往场房屋里跑。这时候再不卖点力气，多扛两袋，保不定人家会捣着脊梁骨骂咱咧。

半个多月过去了，一场一场的麦子晒干扬净后也入库了。场院里一堆一堆的麦秸又遛了一遍，便开始上麦秸垛了。这个时候，女人不得进场的禁忌也打破了。生产队喜气洋洋的，像过年一样，小孩子哭大人叫的，男女老少都上阵垛麦秸。队里炸起了油条，熬了竹叶茶，一筐一筐、一桶一桶地往场院里送。中午的一顿聚餐，个个肚子塞了个圆溜溜。下午时分，又是队里的“合子手”们下手了，造型、修垛、糊垛，这些技术活儿永远都是他们出彩骄傲的本儿，我们这些学生娃子、半大小子只能打打下手，被喝来吆去的。馒头垛，马头垛，长方形垛，马鞍子垛，方垛，根据本年麦秸的量，一年一个新花样，耸立起来。

场光地净，麦收季节终于过去了。打麦场没有了往日的喧闹，只有麦秸垛在静静地立着，我舒了一口气，社员们也舒了一口气。我带着满头的麦秸屑屑，一头钻进温温的小河水里，洗去连日来的疲惫。泡在河中，又想起打掠的老三爷佝偻着身子，拿着手里的扫帚左右开弓，戗扬的现德叔、大江叔、义学哥手中的木锨如龙似的翻飞，那满天的麦籽儿呼呼啦啦撒落的弧线，永远永远定格在我的脑海里。

如今，康拜因驰骋在麦田里，半天之间，麦收季节就过去了。人们躲在树荫下，三五成群，麻将照打，聊天照喷空儿，广场舞还是在“咚嚓咚嚓”地跳着，昔日里的打麦场如神话一般，已很少有人知道了。50 年前麦收的劳苦，村头麦场里那一垛垛的麦秸垛，还有那看似并不惊人，一道一道的，却烦琐复杂的打麦工序，这也是前辈们一代一代传下来的文化遗产，还有几人能干下来、传下去呢。逝去的逝去了，在世的也都七老八十了，没有了场地，他们很难再一遍遍地演示给后人看了。但我认为，这是传统耕作时代刻骨铭心的生产生活经历，应该让后辈人知道生活的艰辛啊。

十唱熊书记

1966年冬天，工农兵走上舞台，宝丰各公社各大队纷纷成立红色宣传队，唱红歌、演样板戏、跳忠字舞，村村都有，一时风行，皆号称“毛泽东思想文艺宣传队”。那时很少有农村能用上电，两只土陶烧制的“鳖灯”吊到舞台上面，弄几根棉花捻子点上煤油，黑烟滚滚的，呛得台上的演员咳嗽流泪，连鼻孔里也熏得黑乎乎的。阔气一点的村子弄两只汽灯，那灯倒也贼亮贼亮的，赛过500瓦的电灯泡，但时不时得卸下来“滋滋”地打气。音响就别提了，根本没有，全靠演员的嗓子吼。就这样，老百姓也都兴致勃勃地早早搬上凳子占住座位，大人吵，小孩哭，把个村子闹得沸沸腾腾。

某村因缺少文艺人才，宣传队迟迟未有动静，别村热闹非凡，这村却冷冷清清。于是，公社一姓熊的书记大发雷霆，点名批评，并派出工作队进驻该村督导，勒令十天内拿出节目公演。工作队不敢怠慢，进村里挨家挨户摸底排查，物色人才，这村人封建，都不愿登台露脸。工作队发话了：“瘸子里面挑将军，挑住谁谁就得上台，要不就扣工分扣口粮。”好歹劝说弄了十几个人，又从县里请来高手帮助指导排练，紧赶慢赶终于在十天内排成一台节目，于是报请公社熊书记审看。那熊书记闻听节目是县里高手所排，而第一个节目便是二夹弦与道情的表演唱《十唱熊书记》，心里美滋滋的，太阳未落便骑着自行车从十里外的公社驻地赶来，早早坐在台下，叼着大前门，跷起二郎腿，要一睹为快。

一阵锣鼓家什打过“闹台”，老百姓便挤满了场子看热闹，初上阵的演员们扎好架势，忽然一贫协委员模样的老农却出来讲上了：“老少爷们！咱村的宣传队今儿黑可要开演了！吭吭，这都是咱庄的大闺女小媳妇们，头一回，没弄过。老少爷们得担待担待。”台下哄地笑声一片。台上的女演员们脸上可都挂不住了，小声嘀咕：“娘那脚，老会说”“娘那脚，看多会说”。有一个当场要下台罢演，那熊书记大手一挥：“让她走，明天就开除她社员资格。”那位姑娘只好悄悄地回到队伍后排，含了两眼泪花。贫协委员接着说：“虽说是头一回，没弄过，熊书记一发话，咱可就完成了。”台下的熊书记笑眯了眼。“下面演出开始，第一个节目《十唱熊书记》！”

过门音乐一拉，演员齐声开腔：“咱公社有一个熊书记，熊、熊、熊书记，熊熊熊熊熊书记……”上一腔是二夹弦调子，下一腔急转改调唱开了道情：“嘟噜那个熊，嘟噜那个熊，嘟噜那个熊熊熊书记，哪哈嗨嗨一呀嗨，熊熊熊熊书记，嘟噜……”有一个男演员嗓门还特别尖特别高，把“熊”唱成了高八度，也嘟噜个没头了。台下群众哄地笑开了，那熊书记怒不可遏，立马站起：“排哩啥球节目，停喽！”

从此熊书记的大名传遍全县，这村至今再没演过节目唱过戏。

宝丰的男人

说起怕老婆，宝丰人挤在一起谈古论今，那是一堆一堆的故事。据说几个哥们扎堆打牌，夜半忘了回家，都吹牛说今夜不回了，不怕他娘们能怎么地，豪言壮语喷得房顶簌簌地掉土。说话间，媳妇们几个找上门来，人未进大嗓门先进，吓得几个货翻窗户窜了。有一个女人不见自己丈夫，吆五喝六地骂，从桌子底下扯出来个浑身发抖、吓晕乎的家伙，正是那个吹牛吹得房倒屋塌的货。

怕老婆似乎是很多男人的专利。最最让人捧腹的是南关外有两口子吵架，女人把男人的脸扇过来扇过去，肿得老高。围观者甚众，有议论这男人怕老婆怕得也太出格了，有议论这母夜叉也太不给男人脸面了。男人在众人面前丢了脸，那个气呀！便忍无可忍，怒发冲冠，冲进厨房操起菜刀。邻居一看这人一反常态，说是泡牛屎也要发发沫儿，这日子过不成了，今儿个是彻底生气了，不想活了。要出人命了，一齐拥上去解劝。谁知这男人挥舞利刃，声声叫喊不活了，不活了，你们别拉我别劝我，拼上命了。这边劝着，那边女人却嘿嘿冷笑，旁若无人，并无胆怯之意。男人奋力挣脱众人冲到女人身边，眼看要出人命。一众吓得大声叫女人快跑。谁知这男人举着刀冲到女人身边，瞧一眼笑眯眯的老婆，气顿时泄了。一手把刀递给女人，头向女人脸前一伸，竟软软地说了句：“给刀，你把我杀了吧。”众人忍俊不禁。

那日黄昏，我看见个矮瘦男人，自行车上挂了个破包，车上载了个两岁小童，小童脚上套双小运动鞋，歪歪斜斜在车上睡着了。为父者一手推车，一手揽着孩子，生怕小童歪下车来。那车后是个打扮得花枝招展的女人，高跟鞋踩得“咔咔”地响，拎只小坤包，雄赳赳气昂昂，像押解犯人似的。见这一幕，我很为这同性男儿打抱不平，也很为他悲哀。

在宝丰做男人，上有老下有小的家庭，最难最难的是在婆媳之间装糊涂。两代人中间的代沟，比鸿沟都难填平。媳妇看不惯婆婆的不卫生，婆婆看不惯媳妇的描眉画眼，婆婆嫌弃媳妇的铺张浪费，媳妇嫌弃婆婆小气抠门儿，这个编排编排那个的不是，那个嘟囔嘟囔嚼嚼舌根。为人子为人夫者夹在中间，好不难受。聪明智慧者，两头捎好话，两头瞒恶语，左右逢迎。人称是两片危墙，哪片倒下来都要压自己。

宝丰的男人事事都得会干，忙进又忙出。在外面得混得人模狗样装装门面，赚钱养家。进家来能下到厨房，洗锅刷碗，择菜剥葱。有客自远方来，烧水沏茶，做几个盘子，拉开场面陪喝两盅。这女人呢，一边织着毛衣一边看着电视上的韩剧，眼角眨都不眨一下。孩子上学下学的接送，功课辅导送什么兴趣班，屁颠屁颠地，大都是男人的活。女人呢，君不见广场舞跳疯了，街头上弄个音响唱戏表演的，大都是那些吃饱了撑得找乐趣的女人们。

在宝丰做男人，最不堪言的是老婆爱跳舞，特别是那种搂腰贴面的交谊舞。跳舞跳出事儿，拆散家庭的事例有不少，便有男人担心老婆姿色好看被别人拐了去，心里一千个忐忑一万个不安。家中有客或孩子哭闹，便慌慌地去歌厅找，去广场上瞄，低声下气，委婉哀求，听得出压了脾气，渗出些自惭形秽。女人可以找男舞伴，哪怕跳个昏天黑地，男人也不敢放个屁。要是摊上个喜欢交际的男人，因工作关系，因生意关系，饭局过后陪别人唱个歌跳个舞，女人便如审贼似的非要打破砂锅问到底，醋坛子摔碎，酸得不得了。20 世纪 90 年代，县里倡导交谊舞，办舞蹈班，一同事也算场面上的人物，因与素不相识的女人跳了几圈，刚好被老婆看见，“啪啪”两耳光，骂骂咧咧，拉起男人就走，一时风闻全县。男人自觉没了脸面，又不敢对自己心爱的老婆下狠手，忍气吞声，绝食两天，也算是无声的抗议。

宝丰的男人除了一大早送孩子上学，还得去赶集买菜。而女人则在床上鼾声大作，睡回笼觉，做个春梦。男人呢，赶集是赶集，买什么是头天晚上吩咐好的，三元五元十元八元都在她账簿上记着，你绝对没有专擅的权力。要想在羊肉汤摊上撮一顿，你得精打细算做手脚半个月，省点私房钱，但特别恩准的例外。

宝丰男人是宝丰一方水土的特产，外地男人娶了宝丰女人做老婆，也得看老婆脸色行事，工作做得细致扎实不走样，很快就被同化了。宝丰的好丈夫评选活动落选者，拿到外地比比，说不定会捧个金牌什么的。

有人会问宝丰男人这么软骨头？其实宝丰男人很骄傲很自豪，因为宝丰的女人们大都是白生生的、粉嘟嘟的、水灵灵的，就是脸黑的女人也是黑得耐看黑得端庄，惹人喜欢惹人疼爱。俗话说："怕老婆有饭吃。"也有的人说："家和才能万事兴，不和长头发人一般见识。"这显示了宝丰男人宽广的胸怀，也是宝丰女人的福气。

有同事口口声声说："上等人怕老婆，中等人爱老婆，下等人打老婆。"所以宝丰男人怕老婆的多，打老婆的几乎没有。因为宝丰的女人也漂亮，也能干，脾气赖点就赖点，爱她们还来不及呢。

牛把式

生产队的牛屋院就在竹园旁边，队里有四犋牛，两头牛配为一犋，都是一高大老黄犍，配一小母牛，一雄一雌，称为牝牡。四犋就是八头牛了，加上没穿上牛鼻角尚且带着颊板的大牛犊子和仍在蹦蹦跳跳吃奶的小牛娃，大大小小有十几头。还有磨坊里拉磨的、菜园子拉水车的那两头驴，牛屋院里就闹哄哄的了。院里停有四驾牛车和几台小拖车，牛屋的墙上挂着耧、犁、耙、煞绳、撇绳、牛套之类的农具，把牛屋院塞得满满当当的。这些生产工具是队里的命根子，一百多口社员们的吃喝全系于此呢。

喂养牲口的饲养员，乡下都叫牛把儿，文雅一点的话，就称牛把式。牛把式可是个技术活。伺候牲口那是一年三百六十五天，天天都得要起五更打黄昏。一只牛槽上拴两头牛，一般都是一犋牛一个牛把式，连喂养带使唤，各扫门前雪，各照看各自的牲口。每天清晨天不亮，牛把式就得起床来给牲口预备草料，牵上槽头。下午日头快落是人们俗称的“喂牛时”，牲口就需上槽喂了。天天如此，一天也不能落下。

老牛把式总是说，喂牛也是一门学问，春夏秋冬就不一样，说的是“冬呼啦，夏扑喳”，饲草冬要干燥，夏要水分大。牛羊类都是反刍动物，吃时囫囵吞枣，牙口不嚼就咽到胃包里，吃饱了再反刍，在嘴里咀嚼，嚼得两嘴都是沫沫儿。牛把儿常常要细致地观察牛的反刍情况，确定牛的健康状况。天天要铡草、切草、筛草，关关都要细致入微，草料一入槽，万万不能混入铁钉、麻绳、铁丝之类的东西，万一牛吃草时吞下去，那事就大了。拌草拌料要匀实，有料没料四角也要搅到。到了春耕或收罢秋、犁地种麦时节，牛把式常常是累得鼻塌嘴歪。套车拉车、犁地耙地，牛鞭子甩得“啪啪”响，嘴里吆喝着“大大、咧咧”，稍不留神，车不照辙了，车翻了，墒拉歪了，耙翻筐了，甚至于惊牛，惊出事故来。这牛把式不好当。

那年种罢麦，天也冷了。傍晚，正是“喂牛时”，西天边的火烧云把天都染红了。竹园上空，喜鹊、黑老鸹、麻雀一团团飞过来飞过去，这是鸟儿归巢。竹子一阵阵颤动着，枝头黑压压的。牛院里，几只老牛、小牛在“哞哞”地乱叫，原来有几头牛还没上槽，两个牛把式撂挑子了。

三爷年纪大了，犁耙扛不动了，半年前就哼哼嗨嗨的，身体大不如前，耙被大坷垃绊翻，差点挂断腿。另一个牛把式早先被新套的犍牛拱了一下，差点儿命丧铁轮车下，死活是不想干了。

队长敲起了钟，召开社员大会，要推选牛把式。会是沉闷的，没人递一句腔。队长费了半天口舌，见无人应承，只好说：“牛把儿是老辛苦，大家也看着哩。满劳力是十分，谁干喽再加两分，一个劳动日合十二分。”指靠工分吃饭过日子的年头，这和如今涨工资一样，是激荡人心的，人们叽叽喳喳低声议论起来。

重赏之下有勇夫，原先惊车辞了的那位叫“老斑鸠”的还愿意接着干，接替三爷的是本家远门的太哥，社员们异口同声都说中。太嫂对太哥说：“十二分呢，俺妇女们下地干一天活才六分，你一人抵俺两个。虽说起五更打黄昏，那也是看季节哩，忙也就忙个十天半月的，夏天河岸边放个牛，还不是哪儿凉快往哪儿拱。”说得太哥舒坦得直哼梆子戏：“西门外放罢了三声炮，伍呀伍云召，伍云召我上了马鞍桥……”

新牛把儿上任，牛屋里头就格外热闹。太哥是个戏迷，嘴里老是哼哼唧唧的，不管是坠子书、大调曲、梆子戏，连带卖当的莲花落，逮住啥唱啥。这天，太哥正一边垫牛圈，一边模仿着时兴的现代戏《人欢马叫》里那刘子德滑稽的唱腔：“在东坡，在西地，不知跑到谁家里……东坡西地都没有，偏偏跑到磨道里。”唱得正欢时，队长过来交代说：“冬天农闲了，公社抽劳力修水利，半队人都得上水库修干渠，队里这些个张嘴子货，可是社员们的娇乖宝贝蛋儿，就交给你们两个了。”

“老斑鸠”立马表态，拍拍胸脯保证让这些张嘴子货一个一个养得滚瓜溜圆。太哥说：“有老把式带着呢，叫正东决不往西。”队长一离地儿，这“老斑鸠”就神气起来了，俨然老师傅指东指西，一会儿让太哥筛草，一会儿让太哥拌料，一会儿让太哥出牛粪，一会儿指派太哥去邻村借扎牛鼻子的工具，把太哥使唤得团团转。

这天上午，“老斑鸠”叼着烟卷，大腿跷二腿，“滋溜，滋溜”过着烟瘾，坐在牛屋院的树疙瘩上使唤太哥去磨坊拉料糁，太哥笑眯眯地说：“蚰子还有歇翅的时候，是不是该让俺歇歇翅？”“老斑鸠”严肃地开始上课说：“徒弟徒弟，三年奴隶。老人常说，手脚勤，爱死人，手脚懒，人人不耐烦。人勤地不懒。地没赖地，跟人种哩。戏没赖戏，跟人唱哩。学本事需勤快、需有眼色、需有悟性，心劲儿灵了，啥事都成了。”“老斑鸠”一番大道理讲得太哥心服口服，屁颠屁颠地干活去了。

“老斑鸠”肚子里还是有货的。说是牛的年岁大小要看牙口，一岁口两岁口三岁口；小牛娃子啥时候该上颊板，该用绳拴了；大牛犊子啥时候该扎上牛鼻角，该试套了；大犍子套车驾辕，犁地当墒，牛缰绳牛撇绳都是拴在驾辕当墒的大犍子鼻子上；“大大、咧咧”“往左往右靠”是牛把儿的指令；牲口也通人性，谁喂的牲口对谁有感情，谁使唤着就顺当听话……

说起犁地，“老斑鸠”两嘴喷沫沫。地有三六九等，黄土、沙壤子土、黑录土、石头蛋料礓土，哪些洼地水浸板结，起坷垃，哪些岭地土硬石头多，一趟地犁下来，架得胳膊酸胀麻困。地块大小无所谓，就怕不方不圆的三尖葫芦头斜尖地。头一犁拉墒要打量，做到心中有数，就像缝纫社剪裁师傅一样，看准眼色，一犁到地那头，不歪不斜。要是扭扭斜斜的，像出串（蚯蚓）找它娘似的，那就丢人打家什了。一犁一犁跟下去，既要犁透，深浅一致，又不能留垓子。蹚坌子上耙，要看土壤含水量，握手里不黏不散，全凭感觉经验。而蹚坌子上耙，是犁耙地最危险的时候，稍有不慎，耙翻人伤。因此上耙双脚要站稳，身子抑扬掌平衡，眼观六路，一边仔细观察脚下的土疙瘩、石头蛋子，一边看前方牲口的走向并吆喝。来来回回土壤蹚匀实，再斜耙，像梳头发的篦子似的多篦上几遍，土壤疏松有致，往后的播种下耧就不会断垄断苗，这地就算侍候到位了。

太哥听得一愣一愣的，忙把卷好的大烟筒子递过去，恭恭敬敬地点上烟，一脸的崇拜相，“老斑鸠”就有点陶醉了。

“惊牛的事是咋回事呀？”太哥冷不丁问一句，让“老斑鸠”心有余悸：“你这孩子咋哪壶不开你提哪壶，那是马失前蹄冷不防，差点把命给送了。秋季犁耙那菜园子，刚刚穿上牛鼻角的牛犍子拉着车扭头啃那青菜，一声吆喝，一声鞭子响，那牛惊得拉着车窜下河崖，车也翻在土垓子上，把人掀下去又挂住了腿，幸亏是皮外伤，在家养了两月有余。”“老斑鸠”很诚恳地告诫太哥，这牛可不是胡使哩，谁喂的牲口听谁的话，生人生牛不敢胡乱使唤胡乱吆喝，更不敢胡乱下鞭子。牛也看人下菜碟子，牛要万一使出蛮性，三两个小伙子也拉不住。

太哥张着耳朵听，不住地问，“老斑鸠”传授经验，说得有声有色。两人有一搭没一搭地聊着，侍候着牲口，你来我往地交流，融洽得像哥俩又像父子爷们。

遇到风和日丽的天，两人喂罢牛就又说又笑，把牛牵到村街上晒太阳，捋捋刮刮牛毛，央铁匠铺师傅给老牛们挂挂掌，牵到河边去饮那甘洌的河水，那牛铃铛一声一声响遍半个村子。一群牛拴到河边的小树林里，或站或卧，悠闲地倒着沫儿，那小牛娃子就钻进母牛的肚子下拱奶吃。太哥一边梳理牛毛，一边亮开嗓子唱道：

天上下雨地下浸，
人留后代草留根。
人有子孙防备老，
草留根须待来春。
人若不把根留下，
清明时节谁上坟。
草要不把根留住，

春秋四季谁来分。

…………

这唱词听得“老斑鸠”这个光棍汉子心里老大不舒坦，像塞了一块石头。

两人和谐的日子很快过去了。来年春上，两人便因牛料用的黄豆起了摩擦。

太哥是个吃嘴猴儿，平时抓一把从仓库领出来的黄豆，用大马勺子炒几把，放嘴里“咯嘣咯嘣”地吃，那香味儿也往“老斑鸠”鼻子里钻，“老斑鸠”就忍不住也抓上一把。禁不住那香味的诱惑，他俩你一把我一把地把黄豆往口袋里装。太哥还把黄豆带回家给孩子吃，太哥孩子多，孩子们又争又抢，太哥又禁不住往家里倒腾了几次，慢慢地落下个偷牛料吃的闲话。

矛盾总是从小处开始。“老斑鸠”劝说太哥，在牛屋里咱炒把豆子吃不算多大个事，带回家让孩子们在村街上“咯咯嘣嘣”的，影响可是不好，社员们心里不舒服，传来传去传不少闲话，那偷牛料的名声可不大好。太哥嘴上不说心里想：你站着说话不腰疼，无牵无挂，光棍一条，一人吃饱，全家不饥。我可是一群孩子哭哭闹闹地哄不住，就弄回去几把豆子哄哄小孩，你就嚷嚷得四邻八街都知道了。几次半夜里，你弄个小布袋，在料缸里装一布袋豆瓣，提溜给老张婆，让老张婆掺和着玉米、小麦磨成杂面，给你擀杂面条吃，这事我憋到肚子里没敢张扬。我炒几回炒豆吃，你给张扬张扬，卖我的丑。那心里火是上去又下来，下来了又上去。

日子终于不平静。太哥不正常的情绪自然而然传染给了火燎毛脾气的太嫂。那太嫂是眼睛珠子容不下半点灰尘的人，盘根问底，把“老斑鸠”偷豆瓣料给老张婆的事抖擞给一群爱嚼舌根子的婆娘们。那群不是省油灯的婆娘们，添点油加点醋，翻起圪垯，翻得一丈深一丈浅的，直翻得“老斑鸠”和老张婆有一腿，两人明铺夜盖，早就暗地里弄一块去了。这话三转两不转就转进老张婆的耳根子里了。

老张婆男人常年有病，又是气管炎又是肺结核，黄胖子烂肿的，咳嗽起来没完没了，就是废人一个。老张婆也是一个快活人，家里地里两头忙，三个孩子也不省心。“老斑鸠”光棍一条的，既是邻居，免不了帮个什么活，救个什么急事的，老张婆也老留“老斑鸠”搭个伙吃碗饭，两家就这样好上了。老张婆嘴巴臊，老是和“老斑鸠”开些荤段子，老张就掺和着笑。地里干活人多，老张婆还时不时地揭“老斑鸠”的隐私，说是有天晒被子，“老斑鸠”用棍子使劲敲打着骂：孩子呀孩子，你真命苦，还没见你娘你就入土。老张婆隔墙听见，忍不住趴在墙头上问：“昨晚是不是又跑马了？弄得被子上一塌糊涂？这孩子也可怜人哟！”人们起哄问“老斑鸠”何时能把媳妇引回家来，“老斑鸠”哈哈大笑：“丈母娘正坐月子，等闺女长大就送过来了。”老张婆说：“到那时你和孩子恐怕都入土了。”“老斑鸠”说：“到地下那边，他也喊爹。”嫂子和本家弟弟开玩笑，有时开得能解开裤子往里面塞土疙瘩、石头蛋子，在农村都是常事。至于说“老斑鸠”和老张婆两人的什么闲话，谁也没见过，毕竟人家男人在家活泛泛的，只是干不成出力活，有“老斑鸠”时不时帮个忙，也是心存感激。但闲话传得邪乎，大多数人不信，可有好事的人传得有鼻子有眼的，再沉得住气的人也忍不住了。

俗话说：“是泡牛屎也要发发沫子。”老张婆忍无可忍就在大街上骂开了。农村妇女骂大街，那是村上的一道风景线。美丽不美丽，但看热闹的多。老张婆骂嚼舌根的八辈祖宗，骂造谣生事的长疮害病。骂着骂着就出格了，拍着大腿，一蹦三尺高，扯着嗓子指桑骂槐，骂人家肚子里的血呼拉儿子，骂人家生个孩子没屁眼，姐呀妹呀娘呀大大呀，连小闺女什么的都怼上了。

这边太嫂听得村街上嚷嚷，出来一听，怒从心头起，就接上了茬子。你来我往，看谁的嗓门大，看谁蹦得高，看谁骂人用词用得新鲜。这太嫂骂着骂着，就拐弯抹角扯犊子，扯到“老斑鸠”身上了。说是绝户头没后代，就是让外人生个，也养不活，不是脐风，就是四六风，死绝死净了，一辈子连个猫娃狗娃子也没有，死了没人埋，臭死在当院。那嘴像连珠子炮，尖酸刻薄，哪里恶心人就往哪地方骂，这仗打得血淋呼啦的。

正是中午吃饭时，一街两巷看热闹的人山人海。有人不嫌事大，两方都有人在背后撺掇怂恿。两人先是对骂，后来开打。双方撕拽在一起，揪头发，抓脸皮，扯衣裳，战斗得难分难解。

足足半个时辰，家族中有长辈人出来叱喝，这才偃旗息鼓。从此，两家种下仇恨的种子。“老斑鸠”也是气得七窍生烟，和太哥见面不再搭腔说话，两人也就此生分，隔阂就来了。

话说有天天没亮，太哥睡不着觉，起了个早，赶到牛屋，就看见有个人影在他那头母牛的屁股后面晃悠。他喝一声：“那谁？”就见“老斑鸠”慌慌张张提着裤子从母牛屁股后面出来，答非所问地回一句：“我尿一泡尿。”太哥心里疑惑，咋觉得不是那回事，就回去和太嫂说了。太嫂本就是个没窟窿嬔蛆，这可有了攻击、恶心人的话题。

于是，“老斑鸠”弄母牛的丑闻又安鼻子带眼地在村子里私下传开来。好事不出门，赖事行千里。这事在乡间可是天大的丑闻，丑得不能再丑了。传来传去传得神乎其神，人们到处在津津乐道，一个光棍牛把儿与老母牛弄在一起，生个牛娃牛身子人头面目。这一回，可不比偷料什么的，好长时间没人敢给“老斑鸠”和老张婆两家子人捎信儿传信儿。两家人还蒙在鼓里。

时间长了，啥事都有透风的墙。总有关不住嘴巴的人，不怀好心眼，期望两方再起战端，好看两家笑话，就想方设法挑事，阴风就又一阵一阵吹过来了。但是“老斑鸠”和老张婆只是听听而已，虽说怒火中烧，却是声色不动，出奇地安生，稳若泰山，再没骂大街橛鸡子骂狗进而生大气打架干仗的事发生。

暴风雨来临前，天气总是先沉闷一阵子。原来“老斑鸠”左思思右想想，这事越吵闹越邪乎，字是黑狗，越描越丑。本来不多人瞎传，吵闹起来就越传越远，前车之鉴，先不声不吭压下去再说。如今法制不健全，村上干部也是和稀泥，先等等，总有说理的地方。君子报仇，十年不晚。那老张婆也是细细听了“老斑鸠”的话，没再声张。

没几年，先是公布了《治安管理处罚条例》，后又公布了《民法通则》和《刑法》。“老斑鸠”仔细研读这些条款里的诽谤罪和侮辱罪，先是偷偷锁定证据，找到最初听太嫂传出来丑闻的证人，便一纸诉状告到乡里的法庭。

翌日早上，乡里法庭来了两个戴大盖帽的法警，找到太哥家，扔下一纸拘留的传票，就把太哥带走了。

太嫂在家哭得呼天抢地，哭得六神无主，哭得是一佛出世二佛升天。家族里长辈兄妹都来了，一院子乱哄哄的。这个说："都是嘴巴贱惹的祸，说闲话嚼舌根落下个冤家对头，这让人家抓住了把柄，往死里整人哩。"那个说："这事说大不大，说小也不小，不就一句闲谈话，上纲上线喽，弄个侮辱诽谤罪，多则三五年，少了也得两年牢坐。"有人吓唬太嫂说："你也一根绳上的蚂蚱——跑不了啦。"吓得太嫂瞪着两眼，住了哭，坐在地下，傻了似的仰着脸。

明事理的人谋划着说，解铃还得系铃人，这事明摆着是"老斑鸠"去法庭告发的，谁知道他是咋编排告状的，要不请个律师？真有律师来接了这个活，说是庭外也可和解，只是要让原告改口，达成谅解，也可判个缓刑或免于刑事处分也未可知。央求亲戚长辈去说合说合吧，态度可一定要诚恳。太嫂一听有戏，便一骨碌从地上爬起来，忙从床沿的席下翻出来烂布包，掏出钱来，托人去置办点心果子。

这边厢就央求队长和村上大队干部去找"老斑鸠"说合。见一群干部和长辈上门，"老斑鸠"也挺好说话，慷慨陈词地陈述一大通陈芝麻烂谷子的事，也算出了口恶气。说是只要太嫂两口子跪地道歉，当众承认过去的侮辱生事是瞎编乱造，打打自己的脸，给他恢复恢复名声，事情由他去乡里法庭再圆通圆通。

没几天，巡回法庭就在村上开庭了，像开批斗大会一样，不少人替"老斑鸠"出气，这个数落几句，那个数落几句，老张婆上去吐了太哥一脸唾沫，指着鼻子骂了一通，临了又踢了几脚。"老斑鸠"上台去跺跺脚，劈头盖脸数落太哥坏良心，猫教老虎学艺，教成精了，反咬师父。太嫂也助纣为虐，两口子本应一起受法，念其家里一群孩子嗷嗷待哺，放了她一马，算是免于起诉了。

“老斑鸠”也算是消气长脸了，过去的闲言碎语一下子烟消云散。太哥判了个六个月的缓刑，拘留了一个多月，也算是得到了报应。法庭上，他低着头，黑丧着脸，双手给村上老少爷们一一作揖道歉，硬是“扑腾”一下就跪在“老斑鸠”面前，一声叔一声师父地叫，头就磕了下去。

这场风波就这样过去了。生产队的牛屋院里，牛们驴们照样在上槽下槽，尥尥蹄子，“哞哞”两声，被牵来牵去的，该套车就套车，该拉磨就去磨道。那头老叫驴时不时“门啦门啦，咴咴咴”地叫几声，一棍子打去“嘚嘚”旋着圈转。那小牛娃仍是满院子蹿过来蹿过去。只是太哥天天无精打采的，嘴里再也不哼路戏，也不敢抬头看“老斑鸠”一眼。“老斑鸠”老是自言自语，说一句重复一句：“还是牲口听话。”

太哥闷着头喂牛，那牛一头头被喂得皮毛起明发亮，像缎子样。两只母牛年年下牛犊子，几头大犍子穿上牛鼻角就能驾辕当墒了。看他地里的活，犁地拉墒那是拉得倍儿直，地耙得虚虚坦坦的。村上娶花媳妇都愿用他套的车，说是牛光鲜，那车也打扮得光鲜。最让人舒心的是，不论如何，这牛把儿嘴里没有怨言，老是笑眯眯的，说啥都中。“老斑鸠”倒是唱起路戏，有一腔没一腔地在牛屋院里吼，像是庙会上卖当的“莲花落子”：

啊，三更灯火五更鸡，
正是男儿读书时。
你看那四岁让梨，七岁赋棋，
八岁咏诗，九岁温席。
若遵父教训，
必然成大器。
读书人如金如玉，
不读书人如土如泥。
成名的如同日月，

不成名的一世昏迷。

你不效程夫子道高明德理，

也当学苏学士文章经济。

不效甘罗十二为宰相啊，

也当学梁灏大廷魁多士。

此一时，父不教你负薪挂角，

囊萤映雪，偷光凿壁，悬梁锥刺。

现放着青灯黄卷，明窗净几，

你不用心，你不学习，

空叫老父昼夜操心忧虑你。

…………

太哥听得一愣一愣的，肚子里是五味杂陈。

后来，土地被分户承包了，牛也一头头分到户，“老斑鸠”就率先离开了牛屋院。只有太哥还留恋着他打头喂养的那头老黄犍，被他说来说去，分到他和二弟名下。那几头尚未分下去的牛犊子，也是他照看着的母牛生下来的，一直到来年庙会上卖掉，还追踪到买主那里瞧了又瞧。那陪了他十几年的牛鞭子和牛槽也被他弄回家，他还在院子里搭了个棚子，冬夏就和牛们睡在一起。自家喂养的两头牛，就和几户邻居合伙犁耙地，侍候了好多年。

有一年回村转着玩，碰见太哥牵着牛，牛在河边吃草，问起家事，太嫂下世几年了，孩子们早已成家立业，各忙各的，他单身一人就和牛做伴呢。我就说：“如今日子舒坦了，这牛你是喂上瘾了？如今农业机械化了，牛也派不上用场了，这牛喂着还有意义吗？”太哥说：“闲着也是闲着，没事和牛说说话，牛也不会惹是非，它通人性呢。”

村里来个小炉匠

宝丰人称呼的“小炉匠”，实实在在是补锅匠。在那犁地靠牛、点灯靠油的年代，铁锅是人们最重要的炊事工具。锅碗瓢盆，锅为首。家家户户用的铁锅，都是铸铁。人民公社大食堂时用的大黑老吊铁锅，锅口直径有两米多，一米左右深浅。下伙后大都被生产队用作磨豆腐、下粉条、修水利立大伙和年节杀猪煺毛用了。农户家庭里的铁锅，有大点的老成锅，可供十来口子人煮饭。小一圈子的二成锅，也可供五六口子人家使用。还有一些小成锅，诸如煎炸烹饪之类的，也都是铸铁料子，不经用。这补锅的小炉匠就常年游荡在乡村里，一边高声地叫喊着：“轱辘锅！钉锅喽！”一边找个地方，放下挑子，给炉子生火，小风箱“呼嗒呼嗒”地扇着，生意就来了。

早晨或傍晚的乡庄子，笼罩在炊烟袅袅的一片薄雾里，那薄雾似轻纱般地飘浮在村庄的上空，宛如天堂里的仙景。家家户户的灶火都是烟气缭绕，土锅台上架着铁锅，柴草在灶台火门里“噼噼啪啪”地蹿着火苗，遇到湿的柴草，沤出团团浓烟，做饭下厨的便呛出两眼泪来，大声地咳嗽。那铁锅里不外乎煮的是红薯和玉米糁粥、菜糊涂、清汤稀面条，贴炕的玉米面饼饼，蒸的是红薯面窝窝头。勺子无一例外是大铁勺子，小孩子一听见勺子在“哧哧啦啦”地刮锅底，便知道饭已不多，慌忙就往灶火里跑，盼娘再往碗里添上一勺饭。这铸铁锅底很难禁住铁器常年的刮摭，久而久之，就漏水了。聪明人用面块堵一堵，时间长了，窟窿眼子越来越大，就只有等补锅匠给拾掇了。

临近中午时分，猛听得村街上传来一声声吆喝：“钴辘锅！钉锅！补锅喽！”那声声的呼喊，低沉而悠长。不大的小村子，两圈子转悠地吆喝，全村人都听见了。于是，陆陆续续就有人端着或大或小的铁锅来在后街的大皂角树下排位子。树下的青石板旁放着一副挑子，这一头的小火炉已生着了火，烟气冒着，另一头的小风箱也被搬到火炉旁。师傅是个面容憔悴的年轻人，脸上黑一道白一道，带着做工干活人的幌子。青石板上，一个散乱着头发的女人正在敞开着怀奶孩子，孩子“哇哇哇”地哭，两只小脚胡乱地蹬着，显然是饿急了，奶却不够吃。女人站起来，还挺着大肚子，嘴里不停“哦哦哦”地哄，那孩子愈发地哭声大了。小师傅不耐烦地瞪了女人一眼，就吆喝女人过来拉风箱，他慌忙去审视接下来的一堆活。

小师傅端来一盆子水，往一个个锅里注水做试验，根据破锅的毛病大小与业主一个个讨价还价地协商。末了，只有胡同里王四家的那口老成锅，窟窿眼子能塞下个小孩儿拳头，这工价就不好说了。王四媳妇跑出来和师傅你一句我一句，最后答应管这小炉匠两口子一顿饭，也算是说定了。

火炉子火苗也蹿上来了，坩埚里的铁汁子水慢慢地冒泡。小师傅展开工具摊子，大铁钳、小铁钳、砧子、锤子一应摆开，那几层厚麻布上糊就的黄胶泥隔热膜捂在铁锅下面，铁汁子水一点一滴地往铁锅的窟窿眼里注入。眼疾手又快的小师傅，双手并用，一阵紧张操作，那锅就补好了，注水一试，业主高高兴兴地端走了。

人们已端起碗来，三三两两地聚在皂角树这边吸溜着碗里的饭，有的啃着馍馍，大声地向小炉匠问这问那，问人家是什么地方人。那小炉匠正在反复研究这老成锅的大窟窿如何下手修补，随口答道：“安徽的，大爷。”问人正是王四，村上有名的二蛋货，立即蹦起来说：“你这货，骂人哩不是？”小炉匠一脸不解地抬起头来应道：“我没有呀，我真是安徽的。大爷。”王四冲到小炉匠跟前，一把抓住他的领子，怒气冲天地说：“你还骂，你还骂，你是安徽的大爷？我他娘是你宝丰的大爷！我是你虎狼爬岭上的大爷！”说着不依不饶，吓得小炉匠连连后退。那小女人也惊慌失措的，连声“大爷，大爷”地求告。

真是一场天大的误会。千解释万解释，双方才明白豫东和安徽交界那边的“东路”人，语言语音表达方法和豫西有不小的差异。特别是称呼，尊称为大爷，是表达对对方的十二分的高一辈分的尊敬。

王四媳妇来喊小炉匠吃饭，王四一边陪着小炉匠收拾家什，一边和小炉匠女人搭讪着，眼珠子不停地在女人脸上扫来扫去，心里默念：挺标致好看的一个小女子呢。

王四媳妇是一个心地善良的热心肠人，听说安徽那边遭了水灾，小两口逃荒似的一路风尘来到这里，便心里酸酸的。看见小女人怀里抱个不满岁的娃，又挺着大肚子，天天跟着小炉匠东奔西跑的，居无定所，便动了恻隐之心。

她和王四商量着说：“这女人眼看着说生就生了，咱那放柴火的小屋拾掇拾掇，让女人安顿家里，小炉匠就在四周村里招揽活计，一不耽误生意，二也能让女人少受些苦累。”王四欣然同意，小炉匠两口子千恩万谢，说是遇到了大善人家了。

就这样，小炉匠两口子在王四家安顿下来。前两个月小女人还能跟着小炉匠在四周村子跑跑，后来身子越来越沉，就只有小炉匠一人早出晚归了。一个村子人家算是帮了王四家的光，合村乡邻们的铁锅出毛病去找小炉匠修补，小炉匠坚决地分文不取，嘴里“大爷、大婶”地叫着，一脸的感激。

很快，小炉匠的女人要生了，王四媳妇犯了愁。这女人不是自家人，这生孩子的血光要是扑了宅院，谁知道往后招啥灾祸哩。老人们都说，千万不能让外人把孩子生在家里，那可是祖祖辈辈传下来的规矩呀。王四出个主意说：“咱河南岸队里看菜园的庵棚子，那是公家地皮，也不妨碍谁家，就让她生那里住在那里，满月后再搬回家来。”王四媳妇说：“过半辈子了，没见你出过啥好主意，这回算是一斧子砍到墨儿上了。”

两个月后，菜园子庵棚里婴儿呱呱坠地，王四媳妇便和邻居几个婆娘轮流去照看照看。这个兜几个鸡蛋，那个带几个鹅蛋，也有端碗面的，也有包二两红糖的。王四媳妇像娘家人送米面一样，做了两身小衣、小被褥，掂起提斗过来，一斗满满的鸡蛋白面和红糖。王四又和队长说说，这菜园子的葱、韭、白菜随便拔、随便用，这女人的脸色就将养得红润起来，孩子的奶水也足了。那老大已经离了脚手，蹦蹦跳跳的，被王四媳妇领回家中和她小儿一块玩耍，让小炉匠两口子脸上老是泪花花地感动。

这一个月来，小炉匠就在菜园庵棚里陪着月子婆娘，生意也歇了。待到满月那天，王四与他媳妇接小炉匠两口子回家，俨然接闺女挪骚窝回娘家省亲似的。到得家来，小两口就跪在王四夫妻面前，口称“干大，干妈”，不应就是不起来。这干亲就这样认下了。

小炉匠仍然是早出晚归，打算赚钱攒些回老家的路费。一天很晚，小炉匠回到小屋，便见小女人在暗暗垂泪，千问万问，知道是王四几次趁小炉匠和王四媳妇都不在时图谋不轨，被小女人拒绝。这次午后又强行把小女人捺在床上，双手乱摸，还把舌头伸出来在小女人脸上乱舔，那舌头像长虫一样，腥臭难闻的。小女人叫喊了几声，王四才惶惶地跑走了。

闻听受到如此欺辱，小炉匠掂起大火钳，就要上堂屋要说法，被小女人拉得死死地说：“这丢人事，跳黄河也洗不清。这干妈是好人呀，这事鲁莽不得。”两口子唉声叹气商议了半夜，遂下了赶紧离开是非之地的决心。

那晚，大风刮得昏天黑地的，小炉匠又迟迟未归。那小屋里一阵窸窸窣窣后，传出来一声低沉的惨叫，便见一道黑影窜出来，直奔村卫生室而去。小炉匠回来，见到地下还有点点滴滴的鲜血，便知王四又干出不可告人的勾当。随即收拾收拾行李，趁夜深不辞而别了。

这王四媳妇一大早起来，见小屋门大开，不见了小炉匠两口子和孩子踪影。正疑惑间，王四捂住半边肿起的脸和有血迹的嘴巴神情沮丧地进了家门。

好多好多天，王四像哑巴一样，不和村里人说话。时间长了，那嘴巴“唔唔啦啦”地吐字不清，有人发现王四的舌头似乎短了一小截。

有人掂着锅来找小炉匠补锅，王四媳妇一句话就打发来人走了。这王四媳妇后悔得肠子都悔青了，收留了小炉匠两口子，惹出来王四这猪狗不如的麻烦事，真是哑巴吃黄连，有苦说不出来。

十多年过去了，村上也不断有小炉匠来补锅，但不定还有人提起安徽来的那小炉匠两口子，说是男的补锅技术高，开着“安徽的大爷”的玩笑。又说那小女人有几分姿色，这王四的舌头短，怕是与那小女人有啥缘由。

王四蹬腿过奈河桥那边去的第二年，王四媳妇意外收到外地寄来的一张 5000 元的汇款单，轰动了全村。随后又有一封信寄来，仍称王四媳妇为“干妈”，信上除了一句一个干妈地叫，那心存感激的话比亲娘还亲。小炉匠媳妇也在信上说，如今农村生活变化太大，小炉匠生意日渐式微，就改行办了汽修厂，如今生意兴隆。家中已无老人，以后就把王干妈当亲人了。

王干妈在家唏嘘不已，遂让没考上学的小儿子去安徽找他干哥谋事去了。

今天想来，造化真是捉弄人。王四夫妻邂逅了小炉匠两口子，收获了知恩图报的安徽小炉匠，却让王四因贪恋女色而丢了半截舌头。而小炉匠在艰难困苦时遇上了王四和他媳妇，认了个河南的“干妈”，渡过了一生中最难过的坎，却差点陷入危险境况，但因他骨子里未泯灭的天性而全身而退。这难道就是命，也是他命里合该如此吗？

第三篇

人在戏里

想和胡琴说说话

胡琴是弓拉弦鸣乐器，是从北方胡人手里传进中原的民族乐器，在中原人手里却被玩得得心应手。鲁、宝、郏一带，说书唱戏用的都是胡琴。河南坠子的主弦儿用的是坠胡，曲子戏主弦儿用的是曲胡，梆子戏主弦儿用的是板胡，特别是可以为各个剧种、曲种伴奏的二胡，是每个乐队上必不可少的主要伴奏乐器。

我不懂音乐，却喜欢美的旋律。有时跟着哼哼，免不了看人家拉弦拉得嘚瑟，手也痒痒的。退休了，便也想找个乐子。在银行退休的和在公安政法系统退休的两位同学，都是玩胡琴的高手。于是，觍着脸向人家索要乐器玩，弄了把二胡，偷偷地在家里练，那声音像杀鸡子似的难听。

正是这多天的杀鸡子，却杀出一段故事来。话说 2013 年的仲夏，天正热得邪乎。宝丰正在争取国家级说唱文化生态保护区，做得也是热火朝天的。县文化局组织一个申报班子，让我这个年已花甲的老朽帮忙，参与了规划纲要的撰写。因为关于说唱文化的概念性理论问题，一些大咖们莫衷一是，大家各说一段高深的理论，争得是面红耳赤的，申报进程陷入了瓶颈。我和省里非物质文化遗产保护中心的裴景岭主任商议，决定听听国家级的专家型领导的意见。老裴也是个戏剧家，先后任过省豫剧二团团长等职。他这个热心肠的汉子，不顾腿脚崴了，拖着红肿的右腿，一瘸一拐地和我们一行四人来到位于北京北四环附近的中国艺术研究院，跨进了国家非物质文化遗产保护中心的大楼。

同行的县文化局里的吕才营和江国鹏一进大楼，就有些忐忑不安了。

他俩几乎同声说：“这里可是咱国家顶尖的文化艺术殿堂，专家教授一个个学问高深，咱乡里乡气的土包子，不知人家瞧不瞧得起我们，咱们的话人家能不能听进去呢？”裴主任说：“专家教授也是人，比咱高明的不过是放眼全国，见多识广罢了。可要论某个县域或某个族群的乡风村俗、生产生活习惯传承，深厚的传统文化资源，不一定比我们知道得更多呢。”

果不其然，和时任国家非物质文化遗产保护中心的常务副主任罗微聊起宝丰的马街书会，聊起众多的说书艺人，聊起当地百姓喜欢看戏、喜欢听书，哪村都有写戏写书，哪家都有唱愿书、敬神灵、尊崇说书先生的习俗，等等，罗微这位心细如发的女学者，便连珠炮似的一个个追问。突然，她冷不丁来上一句：“你们那里既然有这么多的书迷、戏迷、票友，又有那么多的说书艺人和剧团戏班，有没有乐器制作人呢？就是做胡琴呀做鼓呀什么的？”我们一下子怔住了。

来时的路上，我们做了好几遍功课，“对付”这些高深莫测的教授专家们，针对说唱文化设想了100多个问题，自认为土生土长，宝丰的历史、宝丰的文化，犄角旮旯里都知道得清清楚楚，早已成竹在胸，万万没想到就是这个乐器制作，我们忽略了。眼看已无言以对，电光火石之间，脑子里就冒出来了痴迷于胡琴制作的梁振党和芮国顺这两个同窗好友来。

上中学时，我正是贪玩的年龄，有两个形影不离的玩伴，一个比我大，姑且称他老梁，一个比我小，姑且称他小芮。小芮是在姑姑家长大的，和老梁是邻居，也算是老表吧，两个人是形影不离的发小。忽一日，老梁和小芮背到教室一把胡琴，老梁和小芮一脸的兴奋，在不停地摆弄着，惹一众同学围观。老梁煞有介事地张开弓弦，“吱吱咛咛”地拉，一阵不和谐的刺耳噪音便传了出来，大家都嘲笑他两个说是在杀鸡子。就这样，从那天起，一遇课余时间，他两个就轮换着杀鸡子，杀了好多天，也不知杀死多少只鸡子。杀着杀着，那弦乐声逐渐柔柔的中听了。有了旋律感，听着便越来越顺耳。那时每周我们都有半天时间的劳动课，这俩人就干脆逃学，找个清静地方去练琴，一来二去，慢慢地开始为班上唱红色革命歌曲伴伴奏，也拉得像模像样。有时还拉一些好听的曲子，像戏剧里的曲牌《大起板》

《双叠翠》《小桃红》，虽不算流畅，但也让我们听得一愣一愣的。

时隔好多天，班上听不见俩人的琴弦声，好像欠缺点什么似的。一问，原来这弦子是老梁他爷爷的，爷爷名叫梁云娃，是远近有名的拉家儿（方言，好乐师），被请走给人伴场去了，胡琴被带走，也把俩人的猴子给牵走了。

听说这梁云娃可是把拉弦的好手，有一手绝活，不但能在肚皮上拉，能在肩膀上拉，还可背过脊梁在脑后拉，像反弹琵琶一样拉风。每到一处，听众都要让他亮亮手艺。那胡琴拉得可奏锣鼓点，“叮叮咣咣咚咚”的。可模仿鸟儿鸣叫，“啾儿啾儿”的。模仿的牲口叫，驴是驴，马是马，牛是牛，羊是羊，公鸡打鸣母鸡下蛋，俩狗吠架，像极了。模仿的小两口说悄悄话儿，呢呢喃喃；两口子吵架，老媳妇泼妇一样骂大街，让听众们听得是一片叫好。他和他的堂兄弟梁保安，也就是振党兄的四爷，都是宝丰一带远近闻名的琴师，不但拉胡琴拉得好，更是制作胡琴的高手。远近的戏班或说书人的琴师求他俩制作胡琴，都是排队排个年儿半载的，很难轮上，大多掂些果子礼品上门求购。

少年不知愁滋味，好奇、淘气和不安分是哥俩的天性。这不甘寂寞的老梁从家里偷出来一把没有琴弓也没有琴皮的半成品，和小芮一同在班上捣鼓着。他俩逃课跑几里路，来俺村上的小竹园偷小竹子，用火燎烤，弯弯做琴弓。上学的路上，偷拽人家马尾巴当琴毛，被马踢得一瘸一拐的。旋又鼓动一众男生下河摸鱼，找那大鲇鱼，要用鱼皮做琴筒上的琴皮。那个夏天就这样鼓捣来鼓捣去，硬是又“吱吱咛咛”拉上了。虽然劣质的材料做出来的音色不美，但因他们拉弦的功夫长进了不少，仍然吸引我们的好奇心。时隔不久，俩人又鼓捣来一张蟒蛇皮，替代了鱼皮。鸟枪一换炮，那胡琴音色就中听多了。同学们饶有兴趣地凑在一起热闹，让学校生活平添了几分乐趣。

我向罗微主任娓娓诉说我的同学拉琴做琴的过程，她侧耳倾听着，时不时插上一句两句。当她听到我说这两位同学天各一方当兵十年后又在故乡聚首，又重操旧业，小芮领衔创办了个戏迷俱乐部，戏迷、票友一大群，板胡、二胡、曲胡、坠胡、三弦、扬琴、古筝一应俱全。老梁也把乐器作坊办到家里。两人就这样子配合着，你来我往，做做胡琴，拉拉胡琴，一班子男女老少唱来唱去，直拉得笼子里的鸟“啁啁”“啾啾”跟着叫，跟着舞。罗微的眉就扬起来了，发话说：“真的如此吗？”我说：“我的同学做胡琴都是送人送朋友的，从不做商品买卖，送我一把二胡，如今还在我家储物架的琴盒里躺着呢。”“为什么不拿出来和他们一起玩呢？”我笑了，说：“我的拉弦儿水平和人家就不在一个段位，我的水平和人家入门杀鸡子的阶段差不多，可现在人家功夫已经顶到天花板了呢。”就这样，和罗微主任有一搭没一搭地聊着，从现象分析开始，由表及里地一步一步探讨着说唱文化形成的土壤、气候和在老百姓心中深深的扎根状态。罗主任很肯定地认为宝丰深厚的说唱文化已形成了完整的链条，慨然承许亲自为我们修改《规划纲要》的前言和概念定义部分。

大功告成了。出了艺术研究院大楼，裴景岭主任就说：“说唱文化被国家非遗研究的最权威专家型领导认可了，你们这忐忑不安的心里的石头也终于落地了吧？”我们笑了，心情一下子像鸟儿听见了琴音一样蹦跳着舞动起来。

回到家，便乘兴去造访小芮和老梁这两个哥儿们，叙说北京一行的事。我说，幸亏梁兄、芮弟两位同学有这做弦子的本事和爱好，使我们有了对应的话题，没有在关键时刻打住车。小芮同学说：“咱宝丰做乐器的多着呢，东乡崔庄老庞也会做胡琴，年年赶马街书会卖弦子，一拉就是一小三轮车。连郑州曲艺团的陈胜利也定制他的坠胡。北乡刘太一家做的大鼓小鼓，一到冬天节前，四邻八县定购的排号呢。还有西乡老谷的三弦和笙箫，韩店人个个都会摆弄唢呐。宝丰做乐器的人不止三五个呢。”

我说：“平时忙于事务，谁会想到调查了解这个行当冷门儿的事呢。”于是，我们赶忙增补修改《规划纲要》的项目部分，把这个说唱文化的链条彻底地完善了。

我来到老梁的别墅小院，被封闭了的天井院子里，摆着台钳、锯、斧、凿、锉、刨等一应木匠家伙。墙根靠着一溜子各类木材，有紫檀木、黑檀木、乌木、红木、黄杨木、枣木杆子，林林总总。还有做板胡琴筒的面板材料——

泡桐板材。墙上挂着一些成品、半成品，俨然一座乐器的手工作坊。

头顶上一排排的鸟笼，有十几只，都被黑布蒙着。老梁一一揭开，给我指认百灵鸟、鹦鹉、云燕，还有那边鸟笼里的两只画眉。院中间这只凤头百灵，鸟头上有撮往后抿的毛，别看个头小，却是咱这里春上叫得最欢的。

我让小芮同学取出板胡，展开琴弦，奏上一曲，看看这些鸟儿是如何反应的。于是，一首在梨园春节目上常常听到的“双叠翠”曲牌，便在小芮同学的手里如潺潺的山间泉水一样流淌了出来。但见那只凤头百灵，在笼子里蹦跳了几下，“吱”的一声高叫，双翅便奓开了。它旋又“啾啾啾”地昂首叫着，在鸟笼架上率先舞起来。其他的鸟儿闻声，一起一伏，便也“喳喳”“啾啾”地鸣唱起来，听着像极了韩店唢呐吹奏表演的《百鸟朝凤》。那只离小芮同学胡琴较近的画眉，歪头盯着胡琴，有节奏地和着，我吃了一惊，这鸟儿莫不是想和胡琴说话？

我和老梁、小芮哥们几个从来就熟不拘礼，爱开玩笑，便戏谑他们说：“梁兄、芮弟，你俩天天鼓捣这玩意儿，有空不陪嫂嫂弟妹们玩，这‘东北大姑娘’（梁夫人是东北沈阳人）高兴你们吗？”梁兄说：“人人都有爱好，我一不抽烟二不喝酒，就这么点爱好，就是想和胡琴说说话。你嫂子通情达理，也认了。也曾不耐烦过，去年冬天做把板胡，音色调不准，鼓捣半夜才上床，凉脚蹬着人家屁股蛋子，被人家一脚踹下来，说是跟着你那胡琴去睡吧。”

小芮老弟“哈哈哈”地开怀大笑，说是他媳妇儿李华也埋怨过，和老梁兄类似的遭遇也有过，估计是妯娌两个一个心思，串通一气了。但是，一个个都是通情达理之人。不耐烦时，至多嘴里嘟噜几句，半夜三更回来从床上被踹下来那些事情绝对是没有的。临了，小芮重复地强调说：“借一百个胆子，谅她也不敢。”我笑了，老梁和在屋里的那位“东北大姑娘”也笑了。我揶揄他说：“你就吹吧，牛皮快吹上天了。”

小芮同学说，其实这妯娌两个也是挺喜欢音乐、喜欢戏的人，我两个有时就是想和胡琴说说话，那鸟儿也想和胡琴说说话，好听的、美妙的旋律人人都喜欢着呢。

这几天疫情紧了，老梁和小芮的演奏活动暂时停止了。在同学群里询问他俩干吗呢，老梁回了一首打油诗：

大街小巷防控严，
独自宅家做弓弦。
修身养性守规矩，
不给国家添麻烦。
非遗传承刻心间，
精雕细琢每一天。
待到疫情全驱散，
重操弦韵唱江山。

书会守护人

知道张满堂的名字是在2004年。那年马街书会人气衰微，也就火神庙东北角那旮旯有一大片赶会人。细数会上说唱的艺人也就二十来摊，充其量不过百十人。与20世纪八九十年代的繁荣没法比。我和严寄音县长陪文化部市场司两位官员边走边聊，探讨着书会衰败的原因。写书的如今少了又少，马街新一代年轻人又不愿意像上辈人那样招待远来的艺人，一来二去，艺人也来得少了。正说间，几位马街村民认出了严县长，围住他说事，感叹书会的衰落，要求政府管管。我当时说了几句不合时宜的话："书会是民间的，马街人更有责任去做才对。你们村上原来待客的传统丢了，没有人管艺人吃住了，艺人咋还来赶马街书会哩。"这话确实不大中听，有几个老头儿不吭声了，转而去缠县长。另一位老人却拉住我悄悄说："俺马街有人出头了呀，那满堂家今年家里住满了，这会上说书的有一半儿都住的他家。"我这才知道了张满堂的大名，但因天天琐事缠身终未谋面。

翌年，在审看拍摄的第一批国家级非物质文化遗产项目申报毛片时，一个汉子在采访镜头前絮叨地说着说着便哗哗地心酸流泪的片段打动了我，忙问何人，答是马街人张满堂。我说这个片段很能打动人，说明了当地民众对马街书会的深厚情感，必须用在申报片里，这是马街百姓的书会情结，这个太有震撼力了，会感动北京那一帮子专家评委呢。也算是从那时起，我从电视片画面上认识了他，那画面至今仍牢牢定格在我脑海里，挥之不去。我就此记下了张满堂这人。

随着非物质文化遗产（当时先称民族民间文化保护工程，后与国际接轨，又称人类口头与非物质文化遗产）保护的逐渐升温，也经过我们的上下奔波、不懈努力，第一批保护项目名录终于花落马街，我和满堂兄逐渐熟络起来。

满堂兄大我两个月，中等的个头，双鬓已白，一脸的沧桑，眼睛里透着忧郁。我们因是同龄人，谈经历、谈风土民俗、谈人生三观、谈马街书会的过去与未来，共同语言便多起来了。

满堂兄是土生土长的马街人。他告诉我，他小时候就喜欢上书会里钻，说书艺人满肚子的故事和知识令他神往。每到书会的前几天，十来岁的他便会站大街上，招揽艺人往家里领："先生，上俺家里来吧，俺家可好了。"艺人们便会笑着说："小孩子家，你当得了家儿吗？""当家当家。"上前他就背人家的弦子往家里拽。吃过饭后，他会缠着说书先生来上一段，自个捧着小脸认真地听。那些个神仙鬼怪传说，贤孝忠烈故事，是他上学前的启蒙教育。长大了去当兵，成了一颗红星头上戴、革命的红旗挂两边的军人，那些个忠烈故事仍然激励着自己，幻想着打仗了，保家卫国当英雄。谁知和平年代英雄难当，退伍回来却成了家乡马街书会的守护人。

正是马街书会繁荣之时，满堂回到了家乡。20世纪80年代，鲁、宝、郏一带小煤窑星罗棋布、如火如荼，因敬老君及火神的习俗，煤矿争相到马街书会写书、唱愿书，民间艺人无论水准高低多被写走，外埠艺人纷至沓来，马街村很是热闹了好多年。通往书会那蜿蜒曲折的小路上赶会的络绎不绝，应河上的那座小石桥上挤挤扛扛，有多少男男女女掉落在水里，满是欢声笑语。满堂及乡邻们的家里依然是高朋满座，艺人们欢聚在一起，琴弦叮咚，浅唱低吟，欢乐而祥和。马街人总说："年下不当年下，书会才是年下。"他们为书会的兴旺而自豪不已。满堂说："那时的马街人出外总是卖牌子，俺马街的，俺那儿风水好，聚人气，下年来吧，俺马街书会可热闹了。一个个满脸的傲娇与自豪。"满堂为书会的兴旺高兴，也为是马街人而高兴。

三十年河东，三十年河西，煤窑焦厂随着资源枯竭而衰落，写书人锐减，虽说书会是艺人朝拜圣地，但民间艺人赶会的热情却降温了。社会在急剧变革，年轻人更向往簇新的生活，他们对传承千百年来的说书艺术反应逐渐淡化，并迅速地转向节奏更快、形式更加多样化的新型文化，对马街书会年复一年的一成不变已不屑一顾，对民间艺人们抱残守缺的老一套传统演唱方法毫无兴趣。马街的年轻人再不像老辈人那样对书会情有独钟，对艺人没有春天般的温暖了。他们嫌弃艺人的土气，嫌弃艺人的一些不洁习惯，甚至对个别艺人的不良品质十分的厌恶。于是他们不再开门迎客，而用各种方法委婉地拒绝艺人进家。当这些追求更高品质新生活的“70后”“80后”“90后”们当家做主时，“无君子不养艺人”的传统便在马街及邻村随风飘走了。远方的赶会艺人吃住成了问题，书会便在两三年光景内一落千丈，让满堂看在眼里，急在心里。

那几年，张满堂一到书会期便急得六神无主，家里也就那几间房，打地铺借被褥也就能支应三十来人，人来多了，往弟兄家领几个，要好的邻居家领几个，甚至光身汉家里打扫打扫，也能塞两人。吃饭是满堂媳妇一人操持，大锅搅锅菜，街上整笼的热馒头。吃饭桌子少，艺人也不怎么讲究，盛一碗菜，手里攥俩馍，蹲在院子里也是乐呵呵的，毕竟满堂夫妻俩太热情了。一年可以凑合凑合，但马街书会年复一年，这总不是常法。他焦虑急躁，也更加忧郁了，逢人便说书会：“这书会之地可是咱马街的风水宝地呀，书会散了，咱马街可是没好日子了呀！”“咱还得招待艺人呀，没地方吃住谁还会大老远跑来呀？”“城里去住宾馆？离咱马街远不说了，这说书先生哪有那么多钱去住宾馆？”满堂一家一家上门讲这些重复的话，乡邻们说这满堂怕是得神经病了吧，后来就像躲债主一样避开他绕着走。当时，司氏家族还有两家能接待艺人，还有个黄留根夫妇也能接待艺人，满堂压力不算太大。三两年后那几个家庭老人上了岁数便无力应酬，渐渐地，偌大个马街，招待支应艺人的便剩下来满堂独个儿了。可自己家就那么几间房，艺人来多了，连打地铺的空间也没了。

满堂整夜整夜地睡不着觉了，早上起来一脸的黑线，眼圈也黑了，双眼红红的，脑子昏沉沉的。媳妇闫爱珍体贴心疼他，也懂得他的心思，说在村东头挨书会的那块种着树的地方盖几间房吧。这一语惊醒了梦中人。

我很想问问满堂，他那个时候脑子里到底装的是什么？

早年满堂在城里做生意，在“金三角”那里开个饭馆，生意蛮红火的。后来又搬迁到火车站前街，“兴隆张”生意也蛮不错。家里媳妇贤惠，儿子听招呼，乐呵呵的一家人，日子是幸福快乐的日子，咋会没事找事，变成一根筋“书会迷”了呢？那书会是马街人的书会，是民间艺人的书会，与你满堂一个普普通通的老百姓有何利害关系呢？

满堂在我的追问下，娓娓道出了原委。书会凋敝的那几年，艺人来的少了，往年的喧闹远去了，村上也冷清了不少。村民们过惯了那“无君子不养艺人”的风光无限，再没有了那繁荣时节洋溢的笑脸，老一辈人心结萦绕，连空气都是沉闷的。满堂说：“那书会之地可是俺马街的风水宝地，那应河的淌淌流水可是俺马街人的灵气所在，那火神庙里不仅有艺人的祖师爷，也有咱炎黄子孙的先祖圣人，世世代代受人香火、受人尊崇，护佑着俺马街人。民间艺人来不了，这万人供奉的香火咋盛呢。”满堂还说：“关键是俺马街人的情意和脸面丢了，艺人们走南闯北到处都有，要是传起来俺马街没人家招待管护艺人了，书会还能长久下去？俺马街丢不起人啊！”

朴朴实实的汉子说的是朴朴实实的话，流露的是发自心底的情感。

于是，满堂拿出做生意赚来的家底，垒房盖屋，就在邻近应河的西岸矗起了14间接待艺人的简易专用房。秋天来了，地里的二亩棉花也收获了，满堂一家忙着收棉花，打被套，做被褥。高低床不够睡几十个人，就到处跑着买草帘子，打通铺。满堂说：“艺人们可识足，都是通情达理之人，要求也不多，他们为的是有个热茶热饭热被窝，大家伙儿互相见见面，旧知遇新知遇交流交流，无论生意上的说唱、艺术上的切磋，这大屋大通铺他们是无拘无束的，好像比自己家都随便。”

满堂就为他们提供了这样一个方便的所在。

从宝丰县城出发，沿着鲁宝公路向南，过焦柳铁路桥涵，便踏上了去马街的乡村公路。这是2005年前唯一通向书会的大道。一过马渡寨，老远便听到了说书艺人的简板声、琴弦声、鼓镲声和一半句苍凉沙哑的说唱声。那声音似千万只牛铃在摇响，叮叮当当，好不悦耳，距离最少也有两公里，便穿空而来。抬眼望去，只见马街村边应河的东岸上空，一大片土黄色的薄雾悬浮着，那是干燥一冬的田野被万千人们踩踏扬起来的扬尘，这是 1983 年我第一次赶马街书会看到的惊艳一幕。隔老远，兴奋起来的我便惊叹这书会的壮观，小心翼翼地挤过那窄窄的应河小石桥，走过火神庙前那条小路，徜徉在书会上，见到了昔年在我村一唱两个月的王结子。他站在自行车后座上，满嘴吐沫地正结结巴巴演绎着《沙家浜》里被日本鬼子糟蹋得不像样的那片芦苇荡的故事。还有那老余先儿的三弦书段子《小黑驴儿》《小两口顶嘴》和弹三弦的杨老先生唱和接腔，让赶会人里三层外三层地围得密不透风。书会上无喇叭，无明显噪声污染，一摊摊说书人亮开嗓子高歌，一个个写书者满场地里乱窜，听听这摊，看看那摊，在挑选中意的说书艺人。满眼满耳都是美妙天堂的享受，马街书会的高潮当如是。

2000年前后，书会迅速凋敝，上下都着急了。文化部门也请来专家把脉，大都认为是曲艺这个艺术形式已不被新一代人所接受，不被年轻人所喜欢，而忽略了作为书会丰厚土壤的马街人对筹办书会的心态发生了急剧变化，而这种心态变化直接动摇着书会的根基——接待艺人的谦谦君子之风。没了梧桐树，何来凤凰栖息呢？民间艺人的口口相传相当厉害，上会的艺人也只剩下了不多的坚守者。有不少专家学者这样评论马街书会和民间艺人：“不要认为这些民间艺人太俗太土，须知大俗即是大雅。这些艺人口口相传的中华传统文化，用汉语韵律、方言乡音，演绎着一个个接地气的真善美的故事，这本身就是‘真善美’。而美则是建立在真善的基础上，唯有真善才能有美。”

张满堂接过了马街老辈人的接力棒，他要把这谦谦君子之风传承下去。栽下了梧桐树，就得引入金凤凰。接待民间艺人的窝搭好了，就得把艺人往家里招引。好的是如今是信息时代，通信发达，满堂便一个一个地和艺人通电话：“咱家条件改善了，房也盖了，明年书会多邀几个艺人朋友来吧，多多益善。”“不用发愁找住宿的地方了，人来多少咱都能住下。”一遍遍的真情邀请，要多真诚有多真诚。

还有一些偏僻山乡信号不好的，还有一些无联系方式的，满堂便打听着住址，骑着他那半旧摩托上路了。见见宝丰的余老先生、鲁山的赵玉萍、郏县的王结子这些老书状元们，听听他们的心声，又一个一个记下他们介绍的曲友，说书人的姓名、地址，再跑到襄县、叶县、舞阳、方城等周边的几个县市去请人。城镇里的，山村里的，他一家一家找上门。就这样子，顶着冬季的寒冷，麻木的双脚踩着摩托，张满堂到处游说艺人们，眼看春节快到了，书会快到了，那新盖的“艺人之家”必须得招揽住客人，让远程的艺人住足住满，那书会上琴弦一拉、简板一打，要多热闹有多热闹，哪怕能有十多年前一半的规模，艺人别忘了马街还有个书会，保住马街人的名声和脸面，就心满意足了。这就是满堂的梦中所念，他心中做了无数次的“书会梦”。

2006年的马街书会如期而至，时任省委副书记王全书和省委宣传部部长孔玉芳应邀参加国家级非物质文化遗产名录——马街书会的揭碑仪式，看到书会上一摊摊的说书艺人在忘情地亮书说唱，成千成万的人群拥向马街，条条大路小路络绎不绝的赶会人，听书亮书一片沸腾，直呼真是河南一大奇观，回程的路上虽被堵了将近两个小时仍意犹未尽、念念不忘。可他们哪里知道张满堂为拉艺人上会所付出的心血和汗水。

书会上的热闹，书会上的风光，与张满堂无缘。早就累坏了、累瘫了的他，此时靠在一摞摞被褥上，正盘算着艺人的午饭和不走的艺人的晚饭。借来乡邻们的桌椅板凳他得一家一家去还，坏了的还得修理修理。自家被褥因艺人猛增不够用，临时从城里旅社租赁的还得张罗租赁费，有没写出去的艺人能不能给他们联系个台口，这些都在满堂脑子里盘旋着，脑瓜仁都是疼的。

这一年上会艺人猛增至近百摊二三百人，让满堂应接不暇。新寨的老艺人李天一家住了十几个，往自家弟弟群堂那里领几起，其余一百四五十号人全都住进了满堂的“艺人之家”。正月初七后，“艺人之家”便陆续来了一拨又一拨艺人，满堂比娶媳妇都慌张。满堂说：“那时候身上累身子苦，心里甜呀。一院子男女老少艺人又说又笑、又唱又拉的，他们说从此到马街有了家，有了归属感，年年都要来马街赶会朝圣，亮书学艺，对书会的感知又进了一步，心里头感觉美啊。”

书会散了，有了解满堂为人的悄悄地竖起大拇指夸赞他，但也有不少街坊邻居背后议论说他衅球傻逼，还有些头面人物竟然说他是神经病、半吊子，说是想出名想疯了，拿着钱没处花了，往民间艺人们身上撒哩。

这些闲言碎语刮到了满堂的耳朵里，照样也刮到了孩儿他娘的耳朵里。孩儿他娘也是一肚子的气，盘算着快被掏空的家底：修房盖屋花了十来万元，把几年辛辛苦苦的血汗钱投进去了，那是一个饺子一个饺子长年累月包出来的。这一年下来接待艺人的辛苦、锅碗瓢盆不说，光是租赁被褥的费用，买菜、买肉、买米面的费用，想不到的开支，又是一大笔。下年还得咬住牙一个一个饺子包起来。为了登高取被褥，她从梯子上摔下来，跛着一条腿忙前忙后，没耽误给艺人们准备饭菜。满腹的委屈，又不愿意让满堂背上包袱，只好背地里哭了一场又一场。

望着媳妇佝偻的身子，也是60多岁的人了，已没有十几年前的风姿绰约，仍是默默地操劳，对满堂的做法无怨无悔地支持着，满堂心里都是感激，知我者，孩儿他娘呀！

书会散了，满堂的心未散。他把眼光瞄向了三月三上巳节，这是天皇、地皇、人皇三皇的生日，也是传统的三弦书艺人结社组织“三皇会”聚会的日子。

三月三，田野绿了，花儿开了，最是一年春光好的时节，他想把这个日子办成小马街书会。

翻阅《宝丰曲艺志》并与编写者九才兄交流，知道“三皇会”是三弦书艺人的行会组织，成立年代因历史久远而无从考究。滍阳街的老尹先儿尹怀勤、余官营的杨玉顺、郏县的苏法林、鲁山的李占营都先后担任过“三皇会”的会首。据百岁老艺人余书习先生回忆，他是师从他哥哥余书成学艺的，他的哥哥余书成也任过会首，如今他是任职时间最长的会首了。做会首的要操办“三皇会”会务，还要筹办一年一度的拜三皇和比艺交流活动，十几年前老余先儿已接近90岁，显然无力操持了，也就断了好多年档。

2006年马街书会一过，满堂就和余老先生商议说：“您老德高望重，这个会首您老还当着，您老该唱就唱、该说就说，从今年开始，这拜三皇的聚会活动我办了，到时您老到场指点指点就行。”老余先儿知道满堂为人忠厚、办事利索，便欣然答应了。

为了马街，为了书会，满堂就把三月三拜三皇的艺人活动放在他的“艺人之家”。好的是“艺人之家”地方足够大，足有五六亩地大的院子里有一片小树林，刚栽下去的玉兰花、桃花也开了，桂树一片翠绿，煞是喜人，正是柳绿桃红时。春光的明媚也让满堂的心如开了花似的。

满堂心里盘算：由于河南坠子的强势崛起，使原本唱三弦的很多艺人追风而变革唱腔，演唱时也多用坠子书交叉，唱腔根据剧情变化，三弦书与坠子书相互交替，形成一个新的流派，叫“风搅雪”坠子三弦书，亦受听众欢迎。“三皇会”虽然是三弦书艺人的行会组织，但这些艺人占比不小，也应该吸纳进来。

随着脑洞的大开，他想起马街书会的包容性，不论河南坠子、河洛大鼓、琴书道情、三弦书、大调曲子，都是曲艺这个行当，只要人家愿来参与活动，来者应当不拒。地域也不分鲁、宝、郏、叶、汝了，许昌、太康那边的，焦作沁阳的，驻马店、漯河的，闻听纷至沓来，就连安徽亳州那边唱大鼓的年轻小伙儿也连着参与了三四年。

三月三那天，拜三皇的仪式简短而精练，对着三皇爷画像三鞠躬，虔诚地跪下磕三个头，给三皇爷唱段爱听的神戏，拜三皇仪式就算结束了。接下来的才艺比拼是重头戏。只见一摊摊艺人桌子拉开摆在树下，马街村的“老戏筋”曲艺迷们来当评委，每人手持一把花朵，这摊听一段，那摊听一曲，将花送给唱得最好的艺人。最后以桌上花朵多少论高低，评出了当年的擂主。

午饭是丰盛的酒席，乡间习俗，八盘八碗和宝丰酒使民间艺人们醉了一场，没喝够的想叙友谊的晚上不走接着喝，反正有住的有吃的，也不用掏自己腰包，个个欢天喜地的。每每聚会都有十个八个艺人相约，早来晚归，为的是交流情感，切磋技艺，延续着马街书会的传承。他们也知道满堂背后所付出的心血，也明白满堂的苦心、用意，说这不就是实实在在的“小马街书会”嘛。

这“小马街书会”从2006年春上办起，除今年（2020年）因疫情防控，整整办了14年。根据天气好坏，最多年头参与艺人二百来个，最少年头参与艺人五六十个，哪年也得花上万元，最盛那年突破3万元，所幸文化部门闻讯到场送了不少酒，解了满堂的燃眉之急。

坐在满堂兄的“兴隆张”饺子店里，品尝着嫂子和她的姐妹们包的圆鼓鼓的饺子，我问道：“这饺子是嫂子她们一个一个手工做的，赚的是辛苦钱、血汗钱。这十几年粗略估算一下，投入没个七八十万，也有五六十万了。虽然近年来县里文化部门对马街书会弄了定户定点接待，但接待最多人次的还是你满堂、群堂弟兄俩，虽补助了一部分食宿费，但‘小马街书会’却被忽略了。这些个投入可能对有钱人不算啥，可对你满堂小门小户小生意可就是大数目了。况且这钱是嫂子起五更打黄昏和孩子辛辛苦苦的血汗，他们难道就毫无怨言吗？”

满堂沉默了一会儿，忧郁地说：“这事我做了就做了，上对得起天地良心，前对得起列祖列宗，左右也对得起马街的父老乡亲们，至于他们心里有点儿不舒服有点儿难受，也不敢对我的做法指手画脚。”

我也沉默了。这铮铮铁骨的汉子心里的压力该有多大呢？一些乡亲们的不屑一顾，一些村里头面人物的冷嘲热讽，一些上面人物的胡乱猜测，这么多年，满堂没向上级部门拼命伸手，没有向艺人埋三怨四，更没有和埋汰人的斗气生气，仍是默默地做着这一切，这需要多大的韧劲和持之以恒的坚守啊！

2015年夏天，一场突如其来的狂风暴雨把满堂的“艺人之家”屋顶掀翻了。那天夜里，风越刮越大，雨越下越大，电闪雷鸣的。满堂想起“艺人之家”的房顶是石棉瓦铺就的，体量轻，禁不住这狂风摧残，便冒雨去察看。谁知电闪雷鸣中，那瓦一片片被风卷起，摔在房前屋后，一片狼藉。所幸西头的两间结实些，他赶紧叫家人把东西往那里转移。

面对断壁残垣，坚强的汉子哭了。他是在悄悄地哭，喉咙里呜咽着，不敢放声，生怕媳妇和孩子听见、看见受感染。满堂说，这是他一生感觉最难受的时刻。

没多少天，时任县文化局局长的吕才营老弟知道了，便约我一同去看望、安慰满堂。满堂说，他浑身像抽了筋似的散架了，来年书会咋接待艺人哩，说着说着眼圈都红了。才营说："老兄别着急上火，你这些年的付出我们有目共睹，这'艺人之家'我们应该管应该扶持了。"吕局长找了一个包工队，设计了双层彩钢瓦屋顶，文化部门出资 8 万多元重新修整一新，让满堂老兄悬着的一颗心终于又放到了肚里。提起此事，满堂说他永远忘不了文化部门的全力支持，他应该感谢吕局长的关心关爱。我说："满堂兄，你说错了，文化部门应该感谢你才对，是你在马街书会最低谷而文化部门最贫困、无力支撑时，伸出了无私的手，撑起这把伞为文化部门排忧解难，为艺人赶会遮风挡雨，文化部门乃至马街人、宝丰人和全国各地来赶会的艺人应该感谢你才对。"满堂说："我图的不是这。这些年文化部门也付出不少努力，动员单位写书送书下乡，搞写书竞拍，提高艺人收入水平，连续举办国家级非物质文化遗产曲艺展演和书状元展演，扩大了书会的影响力，恢复了中断多年的民俗活动，一年比一年办得好，看看马街书会那人山人海的场面，心里就舒展。我图的就是这——咱马街书会的兴旺发达！"

我想：满堂兄要说图出名吧，就前两年被县里评个十大乡贤，被县电视台采访过而已。这名出得与他的付出不成正比。图得什么利呢？眼看都是投入，没有回报。那他图的啥呢？他图的就是他说的，他怀有盼马街书会兴旺的一颗赤心。

我们俩海阔天空地聊着聊着,就聊到了马街书会的未来。如今的大时代，急剧变革着。戏剧沦陷了，曲艺更是掉进泥潭陷得更深。年轻一代从追星追歌，到喜欢相声小品，追网红仨月俩月即成过去，如今又玩抖音玩快手，玩得让人眼花缭乱的。可马街书会仍然是一成不变，仍是传统的慢悠悠的，没有新派的结构打造出新颖的东西，老艺人们仍然是老唱腔，老调重弹，旋律节奏赶不上年轻人的思维了。还有很多民间艺人的仪容装扮更不入当代年轻人的法眼，所以年轻人淡漠它甚至鄙视它，传统优秀文化的发展遇到了瓶颈，马街书会的发展遇到了瓶颈。

我叹气，满堂兄也在叹气。有没有更好的办法突破这个瓶颈？我想是会有的，古老的道情和三弦书与莺歌柳的结合，创造了河南坠子，唱红了河南 100 多年，难道就没有有识之士的天才们尝试发展紧跟时代步伐的新颖的文化表现形式吗？

望着满堂那沧桑的脸庞和忧郁的双眼，我深深折服，这位朴实无华的汉子脑子里装着马街书会的未来呢。

刘兰芳与马街书会

我来自中国民间曲艺之乡，也就是众所周知的马街书会所在地——宝丰县。今天我有幸被邀请参加中国文联副主席、中国曲艺家协会主席、著名评书表演艺术家刘兰芳先生舞台艺术生涯五十周年研讨会，心情非常的激动，非常的骄傲，也非常的自豪。因为兰芳先生是我们宝丰县的荣誉公民、马街村的荣誉村民，而我既是以兰芳先生的一个崇拜者的身份，又是以她娘家人的身份来参加的！

兰芳先生是我国杰出的评书表演艺术家，是闻名全国的曲艺艺术大师，更是一位深受宝丰人民和广大马街书会民间艺人尊敬和热爱的人民艺术家。马街书会是国家级非物质文化遗产，也是全国曲艺艺人心目中的圣地和精神家园。兰芳先生与马街有着深厚的感情，她是中国曲艺史上鼎盛时期和马街书会繁荣时期做出卓著贡献、最具有代表性的人物，以其精妙的艺术和高尚的品德，赢得了宝丰人民的热烈欢迎和民间艺人的由衷赞赏。

兰芳先生德艺双馨，不仅是中国曲艺界的领军人物，更是我们大家再熟悉不过的曲艺大家！不仅是我们宝丰人民和马街书会民间曲艺艺人亲密接触最多的曲艺名家，更是值得我们宝丰人民和民间曲艺艺人感谢和铭记在心的艺术大师！因为，她不仅在马街书会的发展中起到继往开来的重要作用，而且是最早通过马街书会将国家级曲艺艺术传播到民间艺人中的先行者。

改革开放使曲艺在我国广大城乡逐渐复苏。1981 年，改革开放后的第三个春天，兰芳先生和中国曲协主席陶钝一起到了马街书会。她的到来似一阵势不可挡的风，在马街书会这片古老的曲艺海洋掀起了滔天巨浪。当时，兰芳先生的《岳飞传》正在全国热播，她精湛的表演使广大听众为之倾倒，叹为观止。为争睹兰芳先生风采，马街书会掀起了“万人空巷看兰芳”的空前盛况。当时，陶钝先生看到兰芳先生在马街书会上和群众在一起而有感赋诗：“马街竞艺溯源长，负鼓携琴汇现场。谈古论今依旧事，万人空巷看兰芳。”这也成为700余年来马街书会史上的一段传奇佳话，更为马街书会古老的历史添上了浓墨重彩的一笔。当年书会盛况经媒体宣传报道后，马街书会自此走出深巷，吸引了更多人的目光。过去到会的艺人和曲种多是大江以北的省份，自此以后逐渐扩展到江南，且数量呈逐年增多态势；采访的媒体由河南到其他省份乃至香港，直到东南亚、日本、欧美诸国，影响面越来越广；研究的专家和学者由国内到美国、韩国、日本，关注者越来越专业。古老的马街书会焕发了勃勃生机。

曲艺的魅力在兰芳先生精妙绝伦的诠释下在宝丰取得最大的影响。兰芳先生的马街书会之行，在民间曲艺艺人中播下了曲艺的种子，培养起了一大批“兰芳迷”，成为民间曲艺圣殿传播曲艺的开路先锋，影响极其深远。不但影响了同时代人，也影响了下几代人；不但影响了中国曲艺艺术的发展，也影响了民间曲艺艺术的发展，成为马街书会的发展史的新的里程碑。也就是在那个时候，全国以及宝丰一带涌现出一大批热爱曲艺的年轻人，掀起了前所未有的学习曲艺的热潮。每年马街书会都会涌现一批曲艺新人，不断地为民间曲艺队伍培养、补充新生力量，使马街书会这朵曲苑奇葩更加灿烂，更加茁壮，更加充满活力，在世界艺苑中独一无二，其他任何国家民族无法取代。

兰芳先生与马街书会结下了不解之缘，马街成了兰芳先生的又一故乡，27年来，再繁忙的公务和演出活动也挡不住她赶回马街书会的脚步。马街书会，这个民间曲艺艺人聚集的圣地，作为曲艺大师的她已经去了10余次！她曾非常深情地说：“如果没有特殊的感情，同一个地方我不会来这么多次！”她以10多次到马街书会献艺和看望艺人的事迹，为马街书会的继承和发展做出了划时代的贡献。

她的艺术美跟她的人品美是密不可分的。她热爱曲艺，关心着马街书会的发展和未来，作为国内有影响的评书艺术家，她10多次到马街书会献艺而且都要到赶会的民间艺人中间去，与他们唠嗑、拉家常，与他们切磋曲艺表演艺术，甚至自掏腰包，资助那些从外地来赶会的困难的民间艺人。看到马街人待艺人如亲人的真诚质朴，兰芳先生感叹地说："无君子不养艺人！正是有了这样多的君子，才养活了马街书会。"兰芳先生更具谦谦君子之风，她不辞劳苦深入曲艺艺人中间，关心艺人疾苦，给艺人赠送书籍、音像制品和钱物的事迹人所共知。她把马街书会当作普及曲艺艺术的大课堂，手把手给艺人传授表演艺术，其为广大民间艺人无私奉献的品德在艺人中广为传颂。她的做人风范与马街书会同存，她深广的文化修养，同行相亲的人格魅力，在马街书会传为佳话。她的思想、她的精神凝聚着一股力量，这力量就是对曲艺、对艺人、对马街书会的无限热爱，这种力量征服了民间曲艺艺人，征服了马街书会！兰芳先生不愧是真正的人民艺术家。

在这里，我代表宝丰人民、代表马街书会艺人感谢兰芳先生多年来对马街书会的发展做出的杰出贡献，祝她青春永驻，艺术长存，身体康健，经常回去赶马街书会，和我们宝丰人、马街人永远在一起！

老戏骨

赵廷印今年（2021年）94岁了，额上那道伤疤仍然晶亮晶亮，精气神儿仍跟小伙子似的。年老一辈都叫他“砍一刀”，说是他的外号，年轻人就不知所以然了。他是县剧团的老演员、老艺人了，早在二十世纪五六十年代享誉全县。年轻时在演戏中被刀砍中额头，被刺了长长的一道口子，鉴于当年的医疗条件，没缝合就草草包扎，落下了深深的刀疤，被人戏称为“砍一刀”。久而久之，他的外号反而比他的真名叫得还响亮。喜欢戏的老百姓大都只知县剧团里有个“砍一刀”戏演得棒，而不知赵廷印为何许人也。

我认识“砍一刀”是到文化局工作以后。剧团麻烦事多，本来差点儿就散摊子了，一大帮子演员眼看要没饭吃，这让我头疼不已。早年已退休的“砍一刀”，因为退休养老金的事老是找我解决，所以和他的接触就多了。记得第一次是在办公室见面，他进屋就双手抱拳，略一躬身，端个架子，拖着演戏的腔调道：“老夫这厢有礼了——”我很诧异：怎么这人这么一副做派呢？真是应了群众说的“鹌鹑戏子麻溜猴儿”？心里就打起了鼓。第二次来仍然是这样一抱拳：“喔哈哈哈，哈哈，老夫又来叨扰您了。”而后一个夸张的动作落座后，微微一笑，来个鬼脸，让我忍俊不禁，感到此人应该很有意思。聊了几句后，他举止落落大方，谈吐幽默率真，快人快语，爽快爽朗，一下子拉近了我俩之间的距离。当时，县剧团的日子确实难过，舅舅不疼妗子不爱的，因为体制改革不到位，老演员们的退休金得不到有效解决，反映一次又一次，报告打了一个又一个，管钱的常务副县长就是不批。看着已经八十岁的老艺人可怜巴巴地一趟趟跑，我心里老不是滋味。有一次，赵廷印老师看我真发愁，就向我献计献策。他说要扮一个县官，穿戏衣戴纱帽，打个白底鳖虎脸，去政府大院把纱帽摇上一摇，到县长办公室里吼上两腔，假县官见见真县官，看他们重视不重视。我灵机一动说："中是中，先别真做，我把这话糊弄糊弄某县长再说。"谁知我把此事传给某副县长，县长大人吓着了，立即紧张地说："这演员们要真来闹这一出戏，传出去可要丢死人，一定解决，一定解决。"结果是假县官也没去见真县官，很快此事就落实了，皆大欢喜。赵老师又跑到局里，像小孩子一样满脸的欢喜，逢人抱拳施礼，把我恭维得一塌糊涂。

第二次给我很深印象的是在团里老艺人陈红旗的追悼会上，他也到了火化现场，见我就大声说："我来探探路，早晚我是这里的客，看看路咋走哩。"他似乎对死亡毫不恐惧。追悼会结束，他又拉着我说："你们给我伙计后事办得这么排场，是看得起俺这唱戏的，我就是明天走了也高兴。我要真到了这时候，有这风光我也心满意足了。"他把生死看得这么平淡，又对身后的声名如此看重，使我对他的认识又加深了一层，并且深深地为他豁达大度的处事态度所折服。

赵廷印老师是南阳瓦店镇人，父亲早逝，他是遗腹子，母亲生下他是在1926年，正是中原兵荒马乱、民不聊生之时。一个寡母无力养活两个儿子，只好招夫养子。养父又是赌场里的"赌博棍儿"，是个不务正业之人。母亲含辛茹苦把他养到九岁，先后送他和哥哥到梆子戏窝班学戏。

旧时的戏班规矩严，学徒天不亮就得起床吊嗓子练功，稍有懈怠非骂即打。幸运的是，小廷印又小又瘦，开初班主让其侍候那些挂头牌的师父们，掂茶递水，侍弄着烧个大烟什么的，不让他学艺。用他的话说，他压根就没有什么师父，完全是看人家吊嗓子练功，拉场子对戏词，一招一式剽学偷来的。时间长了，戏班人手少时也让他穿角打个旗儿，有时候剧中需小孩儿或小鬼儿什么的也让他凑凑场子，慢慢地他成长起来了。他说，记得《西游记》有一场妖怪小鬼戏，中间脸盆里倒瓶酒点着泛蓝的火焰，几个小妖围着转着烤火的情景。他人小，赤裸全身，光屁股光肚扮个小妖，淘里淘气的，把场子给撑活了。

就这样，他跟在哥哥们的屁股后面，人家咋着他咋着。把子功、腰腿功、毯子功、水袖功、扇子功、髯口功、甩发功、帽翅功，那些（单掏、双掏、单指、双指）翎子、趟马、走鞭、云手、山膀，他看到眼里记在心里，闲暇时间就在一旁比葫芦画瓢地练。练小翻，他在空地用树枝画个小圈圈在里面练，或者到某村上在妇女们捶布用的捶布石上练。那捶布石大的才一尺方圆，他手捺着，连翻上三四个、四五个、七八个，由少到多，由慢到快，愈练愈熟。前空翻、后空翻，一连串的跟头翻得人眼花缭乱。小廷印冰雪聪明，学啥会啥，扮啥人物像啥人物。没活了，就在后台的空档时，学练纱帽功、单翅摇、双翅摇，左摇右稳，右摇左稳，没几天工夫纯熟得不得了。对戏时，让他爬上两丈来高的捞杆上表演蛤蟆晒肚，那已是杂技的高难度动作了，但他没有一丁点儿怯色。特别是蹿火圈、蹿刀口、蹿铡刀口，那得吸住肚皮挺直腰板，一下子爆发出来，直挺挺地从狭小的空间一蹿而过，最多的一溜儿四口铡刀，掺不得一点假，偷不得一点懒。那铡刀可不是如今用木材或纸板做的道具，在旧戏班台口竞争激烈的时候，为博观众眼球和喝彩，用的都是真真正正的铡刀，功夫稍差，就是血淋淋的后果。有一次，戏里缺个挨耳光的角色，他被推上场临时顶替，别人到这儿时都是用另一只手垫着打，装装样子即可。可他是动真的，打左脸了憋气鼓起左腮帮，打右脸了憋气鼓起右腮帮，“啪、啪、啪”的，既逼真又响亮，又不怎么疼，让一众演员和台下观众瞠目结舌。小廷印从小受下了万般苦，进戏班能吃饱饭穿暖衣，无疑是进了天堂，他对这些基本功的磨炼从不畏惧，在他眼中是小菜一碟。做候补替代别人上场子也卖力、认真，因为认真卖力，用的是实刀实枪，后被误伤在额头落了一道刀疤，自此落下了“砍一刀”的名号。

小廷印的卖力表演老是获满堂彩，深博班主的青睐，十三岁后便让其正式上场，成了不可或缺的台柱子。

到了十五六岁，“砍一刀”历经磨炼，初露锋芒，渐渐地演出了名气。戏剧行当里的生旦净末丑，除了旦角，他把其他行当演了个遍。武生、须生，黑、红、白脸，二花脸、三花脸，军门，家院，丑县官，老艄公，关爷、周瑜，赵云、黄忠，皇帝、平民，不管主角或配角，他都认真地做，认真地演。可惜在变嗓期时，因伏天热嗓子喝了冷水，激坏了嗓子，使嗓音受到了一些伤害，不过，这对他没有产生大影响，“砍一刀”的戏在豫西鲁、宝、郏、汝、叶诸县名噪一时。

记得20世纪80年代初，县剧团恢复上演传统戏，文化局戏剧创作股股长朱团老师带我去观摩《下陈州》，我为戏中那把守城门的门卒的表演深深折服，连问朱老师是谁演得这么美气。资深戏剧行家朱团老师说：“这可是个老戏骨——‘砍一刀’呀。”我恍然大悟说，怪不得演得这么好，原来是人人称道的“砍一刀”。如今，四十年过去了，那“砍一刀”扮演门卒的耸肩、缩脖、晃脑袋、撇脸肌、眨眼睛、扮鬼脸，把一个下层兵丁的身份特征及性格表现得出神入化，仍然让我记忆犹新，而《下陈州》的戏中情节和其他演员的表现我已毫无印象了。这就是艺术的魅力和感染力，也是一个文艺工作者一生的追求和境界。

去年，县里举办了非物质文化遗产靠调梆子代表性传承人学习班，赵老师现身说法，讲起他对戏剧人物的揣摩把握，对戏剧情节气氛的渲染，除了扎实的基本功，要有对戏的理解，对角色的研究，一句话：就是要“悟”。他演《秦香莲》里的韩琦，在《杀庙》那场戏中，他把韩琦复杂的内心世界表现得淋漓尽致，自刎后，还把咽气、逗气的动作，身子颤，双腿抖，两脚乱蹬演得惟妙惟肖。演《三气周瑜》《黄鹤楼》等三国戏，为把红脸关公那睥睨一切、傲视天下的形象展示出来，他眯眼撩眉，半睁不睁，只对刘备抱拳客气，对别人则爱理不理，展示得非常到位。为达到关公一怒斩蔡阳、斩华雄时那怒发冲冠、眼露红光的效果，他想办法把小刀红花（方言，凤仙花）榨汁抹在大眼角，猛一瞪眼，红光似有魔法般弥漫全眼，赢得观众一片喝彩叫好声。还比如20世纪60年代盛行现代戏时，他扮演一汉奸坏蛋，被正面人物连击几枪，他想出用魔术的办法，从腰里顺一根黑颜色的硬细铁丝。一声枪响，他腰里一动，把帽子顶飞，给台下的观众造成一枪打飞礼帽的效果，轰动一时。观众纷纷追问这帽子咋飞起来的，真令人百思不解。《智取威虎山》是样板戏，上级命令县剧团抓时间上演，他演杨子荣上山那一场。那马鞭子咋拿咋舞？这可是现代戏、样板戏，手里舞个传统古装戏的马鞭，那可是不伦不类呀！他动起脑筋，想了又想，就模仿起电影《沙漠追匪记》里骑兵骑马追匪厮杀。从真实场面到戏剧化的程式动作，行云流水，一气呵成。谈起这些小故事，赵老师颇为自豪，也颇为自嘲地说："打小就淘气，爱想个刁法儿刁门儿，做配角是绿叶，这绿叶衬红花，当绿叶也是要有戏的，戏凉，身子不能凉，有时候一场戏往往被一个配角撬动，撬得满场皆活。"他首次扮演《秋江》里的老艄公，是去漯河和有名的三姊妹配戏。这戏他没演过，也没看过，故而头场对艄公这个人物形象把握不准，认为就是一个划船的角色，演下来观众反响平平。他有点纳闷，就从自身找原因，又去许昌看了人家的《秋江》。第二场他就把那艄公演活了。划船的动作满场飞，两腿尥起来能踢住自己的屁股蛋子，一脸的滑稽幽默，时不时来个惊险动作，扮个鬼脸，加上插科打诨的戏词，让观众不住点儿地喝彩。一场戏被一个配角搅动得（场上）热气腾腾。演周瑜，他的倒坐椅是绝活；等到串场，演给周瑜当配角的赵云，那赵云比周瑜叫好声多，满场的动作，让人目不暇接，连后台的鼓板也撵不上趟儿，差点儿侍候不住。一场戏下来，戏班子上议论的都是"砍一刀"的赵云，倒把周瑜给晾在一边了，配角夺了主角的戏。赵老师这人打小就性格爽，人也精，鬼点子多，比如演《红灯记》刑场那场戏，他扮演的鬼子鸠山命人带李玉和。他故意大喊一声"带鸠山——"观众一头雾水，全场哑然，都认为他把戏演砸了，谁知他忽而一转："他妈的，把老子我气迷了。带李玉和！"一句戏谑的台词，把日本鬼子的愚笨、丑恶嘴脸显露出来，还赢得了剧场效果，让人发笑。

老戏骨就是老戏骨，戏到关键时绝不会掉链子。《前后楚国》是大本头连台戏，一唱就是五六场，连灯烧连轴转。"砍一刀"是演了这个扮那个，场场不落。到了关键的一场《打西宫》，唱到一半，他的嗓子一下子哈不出来了，就卡在"啊打，啊打"上，急得他满头是汗。急中生智，他把唱改为念，一串道白，连珠般一气念下来，朗朗上口；然后马步一扎，架势一摆，髯口左右一撩，头脸急速晃动，口中“啊，打打打打打——”一连声叫出来，惊天动地，气势冲天，赢得满场掌声。以后只要演这《前后楚国》的《打西宫》这段戏，“砍一刀”急中生智的救场，都是剧团表演的模板范本了。

赵廷印老师一生坎坷，一身故事，他的第一个老伴是宝丰当时有名的老艺人李大凤的女儿，小姨是李二凤。响当当的河南梆子“二凤”曾响遍豫西一带。从二位前辈身上他也学到了不少戏，以及不少生活的真谛。从小受苦受难的他，养成了坚毅坚韧、不屈不挠的性格。在被下放到建筑队劳动改造的日子里，他仍然能保持勤劳吃苦的本色，每天早早到工地，把灰石和好，等待侍候那些掂瓦刀的师傅。他干啥都是一丝不苟，一墨一线。在建筑队四年多的日子里，大家对他的评价是不偷懒耍滑，不闹矛盾，和工人们打成一片，会干活，很快就弄懂弄会了建筑行业的技术规程和行业规矩。等到要回剧团时，工人们恋恋不舍。他与工人们大都成了好朋友。

接连几场雨下来，天凉爽了，空气也清新了。近闻赵老师家有不幸，续弦的老伴在去年秋天去世，二儿也在今年春上走了，大儿子早于十年前被突发疾病夺去了生命。好在孙儿孙媳孝顺，把他接到姜湾孙子家里养老。文化局的同志们提起几位年事已高的非遗传承人，自然而然就聊起了“砍一刀”，决定去看看他老人家。

老人家看到我们一行到来，沉闷的脸上露出一些笑容。说起老伴、儿子，悲悲切切的思念之情溢于言表。我们为打破这悲情的气氛，便聊起了如今在网上议论纷纷的关公戏的话题。一谈起戏，论起戏剧艺术，老人家立马精神头儿来了，两眼炯炯有神，话语滔滔不绝，连唱带念，时不时比画个动作，甚至还想站起来打个侧脚。毕竟94岁的老人了，我们不让他做大动作，他竟然两嘴吐沫地说了三四个小时而不大喘气。说起他的身体，他说，血压不高、血脂不稠，耳朵不聋、双眼不花。局里同志邀请他天好了，给传承的学员们再上上课、传传经。他毫不推辞，满口应承。如此境况，如此遭遇，而又如此淡定，他真正是一个奇人。我心里这样想，同行的同行们也这样认为。

一唱唱成老寿星

人活一百多岁，如今并不稀奇。稀奇的是百岁老人身子健朗得像小伙子一样，能吃能喝能干，至今仍活跃在说书舞台上。

余书习老先生，12 岁起跟着哥哥学唱三弦书，88 年多了，这一唱就唱成了中国曲艺史上的今古传奇。去年他过了 99 岁生日，今年就整整 100 周岁了。我已有一年多没见过这位忘年交的老前辈，夜里便梦见他又在郑州恐龙蛋剧场里唱《劝闺女》。于是决定第二天一早去乡下看看他老人家。

刚过立秋，放眼四野一片葱绿，庄稼齐乎乎地笼罩着村庄。青纱帐里，大片大片的玉米甩着缨子，花儿节节开的芝麻，也快结到顶了。那绿油油的红薯秧子爬满地垄，绿豆、黄豆一簇簇的荚子上还闪着晶莹的亮光，蛐子、蛐蛐儿此一声彼一声地在浅唱低吟。今年雨水多，地里湿漉漉的，一下周庄镇耿庄的村路，就沾了两脚泥巴。抬眼看去，那十分熟悉的农家小院，一下子进入了视野。

院子里静悄悄的，石楠藤仍然缠来绕去的，把土坯糊就的有些年头了的影壁墙罩着，竖立在当院。多少年了，它的样子一点没变，一如它的主人一样坚实，抗着风风雨雨的侵蚀，巍然屹立着。

看到有生人进院子，可爱的小狗欢实地扑向我的脚面，脖子里的铃儿叮当作响。

“谁呀？”一个沉稳的声音飘出屋门。余老先生身着浅黄短袖仿绸褂子和黑裤子，蹬了双黑布鞋出来迎接我们。客气得又是刷茶杯倒水又是洗桃子，就是耳朵有点背，看人也不大清楚了，需戴个眼镜。寒暄过后，他

72 岁的儿子也从外面回来了，又是一阵热情。论起年龄，我该称余老先生的儿子为兄长，他跟着老父东奔西走，开了辆三轮车，父子爷儿俩互相照应着，如今虽不再卖书唱书了，但远亲近邻要是想唱个愿书什么的，慕个名气，沾沾老寿星福气，凑个热闹，余老先生一般都应承。

我想听听百岁老人的唱功现今如何，便求老先生再来一段。余老先生起身取了三弦，来了精神。嘣嘣一阵激越的过门开场弹起来，引出《西江月》一首：

天皇怀抱日月，
地皇足扎乾坤，
人皇手里置衣巾，
分开中间两论。
先有尧舜禹汤，
后有周公圣人，
教民稼穑费苦心，
辈辈子弟奉君也。

余老先生精神抖擞双眼放光，一声“辈辈子弟奉君也”，那“也”字拖的尾音昂扬向上，仍是风范不减当年。开腔唱的是《百岁红》，那词是：

闲来无事进花厅，
十树开花九树红。
昨日观花花全在，
今日观花少一名。
问花郎鲜花哪里去?
花郎说鲜花好比少年童。
一十岁前花出土，
二十岁上花出梃（杆儿）。

三十岁上花开放，
四十岁上花正红。
到五十花已结下籽儿，
六十岁上花退容。
七十岁上花开败，
八十岁上花凋零。
到九十岁上连根倒，
人活一百无影踪。
叫同志您没想一想，
鲜花能开几日红？
劝青年莫把老年来笑，
年老人再不能转年轻。

一曲唱罢，余老先生气定神闲，微微一笑，连声说：“老了，老了，不中用了。”我说着“雄风不减当年”的恭维，却陷入了四十年前深深的回忆。

那是20世纪80年代初，我在乡镇文化站工作，村上有喜欢听书的老辈人让我请个唱得铁的拔尖儿的说书人。经文化馆九才兄推荐，余老先生和他的黄金搭档杨宝元老师来到了俺村。晚上头场书就在生产队的厂房院里，惊堂木一声拍响，《西江月》诵罢，村上人听惯了河南坠子，乍一听三弦书不是那味儿。这《西江月》与河南坠子那四句闲言相去甚远。早几年王结子来村上唱书，说的是“天上下雨地下流，小两口打架不记仇。白日里还吃一锅饭，到夜儿黑枕哩还一个枕头”，顿时让人笑得前仰后合。这《西江月》文绉绉的，大伙儿就听蒙圈了。于是有老戏筋儿蹭到我跟前说：“你这孩子咋请来个不会唱的呢？”我很尴尬也很无奈地说：“老伯别急，这是书帽儿，你再听一段。”不大一会儿正书开场，唱的是《何文秀私访》。余老先生时年六十岁刚过，底气也足，嗓音刚刚的柔，柔柔的刚，那悠扬的三腔四送和杨宝元先生顶尖的三弦堪称绝配。加上杨宝元先生的递腔接唱，一唱一和，一和一哼，顿时人们支起耳朵细细品起味儿来。不大一会儿，那老戏筋又蹭过来说："咦，这三弦书听着还怪美哩，受活受活。"唱到夜半散场时，几个老头儿不依不饶地逼着四个生产队长，非要在四天书上再加四天不可，说是乡亲们听温（方言，形容聚精会神，一动不动）了，这书得听个结尾，拿不住奸臣不煞戏。

说起这段经历，余老先生笑笑说，这种事多了去了。年轻时他在鲁山梁洼赶会，趁人家戏台说一段《李渊劝将》，将台下观众听迷了。周围七个村子接着茬儿写书，什么《秦琼接驾》《武松赶会》《月下盘貂》《西厢记》《彩楼配》等，在那几个村子转了半年没出来。

余老先生弟兄三个，大哥余书成在民国时和苗先儿苗克昌、尹先儿尹怀成都是鲁、宝、郏三皇社里的头牌唱家，有名的"响八县"。余老先生自打12岁起跟哥哥们闯荡江湖，以说书为生，88年如一日，如今整整100岁，平淡生活，平淡唱书，不争名也不争利。这样的资深老艺人不管是论艺术水平、论资格排辈分，还是论人气、论收徒传承，早应该是国家级代表性传承人了，可如今仍是市级。因为三弦书项目在宝丰仍未进入省级非遗。年龄偏大后，大家都担心他的身体状况，很多活动不敢请他参加，怕有个闪失，连他徒弟的传承活动都发了补助资金。可余老先生从不争竞，心境平和得如一汪春水。我很感慨，如此一老爷子，88年的江湖历练，看淡了世间的一切，经历了战争与和平，经历了灾难和世态炎凉，宠辱不惊。正像他唱的《百岁红》里的涵意，人生本就平淡，看花开花落，看云淡风轻，才是人生真谛，才能如此长寿。谁是最大的人生赢家？余老先生才是最大的人生赢家。

余老先生不但三弦书唱得铁，侍弄庄稼也是一把好手。说是土改时他到山里一户人家唱愿书，正是种麦时节，那东家正在帮耧种麦子，几趟下来，麦垄弯弯曲曲和蚯蚓找它娘差不多。余先生当年30来岁正年轻，看着东家种的地发笑，于是接过来耧，自告奋勇帮东家，几趟下来，把麦垄搙得倍儿直倍儿直的。东家惊讶，问其诀窍，余先生连比画带示范，使东家心服口服，连夸"说书人真能，真是有心劲儿"。翌年余先生被他请到家里，连扬场放磙、踩谷子下烟苗这些细活儿都一一传授，遂成了亲戚来往。

余老先生拿起他心爱的三弦说，这把老三弦是他用小麦换来的旧三弦，跟随他 70 多年了，起码也有八九十岁了。那闪亮亮的铰子和腿上绑的脚梆是祖上传给哥哥，哥哥又传给他的；惊堂木被磨得光亮，也是布满沧桑。这些绝对都是文物级别的了。

快要告别时，余老先生给我又哼唱起了《劝人方》。

天为宝盖地为池，
人是阳间浑水鱼。
弟兄和合鱼帮水，
夫妻相和水帮鱼。
阎王好比摇耧汉，
小鬼好比拉耧的。
世人好比耧中籽，
摇来摇去在土里。
不信打开棺木看，
两眼黄沙一嘴泥。
可叹人生如春梦，
争名夺利在哪里？
…………

一字一字，字字珠玑，气拥丹田，斩钉截铁，吐字清晰。听得我是惊心动魄，听得我如梦方醒。我明白了余先生的苦心，这是明明白白在警示我啊。

走出屋门来到院子里，我注目着那棵如苍劲虬龙似的石楠藤和被石楠藤裹得严严实实的土坯影壁墙，那盘根错节里的枝繁叶茂，蕴藏着勃勃生机，直怀疑这是先生家里的镇宅之宝，或者是什么风水大阵。我就在影壁前和老先生再合个影，沾沾老先生的福气，也沾沾石楠藤的仙气。

走时，先生一如他君子之交淡如水的为人处事方式，送了我一首《西江月》，词曰：

做饭需得米下，
各个跌倒自爬。
指望亲朋周济咱，
枉操心猿意马。
哪有雪里送炭，
俱是锦上添花。
劝君勤俭做生涯，
不落他人檐下。

在回家的路上，我细细品味着余老先生送我的这首《西江月》，它是老先生百年来的人生感悟，他在唱书中多少次将其送与芸芸众生，可有多少人理解他的苦心，理解他的用意？如今他送与我这个晚辈人，是如此的珍贵，如此的厚重。余老先生如此雅量，如此心境，难怪百岁而仍宝刀不老，乃其悟出了三界外，跳出了五行中。我心里默默祝愿着，余老先生肯定会长寿，再活个一百年，看尽天上云卷云舒，庭前花开花落。

四野一片葱绿，收获的季节很快就要到了。

司秉衡传奇

说起马街书会，离不开的话题是书会的传承。书会会首，过去是操办书会的核心人物，一般是由德高望重的本地乡绅担任。马街古镇里大家望族的司士选与司秉衡，就是司氏家族至今引以为傲的人物。司士选在晚清同治年间做过书会会首，一百多年了，早已成为两串七百钱的故事传说。而司秉老（司家人这样称呼的）却是近现代活成传奇、活出一连串故事的人，在旧社会也曾做过一届书会会首，前些年因缘我与其有过一段难以忘怀的交集。

初识司秉老是在1985年冬的文化专业户表彰会上。县文化局分配我采写马街村民司秉衡个人筹资办图书阅览室并免费开放的事迹，于是就有幸接触了这位满脸沧桑、精神矍铄的老人。

司秉老看上去和普通农民并无二致，60多岁的人，个子高高的，留着一绺山羊胡，一只眼睛混浊而空洞，眼窝深陷，另一只眼睛却炯炯有神放着晶光。看我发呆的样子，他直截了当地说："有病的这只左眼是解放战争时打仗伤住了，瞎了，差点儿把命丢了，安的是假眼。"看来老人确实是个有故事的人。

我这人好奇心强，便要顺藤摸瓜问下去。

司秉老1949年在国民党张轸十九兵团里当警卫连连长。四月，渡江战役即将打响之际，张轸在我党策应下率部起义，让华中剿（匪）总司令白崇禧恼羞成怒。白崇禧派出桂系第七军，向驻扎于江南贺胜桥的张轸十九兵团部猛烈进攻，恶仗在马鞍山打响。司秉老奉命带领警卫连里的百十号弟兄们为保护张轸司令部和家眷的安全转移，与十倍于己的桂系重兵展开殊死搏斗。桂系装备强悍，大炮轰得阵地一片焦土，身为国民党地方保安杂牌武装整编到十九兵团的司秉衡连，武器装备低劣，待战斗打到白热化时，司秉老身边只剩下了20多名战士。望着身边的老乡一个个像血人似的坚守在阵地，司秉老一阵阵心疼，这些从家乡带出来的弟兄们，就这样长眠在异乡异土，他如何有颜见江东父老。一声怒吼，他冲出战壕杀向敌阵，谁知一颗炮弹落下他便不省人事了。

几天后，他在野战医院醒过来，才知道自己左眼已经没了，脸颊和下颌粉碎性骨折，经全力抢救，才从阎王殿里逃出来，捡了一条命。张轸部队早已改编为人民解放军序列一五二师，开到广西剿匪，后又跨过鸭绿江抗美援朝。司秉老在医院养好伤，多方打听，找不到了原部队，失去了联系。再加上自己身体已残，不能行军打仗了，就被当作革命伤残军人，复员回到了家乡。

可是，天有不测风云。因司秉老曾经担任过马街寨首、国民党伪县保安大队长，这段历史在"镇反"运动中被拉扯出来，司秉老被扣上"反革命分子"的帽子判刑劳改。在那个信息闭塞的年代，部队改编，建制打乱，活着的战友入朝抗美无法联系，牺牲的战友也未按起义烈士对待，就这样沉冤二十年，心里憋屈了二十年。在青海劳改时，他自杀数次，却又奇迹般地被救，终于在1980年平反昭雪。国家补了一大笔抚恤金，他用这些钱翻盖了几间老屋后，剩余的钱全部用来买图书，捐给社会，服务乡邻。

跟着张轸部队起义，战于马鞍山，一仗战死80多名弟兄，他死里逃生又沉冤得雪，这经历已经够坎坷了，谁知道他还有许多许多的传奇故事。我的好奇心大增。

他沉冤得雪的过程，又是一个故事。十一届三中全会后，党的纠偏纠错平反昭雪活动迅速开展，"地富反坏右"摘帽，好多下放劳动者等也恢复了公职，重新安排工作。司秉老想到自己带出去的弟兄们都是三里五庄的老乡，有马街、马头寨、漫流村的，也有闹店那边大张庄的，牺牲在起义的战场上，没有个烈士名分不说，还被指指戳戳说是国民党的残渣余孽。

亲属在乡邻们面前抬不起头来，好多前来找到司秉老，让他带头向国家有关部门申诉。

司秉老开始了一趟又一趟的奔走呼号，一个一个部门跑，一封一封申诉信投递，但因关键证据的缺失让他的期望一次一次落空。于是，有人给司秉老献策说，张轸如今是河南省政协副主席，位高权重，你给他做过警卫，出生入死，跟他一起起义，这个证明如要拿到手，可比你一百个证言证据还要厉害，还要有力度。

于是司秉老来到郑州，却在省委大院门口被卫兵拦下了。卫兵看他一副农民模样，便说找领导必须要领导有电话打来才可放行。他想，三十多年过去了，张轸认不认得他还很难说，哪会轻易知道领导的电话？任百般纠缠诉说，卫兵就是不让进。正磨叽时，大门内忽然走出一个中年妇女来，虽然一身朴素的干部模样打扮，但那娉娉袅袅的走路姿势，那一脸高傲神气的气质，顿时让司秉老认出来了。“三姨太！三姨太！”司秉老失声叫着，小跑来到“三姨太”身边。“三姨太”一脸蒙，那位站岗的卫兵更是惊得张大了嘴。“我是小司，司秉衡呀，我是张司令的警卫连长小司呀！”三十多年了，司秉老受伤脸也变形，“三姨太”几乎认不出来他了。可是，谁还会知道她“三姨太”的身份？谁还敢这样称呼她？

“小司，小司，你还活着？”这“三姨太”一把拉住司秉老上下打量着，泪就出来了。想一想那场保卫张轸司令部的战斗是多么惨烈，随军的“三姨太”战后得知警卫连一连人所剩无几，没见着司连长的人影，早已认为他阵亡了。如今，失散了多年的救命恩人猛然出现在眼前，叫“三姨太”如何不激动。

来到张轸司令如今是张副主席的家，两人相见，张轸的话语都是颤抖的，握着的手也是不停地抖。当然，证言被“三姨太”写得详详细细的，老领导签上了他的大名，事情办得出奇的顺。

司秉老恢复了革命伤残军人的荣誉，牺牲的十几名战士也被追认为革命烈士，烈士们的后代也算扬眉吐气了。事后，司秉老联合他幸存的战友司连清、芦玉平等，为烈士立了纪念碑，记录了马鞍山阻击战的过程，将这段历史记述给后人。如今这碑临着应河，傍着火神庙，在小树林里静静地矗立着，倾听着一年一度马街书会上那说书艺人们的口若悬河。

来到马街东寨外，从壕沟绕过去，就到了司秉老的家。

司秉老热情地招待我吃手擀面，那绿豆面条切得细拧拧的，老远便可闻见好绿豆面那特有的豆腥味儿。司秉老在 1943 年前后做过马街古镇的寨首，自然也成了操办马街书会的会首。问他会首如何操办马街书会的会务一事，他便滔滔不绝讲起因书会上对戏引起杨庄大土豪杨大少欲冲到会场抢夺女戏子的故事来。

当年对戏请了漯河的梆子戏班和许昌的梆子戏窝班，两台戏水平不相上下。漯河戏班有一对姊妹花，演《秋江》演得好，特别是那姐姐女小生把落第秀才扮得好，唱得也好，妹子演的是小尼姑妙常，虽说是唱腔差了点，可长得甜美，正值二八妙龄，好看。初十开了戏，两场戏唱下来，十里八村便轰动了。杨大少本就是纨绔子弟，仗着家大业大，闻听动了邪念，非要让书会上对戏停了，去他家唱堂会。并让人捎信儿传信儿，扬言说：若不让女戏子去他家唱戏，便在正月十三正会那天带一杆子家丁、护院来抢人。老百姓们都知道杨家大院房高屋大，壁垒森严，一帮子护院家丁长枪短棍凶神恶煞，加上新近买了十几条钢枪和两把盒子炮，经常耀武扬威地恐吓乡邻们，无恶不作，都吓得说惹不起咱总躲得起。

如今他们直接欺负马街人来了，马街人当然是义愤填膺，都把眼光瞄向会首。司秉老是何许人也，那可是宝丰有名的人物头儿，这不明摆着欺负人嘛。司秉老也沉得住气，吩咐大家说：“杨大少就是个恶棍无赖，这是往咱马街人头上屙屎尿尿哩，这也是打我老司家的脸哩，我老司绝不是省油的灯，赶明儿弄几挺机枪架寨上，看他敢不敢来。”

司秉老黑道白道趟得都开，外面当兵的有枪的朋友一串一串的。他连夜打发人往叶县、鲁山转上一圈，第二天正月十二一大早，几挺机枪就架在寨门楼上了，有两挺还朝着杨庄方向的天上放了一梭子，似乎在向杨大少示威。那县里的保安队也被司秉老请来招待着，一群人扛着枪跟着司秉老在书会戏台子底下悠来晃去地做样子。司秉老翻出他的旧军装穿上，腰里扎着武装带，掖着一把德国造二十响，上午、下午、晚上三场戏都在戏台子周围转悠着，吓得杨大少硬是像缩头乌龟一样没敢动弹。

那一年是民国三十一年年成的第二年，庄稼收成也好，人们从饥荒的日子里撑了过来。马街书会好好地办了一场，也算是过了一个舒心日子。

说起这一段往事，司秉老说就是那次架机枪保护书会，得罪了杨大少，杨大少为出这口恶气便把他告到省衙门里去了。没几天，周家口那边的河防司令部军法处派一队宪兵把他押解走了。说是他勾结日寇沦陷区里的奸商，往国统区走私大烟，触犯战时军法，死罪难免了。

马街书会是个出故事的地方。

司秉老被五花大绑押上马车往周家口的河防司令部军法处送，乡亲们慌作一团，赶忙派人把消息传到了在周口淮阳一带守河防的家乡保安团。

话说1938年日寇从徐州陇海线一路东进，目标直指郑州，妄图打通平汉铁路后，南下直逼武汉。为阻断日寇土肥原贤二师团的凌厉攻势，蒋介石令商震部炸开花园口黄河大堤，汹涌河水沿贾鲁河道冲向涡河、淮河，将豫东淹成一片泽国。黄河水将进攻的日寇淹死上万人，成功阻拦了日军的攻势，也使黄河改道入淮，形成了一道天然防线。河西由国民党派兵把守，防止日寇向这边侵犯。兵力不足时各县地方武装也轮换防卫。正值民国三十一年年成时，身为宝丰县保安大队长的司秉衡带着弟兄们守着这段河防。

一路上，司秉老在囚车上苦思冥想，分析着这贩大烟的事儿，到底在哪里出了纰漏。事情才过去一年不到，那时河南大旱，赤地千里，饿殍遍野，人们连草根树皮都用来果腹，还有人吃“石头面”（又名观音土）大便秘结，用纺车上的线坠剜。马街虽土地肥沃，但也不例外地经历了忍饥挨饿。镇上有几个亲友便跑到周家口河防前线找司秉老想办法。

河东是日寇沦陷区，那边是一望无际的大平原，受灾影响小些。家乡的几个人和队上的人都是司秉老的换帖拜把子弟兄。为了家乡亲人的生命一不做二不休，打算去敌占区贩大烟土，赚钱买粮食为家人续命。于是，他带领三四个精明强干之人夜里偷渡过河，到安徽亳州、阜阳那一带，买了一些烟土后，又悄悄从自己把守的河防段渡过来，连夜向家乡进发。为路途安全，司秉老腰里揣把撸子亲自送行到家，那几个乡亲也换上保安队服装。中途遇见过一群近乎土匪的民团，几十个散兵游勇，后来甚至还在临颍撞见了军统的人，司秉老都化险为夷躲过去了。

这些烟土可是救了马街不少老少爷们儿的命。民国三十一年那年的年成，有多少老辈人的记忆深刻到骨子里了，鲁、宝、郏三县饿死多少人呀，数不胜数，有村子连收尸入土掩埋都无人招应了。据司家人自豪地说，马街人当年无一人饿死，这与司秉老的一帮子弟兄和马街的士绅有担当，想出如此下策换来粮食救命的关系极大。如今却让司秉老一人背了黑锅，要是司秉老真被执行军法处决了咋办啊？他的一群朋友为他着急，马街人更是心急如焚。

囚车经过河防驻地附近，突然被队上几十个人持枪团团围住。司秉老一看，这不正是他结拜的弟兄们领着劫难来了。押车的宪兵被缴了枪，司秉老被松了绑，大家伙儿连声喊道："反了！反了吧！这边有天没日头了，还不如咱上河那边当汉奸去。"

司秉老一听勃然大怒："放屁！我就是死，也决不当日本人的狗奴才。你们这帮人吃错枪药了，干吗干得这些蠢事。"司秉老骂声不绝。

僵持了大半天，司秉老毅然决然让人捆上他，并说服众人，还了宪兵们的枪，继续去到军法处论处。

很快，司秉老半路被劫刑车的事传得沸沸扬扬，也传到上司那里。和他同处一监室的犯人纷纷竖起大拇指，齐齐夸赞他为乡亲们义薄云天，真是一条好汉。守军上下都见司秉老一身正气，加上苦无证据，司秉老也拒不认罪，外面的朋友一体打点，便认定冤枉了他，关了两个多月就又放了出来。

我为司秉老的侠肝义胆所折服，为司秉老的一身正气所折服，也被司秉老身上太多的故事所迷惑。

整整一天我没迈出那小院，和司秉老促膝长谈，探究那抗日战争历史的真实面目，询问他在鲁阳中学求学期间投笔从戎到太行山抗日前线从军的那些摄人心魄的经历和故事。我询问他当书会会首时，对马街书会有什么不一样的看法和感受。他说："说书先生也不容易，大老远来咱马街，那都是客人哩。一天到晚哇哇唱得口干舌燥，咱管几顿饭住两晚算啥子？说书人唱的书也都是让大家明事理儿，劝人方，人人向善，这社会不就和平了。"那天很晚很晚了，司秉老仍是送我到大街上，依依不舍地拉住我的自行车，嘱咐着改天再来吃绿豆面条。

我似乎成了司秉老的忘年交。

转眼到了 1998 年。北京师范大学的董晓萍教授第三次来宝丰找我，说是前两次来拍民俗的片子，似乎就只有我的两个朋友比较上心，还知道一些所以然，所以这次她打算带着她的三个研究生来深入地进行田野采风，住到马街农户家里，近距离地接触地气，跟踪艺人们唱愿书，记录一些原始史料。我毫不犹豫地推荐了司秉老家，并简要介绍了司秉老的一些情况。

董晓萍教授大喜过望。她说："想不到马街还有这样有故事的人物，我就非住他家不可了。"我说："马街可是个藏龙卧虎之地，家家都有故事，一辈子你也研究不完。"

那几年我是搞新闻宣传工作的，除了编纂《宝丰报》的任务，马街书会期间还要接待外地新闻记者等一帮朋友，忙得我是滴溜溜转。把她们一行送到司秉老家里，司秉老一听来的是大学教授和研究生，那只好眼便放出光来。他一迭连声地说："这可是大学问家，不敢怠慢，不敢怠慢。"后来听说他把家里两套没舍得盖的新被褥拿了出来，又到亲戚家借了两套新被褥，承诺还人家时也是换成崭新的，比迎接新媳妇还要隆重。

当年的马街书会过罢，董教授又携她的研究生跟踪说书艺人唱愿书到了杨庄。我去接她们回到宝丰宾馆，询问在马街的感受，那位瘦瘦的四川德阳姑娘严优双膝就跪在两张床的中间，泪流满面地说："太让我感动了！我们走过很多地方采风，各地的风土人情也经历不少，但从未见过像马街人这么厚道，这么达理，这么高看读书人的。在马街司老先生家里的几天，司秉老无微不至的关心和照顾，比爹娘都有过之而无不及。一大早，司秉老就把洗脸的热水备好了，新香皂、新毛巾一应俱全，屋里院子里收拾得干干净净，桌椅板凳擦了又擦，唯恐不整洁、不卫生了。饭菜虽是农家粗茶淡饭，一天三顿却不重样，换着做。油饼烙得香酥，蒸馍虚吞吞的筋道，玉米糁汤熬得喷儿香，从来没吃过如此可口的饭菜。”

严优这姑娘就如此跪在那里，讲述着她的所见所闻，滔滔不绝地赞叹着马街人的朴实善良和好客。说着说着，严优拿出记的笔记给我看，翻到中间一段说书段子，赫然是大家耳熟能详的《劝善歌》。

北斗七星拱南辰，
日月如梭熬老人。
东海年年添新水，
西山层层生浮云。
林中少见千年鸟，
行路难见百岁人。
人活百岁难行路，
鸟过千载不入林。
马瘦毛长缺草料，
人不欢乐怨家贫。
穷站大街无人问，
富在深山有远亲。
尘世上七姓八家凑一处，
就应该互敬互爱过光阴。
十分精细别用尽，
留下三分积儿孙。
十分精细全用尽，
后代儿孙不如人。
抬手别打无娘子，
开口莫骂年迈人。
骂了年长折福寿，

打人家没娘的孩子坏良心。
是男的要学桃园三结义，
莫学那孙膑庞涓无情人。
为女流三从四德牢牢记，
要学会尊老爱幼和四邻。

小严自豪地告诉我，这是司秉老哼唱给她手记的。我看她速记如此准确，惊叹于她的记忆力，后来得知严优毕业后入职新华社，也就不感觉到奇怪了。

董晓萍教授和她的研究生严优、庞建春几位姑娘回京时，执意再去马街向司秉老辞行。当那三位学生向司秉老深深地三鞠躬时，我在一边想：司秉老当得起这个大礼。和我一样，她们是被以司秉老为代表的马街人的谦谦君子之风所折服了。

司秉老是马街有故事的人。马街遍地都是故事，因为马街是曲艺艺人的精神家园。

汝窑遗址千年之谜的揭晓者

汝官窑遗址被发现，是谁揭开了千年之谜?

1984年，第二次全国文物普查在宝丰轰轰烈烈地开展起来。一天，时任宝丰县文化馆副馆长兼文物专干的邓城宝先生带领普查小组四位同志来到大营镇清凉寺村。那是初冬，在村南的麦田里，翻犁后的土地上一片一片的碎瓷片映入我们的眼帘，大家很是兴奋。邓城宝先生拿出放大镜，饶有兴趣地给我们讲解陶瓷知识。面对遍地的碎瓷片，大家兴致勃勃地捡拾了一大堆。邓馆长说:“这是货真价实的汝窑瓷片,汝窑遗址肯定就在附近。”回去后，他写了一篇《清凉寺汝窑初探》的论文，又让我帮忙抄写修改后寄给了《中原文物》杂志。不久，该文被刊用。但是，邓城宝先生毕竟是县级基层文物工作者，职位也只是个馆员，他的论文并没有引起多大的反响，国内权威专家和国家级文物部门的反应十分冷漠。

到了1986年，中国古陶瓷研究会暨中国古外销陶瓷研究会年会在西安召开，作为会员的邓城宝接到会议通知，忙不迭地准备会议论文。他在上篇文章的基础上，反复修改补充论据。作为下属的我，自然少不了帮忙，那时又没打印机，更无电脑，全凭手抄复印纸。长长的文章，又是一抄五份，我唯恐下面的复印不清晰，手握复写笔狠劲儿写，弄得指头发麻发胀，所以印象特别深刻。

出发前，我见到一位将近50岁的中年人频频来到文化馆衙前街邓城宝的办公地。初时，来人拿出一件笔洗模样的东西，二人左端详右端详，并拍了照片，还是拿不准到底是不是真正的汝瓷。其间，省文物考古研究所的赵青云先生也来到宝丰文化馆。他们到底商量研究了什么，作为一个学生我弄不明白。事后我才知道，那个中年人是宝丰县陶瓷厂的技术员王留现先生，他过去也是在县文化馆任职，后来喜欢上了陶瓷，适逢县里建设陶瓷厂，就调去当了技术人员。二人在赵青云先生的带领下直奔西安，参加了如期举行的年会。于是就有了叶喆民先生、汪庆正先生眼前一亮的一幕。

王留现先生是宝丰县文化馆的老干部，曾因戏剧作品《一棵树苗》被珠江电影制片厂拍成电影而在宝丰名声大噪，后来迷上了陶瓷艺术，单身独处，心无挂碍，在位于清凉寺村旁的陶瓷一厂工作。他和邓城宝先生一样，都是认真踏实工作的好干部，两人的爱好和志趣相投，又共同认定汝官窑遗址就在清凉寺村。闲暇之余，王留现先生就入村下田，到处寻觅遗址踪影。一次偶然的机会，王留现先生从一位村民的手中得到了一件灰青色汝瓷笔洗。几番端详之后，王留现如获至宝，激动不已。

一夜未眠的王留现，怀揣宝贝搭上便车来到县城文化馆找到好友邓城宝，两人一拍即合，带上宝贝直奔西安年会，他们要为汝官窑遗址的千年之谜揭下面纱了。

汝窑，是我国宋代五大名窑之一，以产青瓷著称，由于瓷艺精湛、技艺卓绝，曾有“青瓷之首，汝窑为魁”之美称。特别是到北宋末年，由于宫廷认为定窑有芒不堪用，于是改命汝州烧青窑器，并选中了原汝州地区烧制青瓷质量上佳的窑口，垄断为官窑，专为宫廷烧制御用品。然而由于为宫廷烧制御用瓷的时限很短，大约从宋哲宗元祐元年（1086 年）至宋徽宗崇宁五年（1106 年）共 20 年，要求极严，产量有限，传世甚少。据统计，从宋至今流传于世的不足百件，分别珍藏于中国台北故宫博物院、北京故宫博物院、上海博物馆、天津艺术博物馆、香港罗桂祥先生处以及日本、英国、美国各大博物馆。由于上述收藏单位和个人特别重视和珍爱，使这不足百件传世品，成了稀世珍宝，时而公开展出供人鉴别与鉴赏，时而举办专题学术研讨会供人研究与探讨。虽参与研究与鉴赏的专家、教授众多，著述甚丰，但其烧制的地望，早已成为历史之谜。半个世纪以来，解决汝官窑口的历史悬案，已成为古陶瓷专家及文物考古工作者的历史重任，先后由中央、省、市及当地文化部门抽调专业人员，走遍千山万水、乡村沟崖，不断寻觅。像陈万里先生、叶喆民教授无不风尘仆仆地在汝州的广袤大地上奔波过无数次，进行过实地考察，也组织过科学发掘，还曾在汝州各地获得大量实物标本和第一手宝贵资料。其中，有的工艺精细、制作讲究、釉色莹润，但与宫廷御用汝瓷尚有一定差异，大多富于装饰，釉色豆绿，不是真正意义上的汝官窑。研究人员原先普遍以为汝瓷即在汝州，只是在汝州现辖境内寻找，而完全把北宋时宝丰是汝州属地这一重要的史实给忽略了，走了很长一段弯路。

出席西安年会的宝丰县代表邓城宝、王留现二位先生，虽人微言轻，但向与会的几位著名古陶瓷专家展示了由清凉寺窑址出土的灰青釉笔洗，外裹足满釉支烧，做工精细，胎坚致密，开片密布，釉层温润。几位在场的专家鉴赏后，一致认为，这件宝丰清凉寺新出土的笔洗与北京故宫等单位收藏的汝窑传世品，在造型、胎釉组合、釉色、开片及其烧制工艺上，均完全一致，大家分析，有极大的可能该窑为烧制汝官窑御用瓷的窑口。年会闭幕后，上海博物馆副馆长汪庆正立即派人到宝丰清凉寺窑址进行了现场调查，并从窑址的地层表面捡到了与汝官瓷传世品类同的一些碎片，随即通过论证并首先在上海举行新闻发布会，宣布汝官窑址在河南宝丰清凉寺村被发现。而后，又由上海人民美术出版社正式出版书籍《汝窑的发现》，从而在全国引起轰动。

河南省文物考古研究所于 1987 年初派安金槐、赵青云等对该窑址又进行了一次详细勘查，并报河南省文物局批准，于是年 10 月由赵青云负责领队并亲自参与对该窑址进行大面积钻探与考古试掘。由于经费限制，他们仅选点试掘 2 个探方，在村南响浪河北岸的田野里，发现两座窑炉、两座作坊、两个灰坑、一段排水沟等重要遗迹，并出土大量窑具和各类瓷片标本，其中包括汝官窑瓷片、印花青瓷、白地绘黑花、珍珠地划花、宋三彩、青白瓷、黑釉天目瓷及天蓝釉钧瓷等。特别值得庆幸的是，在一座作坊的西南角一个直径不到一米的小圆形储藏坑内，一次就出土较完整的汝瓷、黑釉天目瓷和宋三彩 20 余件，其中一对天青釉盘口折肩瓶、天蓝釉刻花鹅颈瓶、粉青釉莲瓣茶盏托皆为首次发现。天青釉瓷盘和笔洗，也均为外裹足满釉支烧，天青釉小口细颈瓶、豆青釉器盖，不仅造型讲究、工艺精细，且釉层特别匀净，开片更加细密；胎呈香灰色，与传世的宫廷御用汝瓷完全一致。尤其是出土的两件较完整的汝瓷天青釉盘口折肩瓶，与台北故宫博物院珍藏的传世汝窑纸槌瓶更是完全相同。台北故宫博物院的两件汝窑纸槌瓶，因盘口早已残缺，无法复原，故将颈的缺口处镶边，呈小圆口，细长颈、折肩、直壁平底满釉支钉烧造，故称“纸槌瓶”。宝丰清凉寺窑址新发现的盘口折肩瓶，为纸槌瓶的原貌提供了最佳蓝图。

试掘结果表明，虽开掘面积不大，但发现的重要遗迹和出土的实物标本，已充分说明，清凉寺窑址应为北宋宫廷烧制御用汝瓷的窑口，而且窑址附近还发现了宋代的人工开采的天然玛瑙矿，这就为确定汝官窑口提供了有力证据。

河南省文物考古研究所立即将上述发现报告给了省文物局，当年省人民政府公布清凉寺为河南省重点文物保护单位，但是仍未将其界定为汝官窑遗址。是年 11 月，由赵青云、邓城宝、王留现等提供的部分发掘出土的瓷片标本，参加了中国古陶瓷研究会在福建晋江召开的年会，并由赵青云向大会作了专题报告。与会的专家很是震惊，大家一致认定宝丰清凉寺窑址为汝官窑无疑。后经初步整理，并报请河南省有关部门批准，于 1988 年元月由河南省文物局邀请中央人民广播电台、中央电视台、河南电视台、平顶山电视台以及新华社、《人民日报》《光明日报》《河南日报》《河南科技报》《郑州晚报》《平顶山日报》《中国文物报》《华夏考古》《中原文物》等各大媒体和文物编辑记者，在郑州举行新闻发布会。会上正式宣布：经考古发掘证明及全国古陶瓷专家认同，北宋五大名窑之首汝官窑口，被确认在河南宝丰县清凉寺，从而使这一重大历史悬案正式了结。会后参加新闻发布会的各新闻媒体，分别在黄金时间和报刊的显著位置及时向国内外做了报道，这立即在社会上引起了强烈震撼，慕名到宝丰县清凉寺窑址参观的考察者络绎不绝。后来又在原有试掘的基础上，进行了 5 次较大规模的发掘，尤其是 2000 年 6 月至 10 月的第六次发掘，经搬迁清凉寺村 4 户居民，在仅 475 平方米的范围内，发掘出 15 座窑炉、2 座作坊、2 处澄滤池、22 个灰坑、2 个釉料坑、1 眼水井及釉料缸等配套设施，并出土大量汝官窑瓷片及窑具，获得很重要的地层关系，从而揭开了汝官窑中心烧造区神秘的面纱，汝官窑的历史悬案彻底破解。

故事到了这里，应该提及的是，邓城宝先生于 1987 年中国古陶瓷研究会福建晋江年会结束后，急匆匆上了返程的火车，因没买到有座位的车票，接近退休年龄的他在火车上站了 10 余个小时，一路风尘仆仆，倒了 4 趟车才回到宝丰。当天下午他疲倦地从南大街步行回家，我遇见他聊了两句话，他说累坏了，腿疼得厉害，并挽起裤腿，让我看他浮肿的小腿。谁知第二天，他突发脑出血，医治无效，不幸去世。而王留现先生的那件灰青釉笔洗，在上海博物馆副馆长汪庆正先生的反复劝说下，捐献给上海博物馆收藏了。去年，我去看望王留现先生，他提起这件事尤为懊恼。他说，汪庆正把他骗到上海的宾馆里，派人陪着他，不让出门，把他几乎“软禁”起来了，天天劝说，讲大道理，大有不留下这件东西不让走人的架势。时间长了，无奈之下，只好领了捐献证书和捐献补助，留下宝贝走人。他还后悔地说，咱宝丰的博物馆快建成了，这件笔洗要是在咱家展览，也为宝丰争了光、添了彩了。如今，两位先辈中一个已驾鹤西去，另一个已是风烛残年，他们当属揭开汝官窑千年之谜的头两位功臣，但无论仙逝者还是健在者，默默无闻、无私奉献的工作作风决定了他们都不是争功之人。还有赵青云、赵文军父子，20 世纪 80 年代和 90 年代，赵青云先生来往于郑州与宝丰之间不下十趟，赵文军也为清凉寺汝官窑遗址的发掘、研究、宣传、推介立下了汗马功劳，尤其是父子二人的著作《宋代汝窑》，客观地介绍了清凉寺汝官窑遗址发现的全过程，翔实记录了汝窑的历史考古、烧造工艺等，是不可多得的科研、艺术典籍。在以后的发掘工作中，省文物考古研究所的孙新民所长、考古发掘队领队郭木森先生以及众多的学者、专家和有关领导干部，为汝官窑遗址千古之谜的揭开出了力、流了汗，宝丰人民应该感谢他们。

更值得宝丰人民怀念的是宝丰自家人邓城宝先生，更值得宝丰人敬仰的是宝丰自家人王留现先生，是他们二人为清凉寺汝官窑遗址的千年之谜率先揭开了冰山一角。如今，王留现先生一如既往地关心着有关汝窑的一切工作，看到宝丰清凉寺已享誉全国，遗址保护和传承发展如火如荼，他倍感欣慰。邓城宝先生的在天之灵也应该感到欣慰了。

冯大仙儿和大调曲子社

冯大仙儿，本名冯河水，宝丰城关镇人士也。冯大仙儿，是大家也是我给他起的别称绰号。此哥们儿从年轻时在学校带宣传队，后到文化系统从事编剧创作，真是个人才。琴棋书画无所不能，天文地理无所不晓，写书法自成一体，下象棋技艺高人一筹，写段子唱词故事屡出佳作，导演排节目是一辈子的吃饭手艺，称雄宝丰文艺界数十年。这个冯老师那个冯老师一迭连声地叫，就连大集上卖羊肉汤的老单头和街头上钉鞋的师傅也知闻冯氏的大名。在县里，逢年过节，多有各类文艺比赛、演出，甚或单位联欢，这人就成了大忙人，无论是评委席还是舞台后台，到处都有他的身影。老冯也没啥架子，随请随到，或给人家弄剧本写唱词，或策划排练个小品相声，有时候脖子里挂个评委牌子大腿二腿跷着，评优秀节目或筛选进市进省的作品和演员，生杀予夺，有点小权，演员们也是一连声地撵着喊老师，满脸的巴结相。这哥们儿那时候是屁股上挂大锣——走到哪儿响到哪儿。

冯大仙儿是我相识四十多年的同行、同事和玩伴儿，人家干工作有一套本事，可论起业余生活、业余爱好，咱也崇拜得自愧弗如。和他打乒乓，次次都是连连直落五局，那球刁得都没法接，至今不敢和他交手。逮鱼捕鱼，他一玩就是一个通宵，打着手电，握着叉鱼杆，从净肠河上游的五里头直摸到下游铁黎寨园下面的深潭，东方发白、电池熬尽，方悻悻上岸，还看着网兜里的鱼虾直喊收获不丰。一夜陪下来，熬得我是眼疼头蒙，上班去昏昏沉沉，从此不再陪他下河。品茶聊天吧，哎呀，那是他的强项，论茶道，茶叶优劣，毛尖是雨前或是明前的，水烫还是水温，火候到不到，洗茶咋洗，普洱是生茶或是熟茶，是滚水沏还是温水泡，祁红茶是春茶还是秋茶，闭眼摸一摸茶条，鼻上闻一闻气味，他便是滔滔不绝，没有你插嘴的空间。想和他侃侃大山斗个嘴、抬个杠，哈哈，此人死蛤蟆能说出尿来，你就甭想在嘴头上占啥便宜。喝酒猜枚斗拳，一七枚，指法令你眼花缭乱，问问哪个高手喝家能赢了他？就是哥儿几个打个扑克，无论斗地主、挑红四、打双升、争上游，他都能把你手里牌算得清清楚楚，十场有八场是他赢。摸个麻将，人家掷骰子找方位就座，连带抓牌，是两堆抓、三堆抓、一堆抓，还是揭盖儿倒起牌，他手法的变幻，门儿清门儿清的，反正几人盯着桌面，也没有谁逮住人家偷底摸张儿出老千。谁和他玩赌的游戏，大多是咱输的多赢的少，人家冯大仙儿基本上场场赢，偶尔输一次，也是盖盖脸装跌倒，扮猪吃老虎。有哥们儿纳闷儿了说，这老冯玩牌是算天时、算地利、算时辰、算方位，腰里怕是别了个罗盘吧？大家七嘴八舌地猜。我说，人家冯哥聪明到家了，脑子里道儿道儿多，上知天文下晓地理，八卦阵推背图能研究个一二三，袁天罡李淳风刘伯温也不过如此，是个大仙级的人物，咱就服输服气叫人家冯大仙儿吧。于是这冯大仙儿便在宝丰文化系统叫开了，这一叫，叫了几十年。

其实，冯大仙儿的真正绝活儿不是这些，那大调曲儿才是他一生的最爱、一辈子的牵魂挂念。现如今非物质文化遗产保护成了国人的共识，大调曲子成了保护项目，大仙儿老兄自然也成了非遗的代表性传承人。

墨派大调曲儿，这如此精美的艺术瑰宝能在冯大仙儿的手里传承至今，在宝丰说唱文化圈里独领风骚，也可以说，是他一辈子引以为傲的功德。

说起大调曲儿，人们自然而然会想起南阳胡希华的《李豁子离婚》。胡希华利用大调曲儿这个艺术形式，把一个矬粗汉子娶了个花滴滴娇妻的悲情故事演绎得让人忍俊不禁，从而在中原定位了大调曲儿的下里巴人式的艺术风格，诸如《傻子相亲》《卖我》《借簪子》等之类用大调曲儿的部分唱腔演出的调侃逗笑的唱段小戏风靡一时，把大调曲子本有的属性特点给“玷污”了。传统的大调曲儿，是从元曲里脱胎出来的。小令、中曲、大曲，仅词牌就有一百多种，琳琅满目。像《满江红》《倒推船》《柳青娘》《绣荷包》《一串铃》《珍珠翠》《蛮莲花》这些个曲牌名堂，没有一个高人高手能把它们弄清楚、弄明白的。大仙儿老兄说，这墨派大调曲儿的水太深太深了，穷其一生也难钻研透彻。如今在舞台上扭来扭去唱大调曲子的颇有名气的其实连枕头也没摸着在哪儿呢！《潇湘夜雨》《伯牙摔琴》《华容道》《明饯》《逼宫》和《英台拜墓》一系列故事，词之高雅，曲之婉转，坐唱之形式，又如何在大众舞台上演绎呢？听冯大仙儿介绍说，真正传统意义上的大调曲儿从不卖唱，也从未登台，那是"客堂屋里的玩意儿"，是文人雅士们聚会雅集的媒介平台。我从曲子的唱词里似乎读懂了"碧云天，黄花地，北雁南飞"的味道了，也从林黛玉和祝英台那悲怆痛入心扉的故事里断定这是阳春白雪，是中原乃至中国曲艺曲种里数一数二的阳春白雪。

真正听懂了冯大仙儿一班大调曲子演唱，是在1997年的马街书会期间。那一年，北师大民俗学家董晓萍偕她的美国艾奥瓦大学导师欧大伟来宝丰考察，在老城东街文化馆旧址，我陪着听了一曲又一曲的天籁之音。

老文化馆是清代道光年间的宅院，两间小厢房，屋深浅，空间狭窄，我和董教授、欧大伟先生只能待在院子里听。董教授带的研究生时不时踏进屋内拍两张照片，一个录音机放在小桌上录音。虽然四壁墙反射的音质不大好，但夜深人静，也勉强能听清几句。

但只见那檐外窗前燕对舞，
嫩梢枝头鹊对鸣。
露滴荷叶星辰现，
青草丛中蝶翻风。
秋虫斗殴多有趣，
鸳鸯颈眠有真情。
观不尽秋雨初晴洒落景，
林黛玉褪去那愁眉展笑容。
…………

三弦在有紧没慢地弹拨着，古筝柔柔的音调如泣如诉，琵琶的和弦让人的心颤颤地跳，黛玉悲秋怜天悯人的气氛，让曲终时的我们沉浸在酸酸的感觉中。演唱者是一位青年女子，她红了眼圈，两行清泪顺着脸颊流下来，抬头看向我们这些有些凝重的听众时，有些歉意地向我们点了点头。这唱者入戏了，我想。

冯大仙儿对我们说，这《潇湘夜雨》有些悲悯沉重，下面听一曲欢快的吧。董教授连说“好！好！好！”一转，还是三弦领头开场。

…………

吃罢酒用罢饭儿，
漱漱口吸根烟儿，
打开弦囊取三弦儿。
古筝音韵似流水，
大鼓子脆生生的听不烦。
月琴牙琴一齐上，
琵琶一拨扣心弦儿，
那洞箫一声悠扬入云端儿。
八角鼓，紫檀板儿，
那碗盘也可当碟儿玩。
弹的是开手板儿，
五六弓尺已上弦。
论手法有两下儿，
揉、打、扣、撤、搓、啄、捻。
鼓子曲唱一段，
《阴阳句》《坡儿下儿》《太平年》和《落江怨》。
《打枣落江》《软书》《飞板》《诗篇》《清江》《倒推船儿》。
更有那《满舟月儿》《汉江》《码头》《上小楼》出了《潼关》《哭皇天儿》。

…………

大调曲子刚刹板儿，

船舱里出来个女孩儿多好看。

梳油头，扎双辫，

看年龄不过十二三儿。

鬓边斜插一朵花，

自来笑的眉目让人喜欢儿。

绿松裙子红裙带儿，

手拿一把撒金扇儿。

这女孩儿头一摆手一抖，

一撒毽子踢着玩儿。

…………

哟嗬，如此美妙的意境，随着婉转欢快的歌声，如临其境，飘飘洒洒，好像在江河的岸边，静心观赏一小女孩身姿矫健得如燕儿翻飞般在踢毽子，杨柳依依，草儿青青，鱼翔浅底，蜻蜓蝶儿围着女孩儿，逐花追红。那身高足有一米八九的美国佬吼了一声："OK，哇哇，太棒了！"随之伸出大拇指。这老外是中国通，他也听懂了。

回到县招待所，已是夜半，几位研究生还在叽叽喳喳地评论着。我问一名叫庞建春的女孩（毕业后入职武汉大学）有何感觉，她说今晚的大调曲儿，是她所听过的最好的民间音乐，那词可与昆曲媲美，那曲儿赛过苏州评弹。如此高的评价，使我第一次对冯大仙儿有了新的认识。这人可真不是一般人物，这老兄称得起"大仙儿"这名号。

闲谈中，才得知这大调曲子是清末民初由南阳石桥的墨子亮先生带入马街书会，传入宝丰县城的，被当时县里的名士杨杏佛、李含道诸人奉若上品，随之结社聚会，一帮子教师、说书先生、舞文弄墨之人把它发扬光大了。冯大仙儿是跟着李含道学的，到他已经是第三代传人了。

墨派大调曲子不卖唱、不赚钱，和业余摄影爱好者一样，都是净投入。

入社的曲友、玩友全凭对它的一腔热情和爱好，聚会总得喝茶吃饭，在哪里少不了帮闲的应酬。唱词是口传，曲儿也是口传，需抄词印谱，乐器自己购置或自制，入社的有国家干部、公务员，有教师，也有地地道道的农民，各有各的谋生工作。少不了乐队不齐整了，缺哪个人没到场了；还有时这个请那个邀的，去祝寿了、过生日了；有客人急等想听了，唱个堂会了，脸面的事。很多杂七杂八也是众口难调，让冯大仙儿也是无奈得很。

冯大仙说，有时生气了，老是出力不讨好，几次都不想弄了，可过两天，那曲儿就一股脑儿往耳朵里钻，喝茶也品不出味儿来，吃饭也不香了，晚上睡觉不踏实，一夜老是醒几次。梦里还在唱《套狗》里的那“一溜子大姐扭一溜子扭”呢。

这一段时间，县文化馆举办传承公益课堂，冯大仙儿又上阵开始授徒了。我有幸听了几个完整的唱段，对墨派大调曲子有了新的感悟。这个曲艺曲种的表现形式，确实不适宜在大庭广众、人声嘈杂的地方演唱，它不像河南坠子那种方言俚语，接地气，听众很快会受感染。墨派大调曲子的词曲太过雅致，文绉绉的，需要细心地消化品味儿，才能理解它的词意。在人多嘈杂之地，如漏听或听不清楚，便使不少文化水平较低、理解困难的听众不接受，这就是说，“客堂屋里的玩意儿”这个说法应该是很恰切的。我听《西厢》，便有一种像张生逾墙私会莺莺时的冲动；听《红楼》，便有怜香惜玉的一股子柔情；听《水浒》，便想上山落草为寇，驾杆儿去闯江湖；听《三国》，佩服诸葛的斗智斗勇和周瑜的谋略用计，发出“既生瑜何生亮”的感慨。我想，读书是一种知识的储备，而流传几百年的戏剧曲目里的故事唱段，何尝不是文人所创。听曲儿听书也是对知识的另一种学习和理解，甚至比书本知识来得更直观、更直接、更深刻。

冯大仙儿今年七十九岁了，属蛇的，身体仍然健朗，如五十来岁的中年人，嗓子刚刚的，底气十足。我想，人家大仙儿老兄，夫妻俩恩爱如初，退休多年仍然是早上 4 点多起床品茶，喝透了，去集市上转转，喝碗羊汤或豆腐脑什么的，上午唱唱大调曲子，下午打个小牌，生活滋滋润润，不好高骛远，不被儿孙拖累，身体健康，咋会不长寿呢。

我也想学冯大仙儿，也想多活几年，更想学唱墨派大调曲子。我幻想着像白居易那样，在夏景天开放莲花的江边、河边，一只船里，一位红衣妙龄女子怀抱三弦，在咿咿呀呀地唱着：

渔翁垂钓，樵夫登高，
下田人岁岁种禾苗，
读书人青灯黄卷苦把心操。
…………
渔翁喜的是山明水秀，
樵夫喜的是步步登高，
种田人喜的是和风细雨，
读书人喜的是金榜名标。

我可能也会“江州司马青衫湿”，落两行悲情的泪，发几声放浪的笑，品几口酽酽的香茗，醉几杯宝丰的老酒。

四奶奶的老梨树

老家村子前有一条弯弯的小河，一年四季流淌着，清澈极了。冬春季节夜静时刻，听得见哗哗的流水声，时大时小，大人们说这是水簸箕留下的声音，而水簸箕是个宝，早年被人盗宝挖走了，很可惜。小河边有一大片竹林，足有五六十亩地那么大，老是藏有野狸猫、黄鼠狼、草狐子一些小动物，时不时蹿出来祸害乡邻家的鸡窝。每到傍晚时，天边一群一群的鸟儿成群结队盘旋着落入竹林，叽叽喳喳，吵得小村好不热闹。竹林的东头有两棵高高大大的老梨树，那是四奶奶家的。

我的近门家族有九个爷爷，只有九爷还在世，今年也九十七岁了。20世纪60年代四爷早逝，四奶奶仍无悲无喜地忙碌着，家里仍时不时传出尖声呵斥不中用儿媳的声音。胖胖的四奶奶有一张胖胖的脸，富富态态的。四奶奶的独生儿子也就是我一个远门叔叔，一条腿残疾，一拐一拐的，年龄大了，娶了一个不怎么中用的媳妇。里里外外都是四奶奶当家理事，搁哪里哪中，做啥啥行，远近街坊邻居，无不服气。可能是生活艰辛的缘故，本来应有一副弥勒佛欢喜相的她，却是天天冷冰冰的，很少见过她的笑脸。四奶奶有一手村上女人少有的绝活儿，除了接生，最重要的是会给小儿叫魂、安神、扎马牙、看邪病，连过去禳灾祈雨等一些神神道道的事，也是四奶奶领村上一众老太太们操办的。

记忆中那是1961年，先旱后涝，大灾之年。春上几十天没落一滴雨，庄稼苗都旱干了，连平时从没断过流的泥河最深的潭也干涸得见了底。正晌午时分，日头正毒，四奶奶领着一群老太太舞刀弄棍地在河边小庙前祈雨，胯下骑条板凳杈当马匹，头戴柳条编就的花帽，口中念念有词："我骑着大马上天空，一跑跑到灵霄宫。老天爷忙把圣旨下，四海龙王得令行……"围观的一群妇孺老幼跪倒一片，四奶奶俨然是人们心目中的英雄。接连三天的祈雨，果真惊动了龙王爷，三天后的夜晚，惊雷声声，大雨哗哗。我们小伙伴跑到雨地里戏水，直嚷嚷着四奶奶真是神了。

接着那年又是秋涝，连着阴雨了半个多月，庄稼淹在地里收不回来。四奶奶又出马了，她从自己的小竹篮子里掏出一个碎布扎的小人儿，有胳膊有腿的，头上还扎两条小辫子。她把小人儿挂在小庙的门框上，手抓一把笤帚，来回作扫地状，嘴里不停地哼唱："扫天媳妇扫扫天，把云彩扫到西南山。西南山上去下雨，咱这儿是红刚刚日头响晴天。"几天后，强劲的北风刮过来，老天爷也露脸了，四奶奶也长脸了。我们一群小孩子真真是佩服四奶奶的手段，绝了！

过了八月十五，那竹林里老梨树上的梨子也泛黄了，四奶奶也盯得紧紧的，就怕我们这一群小猴子淘气包们偷吃，手里掂根竹竿老是叉着腰骂骂咧咧的。虽然我们这些七八岁的孩子怕她，也怕她的什么手段，但那黄澄澄的梨子老是晃在我们的眼前，惹得我们直流口水，谋划了一次又一次的偷梨计划。某天放学后，我和大我一岁的邻居小仔潜入竹林，盯着四奶奶回家点火烧饭的当口，我奋勇当先噌噌爬上树，三下五除二，边摘边往下扔，小仔在竹林里慌慌地拾。当我手攀树枝向远方那一枝结满累累果实的树枝伸手时，脚下的老树杈咔嚓一下断了，我从足有两丈高的老梨树上摔下，屁股和大腿被竹林里的竹茬签子扎了三处血窟窿，如血人一般昏过去了。村上的福成哥恰在河边放牛，把我背回了家。

接下来没几天，伤口又发炎了，屁股肿了，疼得直叫喊。母亲不停地责骂，又气又心疼。村里缺医少药且无知，还是无奈要请四奶奶来给我驱邪治疗。我怕见四奶奶，既害怕老人家又要求老人家，心里怵怵的，怯她来家。

四奶奶来了，人未进门，嗓门却洪亮地先进来了："龟孙，可叫你淘气，神仙拾掇住你了吧！"说着，手里摊开黑乎乎的手巾包，三只黄澄澄的梨子映入我的眼帘。我的眼都直了，一边盯着四奶奶的脸，一边一手就攥住了一只梨，偷偷塞进枕头底下。“来来，叫奶奶观观看看是中啥邪了？”只见四奶奶手端一碗清水，虚空晃上一晃，左右一比画就唱起来了：

是神祟是鬼祟？
是家亲是外鬼？
是神祟你入庙院，
是鬼祟你入坟院，
是仙门你入楼棚，
各照本位去修行。
别打扰红尘！离这红尘身子！
治疼！消肿！散火！
散完！散净！一点儿不剩！

唱着唱着，口里含一大口凉水，呼的一下喷在我的伤口处。又继续喃喃地唱道：“是神祟是鬼祟？是家亲是外鬼？……”等到第三遍，我就跟着学会了四奶奶的口诀，对四奶奶的恐惧也渐渐地变成了亲切与亲近。第二天，四奶奶照时照晌又来给我祈愿驱邪时，我也随着四奶奶的流程节拍跟着诵起了“是神祟是鬼祟？是家亲是外鬼？”四奶奶拍我两巴掌，“龟孙呀，疼得轻，看你以后还爬树？三天不打，还上房揭瓦？”虽然我的伤口感染好转最终应该是青霉素的功劳，但四奶奶那和蔼可亲认真祈愿的模样，永远埋在我的心底。

六十多年过去了，她那富富态态的笑脸仍在我心里晃悠着。

二十岁那年，娘因病去世，四奶奶拄着拐杖颤颤巍巍地来家里主持丧事，她心疼地一一抚摸着俺弟兄三个的头，叹道：“唉，可怜的孩子，早早成了没娘孩儿。”等到我娶媳妇时，四奶奶高兴得满脸皱纹都展开了。女儿快出生的时候，她三天两头往家里跑，嘱托了再嘱托，叮咛了再叮咛，明知老人家会接生，也不好意思去医院了。那天晚上，媳妇喊叫了整整一夜，四奶奶忙碌了整整一夜，折腾得老人一眼未眨。太阳快出来时，女儿仍不肯落地，四奶奶手足无措慌了神，让我赶紧送医院。我拉上痛苦中的媳妇，让四奶奶坐上车子就往村外跑。出了村头，抬头看见东方红彤彤的太阳露脸了，女儿的一声啼哭让四奶奶乐开了花。那些天，四奶奶逢人便夸："见重孙了，见重孙女了。俺孙媳妇长得排场，生个重孙女也像花儿一样好看。"我听着心里像喝了蜜一样。

我的那可爱的四奶奶，那笑眯眯的弥勒佛似的菩萨相，那略有沙哑却甜蜜的声音，就永远定格在了我的脑中。

四奶奶仙逝四十年有余，早骑着她的大马上西天去会王母娘娘去了。有时我摸着屁股上腿上的那几处伤疤，心里祈愿四奶奶在天上仍然与各位神仙走动，驱邪禳灾、接生、安神，还是那个人人尊敬的长者。

父母的脚印和我的脚印

在我工作档案的履历表上，籍贯这一栏老是填着宝丰县商酒务镇泥河村。这是我的祖籍地、故乡，也是我开始上学的地方。其实我真正的出生地是在新疆，在喀什，那里才是我最初童年生活的地方，也可以说是我的半个故乡。

在我童年那片片断断的记忆里，那里有早晨起来太阳照在西边巍峨挺拔的大雪山上的剪影，有那卧在地上几只骆驼身上的一股腥臊气息，更有小毛驴们在草地上撒欢的吼叫喷嚏声，以及傍晚时机修队铁工班打铁炉子熊熊火苗旁叮叮当当的打铁声。依稀记得蹲在路边吃维吾尔老头篮子里的杏儿，吐一堆核儿，让人查查杏核儿让奶奶付钱。甚至偷偷地装进小口袋几个杏子、桃子。这些幼年的记忆，只是片片断断的，根本串不起来。

到了 20 世纪 60 年代，我也长大懂事了，开始背着书包去村上西庙上小学了。这庙是关帝庙，只是庙里没了神像。村里的叔伯婶婶们老是指着我说我是个新疆娃子。很多同学也是不怀好意地笑话我、揶揄我，大声地叫喊“新疆娃子！新疆娃子！”我像是受到了极大羞辱似的回家向母亲诉说，母亲一脸的不耐烦，“啪”地就是一巴掌：“新疆娃子就新疆娃子，有啥好问。”然后就是一顿臭骂。愈是这样我愈加奇怪，老想打破砂锅问到底。“文革”开始的 1966 年，父亲在城里被村里生产队弄了回来，说是有历史问题，也没咋整，就是劳动改造。这时我有了询问父亲的机会。父亲说，1945 年他和九爷、壮伯仨人一起卖壮丁，在国民党胡宗南队伍里混。后来九爷、壮伯开小差跑了，留下他在宝鸡被解放军俘虏。后投诚被编入西北野战军。父亲说，那时天天打仗，东奔西跑，脑袋别在裤腰带上，和家里断了音信。说着他还找出盖有国防部大印和彭德怀手书签名的转业军人证明书，简历一栏确实有显示1947年12月宝鸡解放入伍的记录。这个肯定是真的，我心里想。父亲又说，1950年他随王震王胡子部队进军大西北，坐上苏联援助的军用运输机飞到南疆喀什，接管了国民党军队的防务。后来部队屯垦改为生产建设兵团，稳定在农一师草湖驻地，上面号召让家里人团聚，支援边疆建设。于是，我的年轻时候即守寡的奶奶，接信后思儿心切，从家里坐独轮小车进洛阳，找到兵站，又坐闷罐子火车到西安。向西的火车不通，凑齐一帮子家属在帆布篷破卡车上颠沛流离一个多月，其间风雪苦寒受尽，一门心思扑向喀什。

姐姐1968年从大学毕业待分配，组织上调查又因父亲复杂的历史问题，不算根正苗红，被分配到不太好的牡丹江军工厂，其间在家等待时告诉我说，她七岁时和妈妈一起进疆，1953年秋天有了我。那个时候，老娘住进农一师医院里，享受到了有生以来最好的待遇，用上了香皂、毛巾和搪瓷脸盆，品尝了美味的羊肉汤和香喷喷的馕，识得了盘尼西林和奎宁，学会了“嗨啦啦啦，嗨啦啦，天空出彩霞呀地上开红花呀”和“雄赳赳气昂昂，越过鸭绿江”等当时时髦传唱的曲词。她散去了传统农村女人盘起的发髻，也学着部队的阿姨剪起了短发，掩襟的小棉袄改成了对襟，她也在努力改变着自己。恐怕，这时是她一生最幸福的时光。

那么，咱们为啥要从新疆回来呢？我心中的疙瘩愈来愈大，追根究底地要问个遍。因为60年代那场大饥荒让我刻骨难忘，一直在心里埋怨父母为何要从富饶美丽可以肥吃海喝的地方千里迢迢回来甘愿忍饥挨饿呢？我想起那榆树叶糊糊的忆苦饭滋拉涩苦，想起那野菜刺角芽汤扎嘴的难受，那发霉的红薯渣窝窝头。如今铁路修到村边了，依然天天还是红薯汤红薯馍，离了红薯不能活。我更回忆起三年自然灾害时刚刚下放农村的一天中午，那顿虫洞红薯干的饕餮盛宴，一大碗轩尖冒顶的清水煮红薯干被我蹲在胡同里一气狼吞虎咽地干掉，那香甜味儿和那饱腹感至今记忆犹新。

我甚至有点恨我不争气的父亲母亲，眼光短浅，胸无大志，就记得这无可留恋的老家。老家有什么好？我不禁问向姐姐，而姐姐一副心事重重的样子，顾左右而言他，闪闪烁烁不予正面回答。后来，她远赴东北工作，又出嫁跑到大东南福建，远隔万山千重，偶尔回来省亲匆匆，再无询问的机会。

时光匆匆，童年一晃而过。母亲、奶奶、父亲先后去世，关于幼时的谜仍然是一个心结，难以忘怀。

很突然的一个机缘，去新疆，而且是去喀什，我魂牵梦绕的地方，我出生的地方，我想，四十年耿耿于怀的谜底应该揭晓了。

五月的喀什，看不到蓝天，更看不见草长莺飞，天是通天彻地的黄，就连路边的树叶上也是一层细细的黄土，和乌鲁木齐那明媚的阳光判若两个天地。到机场接机的司机说，春天这里老是有沙尘暴，上午还狠狠地刮过一场，沙尘暴对他们已是家常饭了。

当地的主人为我们规划了三天的行程，除了观摩十二木卡姆的表演和果园文化，还腾出一半时间参观有名的艾提尕尔清真寺、喀什老城、香妃墓、维吾尔先贤穆罕默德·什噶尔纪念地，甚至帕米尔高原风光等。可是我的心早已飞到草湖那五十年来魂牵梦绕的地方，第一时间我要去那里。

喀什地处塔克拉玛干大沙漠的西端，南与西南又接喀喇昆仑山脉，最高峰公格尔峰海拔 7700 多米。能见度好的话，可见其皑皑白雪。北边的北边是天山山脉，很奇特的地貌。车子驶过一片绿洲，绿洲是有水的地方，水草丰美，树木成林，麦穗儿在迎风招展。路边的沟渠里流淌着黑乎乎的水，向导说，这是帕米尔高原上的雪山水，每年开春雪山融化，沿途裹挟大量的泥沙，或黑的，或黄的，甚至还有白沙沿喀拉库里河而下，灌溉着一片片绿洲，养育着一方人。这里干旱少雨，全靠雪山水过活。而大戈壁滩上，则又是另一个景象，那是一眼望不到边的荒凉，除了一丛丛的沙棘草有些许生命力，剩下的就是死气沉沉的一堆堆石头和大片大片的石子滩。那种苍凉，让人一声声叹息。沿途风景变幻中，我走近疏勒的草湖，打量着我的童年。

镇子上是一排平房，红砖红瓦，但屡经沙尘的袭扰，变成了赭黄色，路边的白杨树有气无力地耷拉着满是细细黄沙的叶子，像是从远古走来。我心想，父母急着奔回内地，可能也和这并不美好的环境有极大的关系吧。

直奔41团团部驻地，在热心的内地老乡的指引下，终于见到了父亲同班的战友。当年的胡秀兰阿姨也是千里迢迢从东北沈阳辗转来到草湖与丈夫团聚入伍，并最终定居于此。如今二位老人已经离休，待遇不错。胡阿姨激动地拉着我的手，上下打量着我，泪在眼眶滴溜溜的。她说，我是在部队里最早出生的娃子，大家都喜欢抱我逗我玩，是一群当兵人的小玩意儿。她颤声地打电话告诉她在团部老干部活动中心的老伴说："快回来，快回来，老班长的儿子回来了。"

一声"回来了"，让我的心猛地一颤，我怎么毫无道理地忘记给阿姨叔叔带礼物了呢。其实原本我想不到会找到当年这么亲近的老人了。于是我匆忙跑到街上的小超市买了点水果和营养品。等我二次进门的时候，见到了颤颤巍巍的叔叔。叔叔当年八十二岁，阿姨小他三岁，也七十九岁了。有点老年痴呆的叔叔，耳朵还有点聋，嘿嘿嘿地笑着，不知所以然。胡阿姨指着我大声地对他说："咱们的老班长，那位大高个儿的樊班长，你知道吗？他的大儿子。"叔叔"啊、啊"两声，好像不记得了似的。阿姨大声地叫喊："你忘了吗？你当上班长就是接老樊的班，这孩子当年你抱过好几年了，如今是大人了。"叔叔似乎有点印象，点点头，仍然"啊、啊"说不出几句话。末了，胡阿姨老两口陪我去看我家住过的地方，当然如今早拆成广场了。只有当年房前那棵榆树仍在微风中摇晃，向我点头致意。胡阿姨指了指当年的铁工班、机修间和团后勤部的地方，现在也变成了一排排的宿舍小院和办公娱乐场地。

这就是当年我的出生地吗？我的无忧无虑的童年是在这么样的一个地方度过的吗？我思索着，脑海里依然疑团重重。

胡阿姨低声地问我："你的父母还健在吗？"我简要地回答了母亲与父母相隔三十年先后去世的情况。胡阿姨想了想说："你父母已经去世了，那么告诉你也无妨。你父亲其实不喜欢你的母亲。"我当然听姐姐说过，当年父亲对包办婚姻不满又拗不过奶奶，父母两人一直不和，经常吵闹。

终于在一次赌气中，在庄稼地里把牛拴在树上，鞭杆插到路边，跟着本村的青年一起卖了壮丁。

我问道："那为什么他还把母亲和姐姐接到新疆这里呢？"胡阿姨说，那是因为我奶奶首先进疆后把家里情况告知了组织，在奶奶、组织和战友的三重压力下，第二年父亲才无奈接了母亲和姐姐进疆，生下了我后，曾经平安过一阵子，接着还是生气吵架打闹，很少有太平日子。这些应该是奶奶的错，我想，父母因她一人的独断专行一辈子就这样过去了。可转念再想，我又为奶奶悲哀。三十多岁的奶奶年纪轻轻就因我爷爷的过早离世而守寡拉扯大儿女，但碍于当时社会的封建，包办了我父母的婚姻，也致使她喝下了自酿的苦酒。姐姐比我大八岁，知道的事情比我多得太多了。她说过，母亲是独生女，我们只有一个舅舅还是过继到外婆门下的。外婆也是孤苦伶仃，娇生惯养这唯一一个闺女，使其养成脾气倔强、居高临下、主宰一切的性格，父亲是一肚子怨气，惹不起了躲得起，赌气出走当兵入伍，五六年的时间和家里断绝音信。我曾和姐姐分析过，如果不是部队屯垦戍边，要求内地家属团聚，他可能还不会主动向家里妥协。

那么父亲母亲为什么还是要回到河南老家呢？难道是因为当时边疆地区形势严峻的原因吗？我向胡阿姨求解。

喀什地区民族杂居，有维吾尔、塔吉克、吉尔吉斯、回族等少数民族，汉族还是以屯垦的部队为主。由于西藏的动乱，新疆的维吾尔疆独分子也蠢蠢欲动，军地关系一度紧张。胡阿姨告诉我，除了当年因形势急迫备战的原因，还因为我的舅舅多次来信，说外婆因挂念独女，常以泪洗面，久之患上眼疾而双目失明。母亲也思念她的母亲是另外一个原因。奶奶家乡还有个已出嫁的女儿牵挂着，于是奶奶、母亲婆媳二人逼迫父亲转业回家。可怜父亲当时刚刚当上机修分队队长（正排级），雄心勃勃想干点事业时，被两位家人逼上了返乡的路。

很快，内地遇上三年自然灾害，父亲看我们小小年纪忍饥挨饿心有不忍，只好觍着脸写信给老首长要求回疆，答复是回来可以，吃饭穿衣问题可以保障，比内地强多了，但父亲军籍难以保留，只能是农场农工，进疆路费自己解决。算了算，这一大笔开支难以承担，父亲只好作罢。

在生我养我的地方，我和胡阿姨及叔叔拍了几张合影就匆匆离开了草湖。我感叹，这就是生活，老一辈来来回回奔波劳碌的命运，一个普通的平凡人家的生活，我的童年梦幻一般的生活。

离开喀什的前一天，我遇到了从未见过的沙尘暴。那是刚刚下了帕米尔高原，只望见远方的天空一道黄幕通天彻地滚滚而来，那一种用语言难以描述的景象使我目瞪口呆。呜呜哇哇，很恐怖的声音钻入耳朵。很快，车子便也进入这黄幕之中。只听见砂石“唰唰”地击打着车身，眼前一片昏暗，令人惊心动魄。当十几分钟后驶出这揪心的沙尘暴区域，回望那恐怖的天空，我在想，这个地方走了也罢。

航班在喀什上空盘旋半周向乌市方向飞去，俯瞰南疆大地，一片苍茫，大片的戈壁滩上一片片绿洲一闪而过，人们就生活在这星星点点的绿洲里。我的出生地是哪一片绿洲呢？

说书状元刘明霞

马街书会的说书状元，始于 1981 年。那年闻名方圆百里的民间说书艺人王结子，因三天九场书价 50 元而独占魁首。鲁、宝、郏、汝一带，王结子唱遍村村寨寨，大家都认可这个诙谐幽默、风趣接地气的“唱家”。他是河南坠子龙门大派第二十代传人，艺名王明德，是“明”字辈。无独有偶，到了 2017 年的马街书会，书状元评审组评出一位女状元，山东菏泽人，叫刘明霞，55 岁，恰恰也是龙门大派第二十代传人。他的师父王远修，是第十九代，正应了龙门派传承谱系“道德通玄静，真常守太清，一阳来复本，合教永圆明……”且不说刘明霞唱功如何扎实，吐字如何清晰，表演如何到位，单就从艺道路四十三载，经风经雨见世面，10 余部大书可连续表演一年零八个月的功底，多少前任的书状元都望尘莫及。

从以书价高低论状元，到以艺术水准论状元，这是宝丰马街书会评选书状元的一个质的飞跃。前些年，艺人们还都实诚，写书价没有胡吹，卖什么价就什么价。这几年为争书状元这个头衔，有多少人想方设法地弄虚作假，凭借书状元抬高了身价，有的艺人在本地本县弄个政协委员、人大代表当当，也挺光宗耀祖的。有的书价也真的噌噌地上去了，可谓名利双收。进了这家门吃了这行饭，谁都想博这个彩头，自然争夺得比较激烈。

2017 年的书状元评审，由两位德高望重的老领导坐镇，9 名评委都是宝丰文化界卓有建树的老同志，从唱腔表演、音乐，到文学方面，都造诣较深，大家为把这届书状元评好评成铁案，都心怀虔敬，不敢疏怠，战战兢兢，如履薄冰，反复观摩，反复讨论，刘明霞终于脱颖，“一枝红杏出墙来”。

刘明霞中等身材，稍胖，看似一脸农村女人的憨厚和直率，眼中却有几分江湖艺人的狡黠，有了常跑江湖风霜的历练，看来也挺沉稳。一双大眼骨碌碌的亮亮的。表演天才，该吃这门饭，我在心里下了定语。聊起学艺经历来，她侃侃而谈。小时候家在菏泽曹县正是生产队大呼隆大锅饭的年代，哥哥十二岁，她刚刚上小学，天天跟在哥哥屁股后面转。村里来个说书先生，晚上唱书白天睡觉。正值夏日时老娘看到先生大腿跷二腿坐在树下，扇子在手，一摇三晃，哼哼唱唱，又眼气又羡慕地给两个孩子说："看人家说书先生多自在，俺们天天卖到庄稼地里，风刮日头晒，累得腰疼胳膊酸的，一天挣不上几个工分。人家说书先生风刮不着雨淋不着日头也晒不着，唱几场背一袋粮食就走了，你俩长大要是有手艺多好。"老娘也是说做就做的人，当晚听罢书就求王远修老师收下孩子学艺。老师也干脆，幽幽地说："男孩年龄正合适，带着也方便，女孩子年龄偏小了，要收就收男孩吧。"

谁知道呢，有心栽花花未发，无心插柳柳成荫，哥哥学艺三年，一唱荒腔走板，一说吐字不清，就不是那块料。倒是这个经常跟着哥哥屁股后面转的小明霞，一招一式学啥像啥，被老师相中了，倾心授艺，成为得意门生。

四十年磨砺，风霜刀剑，刘明霞逐渐成为河南坠子书小明星。

翻大箱的“老魔头”

荷花初绽的六月，无边无际的麦海里，一台台收割机正翻着波浪，收获着人们的希望，宝丰大地到处是一片热气腾腾的气象。突然，有人从手机上翻出一条振奋人心的好消息，这消息来自北京，来自国务院官网——“宝丰魔术”作为第五批国家级非物质文化遗产项目正式公布了。自此，宝丰县成为河南省跨入国家级非物质文化遗产保护项目最多的县份。于是，宝丰北乡众多从事魔术杂耍的人们奔走相告，欣喜若狂。正名了，正名了，原本被外地人嘲笑讥讽的宝丰地摊“翻大箱”，终于登上了大雅之堂。

过去，翻大箱，也就是空箱换人，是宝丰北乡一带老百姓对“魔术”最通俗的原始称呼。翻大箱、玩提猴、耍杂技是北乡人祖祖辈辈用以谋生的手段。

北乡那条北汝河发源于嵩县汝阳境内，经汝州而下，是郏县和宝丰两县的界河，也是唯一的大河。这大河以南还有两条小河，一条靠北的叫石河，发源于观音堂西部深山大木厂；另一条靠南的小泥河，发源于观音堂东山。两河平行迤逦东去，最终汇入净肠河，在吕寨以下汇入了北汝河。在商酒务、肖旗境内的两河中间横亘一道矮矮的土岭，岭上料礓石和白甘子泥交混而坚硬，表面是一层薄薄的黑录土。十天半月不落雨的旱天，庄稼就干渴得蔫巴了。到了涝天，地又溅水（当地方言土语，指不渗水），稍低一点的坑洼地，庄稼就泡汤了，说这是淹死蛤蟆地。

这里的老百姓常说，是鸡子都带着两只爪儿，土里刨食吃不饱，咱就靠手艺去外边刨食去。千百年来，就在这样的贫瘠之地上，岭南岭北的何庄、水牛里、柳林、石碑洼、史渡洼、磁叭岭、井桥、周营以至岔河寺等一连串的村庄催生了翻大箱、玩提猴、耍杂技的生意。这些古代不入流的玩意儿，连下九流也算不上，从不被人视为正当职业，所以正史野史都无明确记载。

姑姑嫁给了石碑洼村的姬家，姑父是个实实在在的庄户人，和村上人一样会玩提猴、翻大箱。我 10 多岁时，曾在姑姑家见到那些翻大箱的道具、耍提猴的人子（指偶人）和幕帐之类的演出物品，感到特别好玩，就兴致勃勃地讲给娘听，娘却用不屑一顾的口气说：“哼哼，就会玩个翻大箱。”明显带着鄙视。我知道娘与姑姑之间素来不太和睦，老是阻止我去石碑洼姑姑家，怕我看姑父玩这翻大箱变戏法，老说这是下九流，不是庄稼人的正经门路。

很快到了改革开放农村分地到户的年代，闲置的劳动力在冬春的农闲时节重又拾起了老辈子传下来的手艺，开始周游城乡赚些外快。这时在乡文化站工作的我，才真正地接触到农民创造的这一艺术，并有了比较深刻的认识和了解。

在每月一次的县文化馆工作例会上，我和赵庄乡文化站李革命老兄碰头，都是遇到了很多农民外出演出要求开具介绍信和演出证明的问题。我说，第一个找我开证明介绍信的是水牛里村的丁发生。那个老丁就不像是农民，40 开外的年纪，梳着明晃晃的大背头，一身白西服分外耀眼，一口的宝丰普通话，俨然归国华侨，让我大为惊异。

丁发生瘦高的个子，脸也是黑黑的、瘦瘦的、长长的，一副很老练沧桑的神态，和白西服搭配着，黑白分明，却又风度翩翩，格外地扎眼，与众不同。因为找我开证明信的基本都是玩提猴、翻大箱的当地农民，所以我问道：“你也是开玩提猴、翻大箱的证明吗？”丁发生笑了笑说：“我不玩儿那些玩意儿，那些都是我过去玩的小儿科的玩意。我是正儿八经玩魔术的。”并当场给我表演起纸变钱币、空手抓烟、喉咙眼儿里藏烟吐火的小节目，让一群围观的乡里干部惊讶不已。

丁发生绝对的与众不同，没有丁点儿当地农民那种畏畏缩缩木讷老实的模样，说风流倜傥已经过了那个风流的年龄，却像鹤立鸡群的那种，从容大方地介绍着魔术的神奇。古彩戏法，手彩魔术，光子活，苗子活，扑克魔术，机关魔术，光学魔术，化学魔术，钱币魔术，道具魔术……说了一大溜子。他笑着说，那翻大箱是魔术里边最笨最原始的基础活，没有多少技术含量。魔术又叫“变戏法”，其实就是障眼法，文雅一些说是“幻术”，就是骗人眼睛的事。他滔滔不绝地叙述着魔术的神奇，几乎推翻了我对“翻大箱”的印象。但是，我还是认为他是有吹牛的成分在内，心里半信半疑的。

那一年，包括我姑姑家的村子，商酒务乡开出去了 30 多摊的介绍信。很多人在外做生意，大都挣到了钱。到了 1984 年，更有不少年轻人到乡里找我，甚至于在我下班后跑到家里，比第一年涨了三四倍之多。翌年，待我离开乡镇到县委宣传部工作时，知道了赵庄乡的魔术演出已成了大气候，周营村一众魔术演艺者策划着在四月初八的老日子会上，搞什么魔术大会，引领起宝丰魔术的发展进步，异军突起了。

待到 1986 年的农历四月初八，正是麦秀时节，周营就热闹起来了。三十多个彩色大棚鳞次栉比地摆开在周营不太宽阔的街道上，挺是壮观的。我和同事李勤娃去周营观摩，便认识了周营村玩魔术的刘顺、王现坡、靳全亮、张本周等人，他们表演的“仙桩换人”“空中来酒”“六连环”“断绳巧接”“三仙归洞”“大锯活人”和令人眼花缭乱的小手活，确实让我们大开眼界。这时才知道，周营村在这条礓石岭几十个村庄中，魔术的地位已根深蒂固。“上至九十九，下到刚会走。杂耍变戏法，人人会两手。”

在熙熙攘攘的人群中，又碰到了丁发生，却没有见到他的表演。原来是不同的乡镇地域的缘故，他只是来看上一看，并没有展示他所“吹嘘”的高明的表演技艺。但见老丁又换了一身装束，全身的中式打扮，长长的头发挽在脑后，潇洒利落，一副导演的做派。听别人说，他组建了个家庭魔术团，和大儿子一起常年外出表演，没有几个人了解他的底细。我心里面还是有不少疑问的。

这时的周营，一下子响了。省文化厅和省杂技家协会派人员前来观摩，就此认识了时任秘书长的李蔚先生，他向我们两个约稿，发表在他们的双月刊《杂技界》。后经和勤娃一起整理修改又以《魔术之乡拾趣》在河南日报上刊载。

往后的十余年里，因为工作岗位的变动，便很少关注魔术杂技行业的有关动向。也就是风闻一些北乡的玩提猴手艺已被杂耍和魔术取代，进而融入了舞蹈，融入了气功和武术表演，甚至于学着沿海城市的开放，跳起了脱衣舞，一些负面新闻也纷至沓来。有时也打听一些丁发生的消息，说是两个儿子一人带个魔术团常年在外演出，人们很少知道他们的确切消息。

山不转水转，2001 年我又转回了文化界，当时正值宝丰魔术面临灭顶之灾。脱衣舞的低俗表演和武术团里“假和尚”寻衅滋事，把宝丰县推上了风口浪尖。从各地方媒体到央视的《焦点访谈》，一片口诛笔伐之声。从省市领导严办严查的批示到文化部、公安部的通报，中央政法委领导的干预，甚至于各地政法部门的介入，不仅让我焦头烂额成了“消防队的灭火器”，也让县里主要领导如坐针毡。我们东奔西跑，南下北上，一边处理突发案件，一边写汇报，交作业，登门道歉，做检讨。那些个日子，如今回忆起来，仍然是心有余悸。

两年后，宝丰县的魔术演艺出现转机，当然这些转机是经过宝丰文化人不懈努力争取的结果，其中的甜酸苦辣只有亲身经历、亲身体验才可知道。这里有三位明智的领导对我工作的大力支持，一位是时任宝丰县县委书记的王小平，历任书记从没有如此支持文化工作的，我有什么要求和打算，他总是一路开绿灯。一位是时任省文化厅副厅长的谢文明，他向我灌输的“脱两下裤子算什么？农民还是苦和穷，如果他们腰包里鼓满了，强迫他们脱他们也不会脱”的思想让我脑洞大开，思想上先放开放轻松，进而找出一切可行的办法来规范整顿文化市场。另一位是高瞻远瞩的文化部市场司的副司长张新建，他是民主党派，看问题超前而尖锐。他说，河南宝丰屡屡出现违规演出，是因为宝丰农民演出团体在全国占比较大，从数据分析，出毛病多是当然的。他不失时机地提出来了“宝丰文化现象”这个表述，并予以理论性的总结，为后来文化部主导的全国演出团体学习班和河南省文化厅主导的河南全省文化局局长农村文化工作会议在宝丰先后召开奠定了理论基础。国家主流媒体的连续报道和新华社内部的“国内动态清样”（人称小内参）的关注，惊动了各级领导。这些应该感谢很多守规矩不参与违规演出的魔术表演者。宝丰有很多很多值得表扬的，我要单提的是丁发生先生。

这时的丁先生已年逾六十，常年在外的奔波劳累，使他饱经风霜的脸上刻满了疲惫和辛苦。他在凤凰卫视上的《冷暖人生》现场采访，已道出了多年来魔术演艺生活的坎坷与不易，之后他向我推荐他的小儿子丁德龙，使我一下子颠覆了过去对宝丰魔术那地摊戏式翻大箱的印象。小丁出神入化的《牌技》，在我面前舞得令我眼花缭乱、目不暇接。我正愁找不到在全国学习班专场晚会上的压轴节目，丁发生就给我送来了救命稻草。我立马邀请省文化厅艺术处原处长刘敏言和导演王志敏一同再次观摩，并最终决定让丁德龙上场表演《牌技》和《移形换位》，让老丁这年已花甲的老人表演一个《空中垂钓》，作为宝丰县最能拿得出手的顶尖魔术。老丁说，孩子跟着他学魔术，学业都荒废了。为了琢磨手法，半夜三更在被窝里练习。家里的两间房里零乱地堆积着厚厚的废旧扑克牌，估计少说也有上万副了，手都练肿了。

那晚演出时，丁老先生因年迈体力的不支，他在做钓鱼动作时差一点儿摔倒，幸亏他表演经验丰富，巧妙地掩饰了几乎露托的表演，使整台晚会天衣无缝地呈现了较高的演出水平，引起不小的轰动。《新闻周刊》以“中国农民的大卫·科波菲尔”为题，报道了丁发生父子一生致力于魔术事业的事迹，一时成为宝丰魔术的名片式的人物。

在以后弘扬“宝丰文化现象”一系列活动的路上，我和丁发生频繁地接触，了解不少他的魔术理念和思想心路。我和他在交际中，有很好的配合，也有碰撞下的矛盾，甚至于有过不想再和他打交道的想法。在郑州人民会堂演出，在英协剧场全国文化厅处长会议汇报演出，在北京西单民族文化宫大剧院演出，因为演出费用，我们两个针锋相对到撕破脸皮吵的地步，但始终没有影响我对丁发生在宝丰魔术发展理念上的尊崇和他在这个行业作为领军人物的地位的认识，因为我理解一个农民对自己家庭的责任，他没有那么高尚的无私奉献的精神，但他的付出已经为宝丰文化现象做了别人做不了的贡献。

2015 年在北京西单的演出，他和他的儿子丁德龙创作的新节目——机关魔术《火钉箱》——也引起了叫好。在后台，我想看看演出后的道具，就好奇地掀开盖着的被单。丁发生慌忙盖住不让我看，说是机关魔术就是一张“纸”，捅破了就没意思了。我知道他是要守护他的商业机密，外人知道太多，就砸了自己的饭碗了。

丁德龙的横空出世，是他老爹半辈子心血培养的结果。在北京京西宾馆的表彰大会上，我作为县文化局的先进代表，他作为民间演出团体的先进代表，同时出席，并又同住一室。他掩饰不住地兴奋，没有想到有生之年能在这样一个场合接受中央领导的亲自接见和颁奖。他说，这一辈子走南闯北，也算是值了。但谈起让丁德龙接受更高水准的培训和教育，联系中央戏剧学院表演专业进行脱产学习时，他却沉默了。

后来，我和时任县长亲自到水牛里丁发生的家中动员，承诺县里包揽丁德龙的全部学费，左劝右劝，始终也没有打动他的心。此时的小丁已声名鹊起，演出的出场费已高达上万元，他不想耽误这丰厚的收入。我们最终感叹道，这就是农民的狭隘利益、短浅眼光，怎么看也看得不够远。我们议论着，劝说着，但却无能为力去改变他的主意。

从《翻大箱》到《火钉箱》，丁发生一步步引领了宝丰魔术从地摊形式、大棚形式到登上大舞台的发展潮流，培养了一个宝丰目前尚无人超越的魔术表演人才，他无疑是宝丰县魔术文化的领军者。有人说他是宝丰的“老魔头”，确实是名副其实。

第四篇

走在乡里

回归火神庙

马街书会火了，这几年名声在外了。因了著名评书表演艺术家刘兰芳先生和陶钝先生的光临，因了国务院公布其为国家级第一批非物质文化遗产，因了中国曲坛名家们的每年“朝圣”，也因了政府举办的各种有影响力的大型曲艺赛事活动，马街书会的场面愈来愈宏大。出差在外，外地人会问：“宝丰有个马街书会，很大，是吗？”宝丰人很骄傲地回答：“是啊，俺宝丰的马街书会是世界上独一无二的曲艺大会。”过去，外地人一提起宝丰，说的是宝丰酒，宝丰人也很自豪。现如今马街书会的名声盖过了宝丰酒，成为宝丰人的一张形象名片，宝丰人便更自豪了，“我们是曲艺之乡”“我们是魔术之乡”“我们是中国民间艺术之乡”，老王卖瓜，自卖自夸，人家不夸，自己先夸开了。谁不热爱家乡？谁不眷恋故土？月是故乡明嘛。

马街书会的起源说有十多种，但大都神话化了，唯有庙会说言之凿凿，因为火神庙在应河边存续了不知多少年了。旧时，马街方圆百里几乎村村都有火神社，民众崇拜火神、敬奉火神由来已久。每年农历正月初七火神爷生日这天，家家户户、老老少少都要给火神爷上供烧香拜寿，保佑年内平平安安大吉大福。起初，人们只是用敲铜器玩社火之类的热闹形式给火神爷拜寿，后来逐渐形成了起庙会、唱大戏的习俗。应河边的这座火神庙，是沙汝河流域众多村镇火神庙的总庙，据清康熙四十四年（1705 年）九月初九所立《马街火神庙碑记》记载：“庙貌辉焕，粉壁绘像，而金身灿烂，四壁成观，一时游人君子履此地也。但见其南望舒山巍巍严严，回首东岭紫竹萱萱，聚晴西詹，露山崄崄，俯视应河水声潺潺，绿树成荫，山水相连，倚于休息哉，何地之盛也。”可见，其时火神庙已相当具有规模。据众多研究曲艺史的专家称，中原一带的说书艺人起于道教，那时传道布经靠说唱渔鼓道情，以此讲经论道。道长斜挎一圆形竹制或木制的覆以蟒皮的渔鼓，一手击鼓，一手配有竹板击节，击之罄罄。这是出现在马街书会上最古老的曲种。后来渔鼓道情逐渐演变成由三弦书、莺歌柳诸曲种合成的河南坠子，河南坠子的简板是由那两枝竹板转换而来的，而三弦书、大调曲子的八角鼓是否沿用了道情的竹筒鼓呢？看来是极有可能的，这是演唱工具的变革。而说书艺人严格的沿用全真道字辈，是维系这个千年书会的核心力量，培养了马街书会容纳其他民间宗教的开放性格。“道德通玄静，真常守太清，一阳来复本，合教永圆明……”“道”字辈是说书艺人的第一辈，即元代全真教丘处机，是说书艺人的开山鼻祖，而马街书会传说的“悼师说”，即马德平、马丹阳这第二辈。所以，马街书会的“庙会说”与“悼师说”互为印证，火神庙即为马街书会的根应确认无疑了。

马街书会因庙会而演变为书会，历数百年而不衰，其原因一个是由宝丰当地民俗所决定。马街成为中原一带说书艺人的朝拜“圣地”，正是因了丘祖，因了丘祖一代代的传人，他们是说书艺人心目中的“圣人”，而这里因了火神庙里供奉的香火，这里有历代艺人师祖的亡灵，大家每年便如朝圣一般来到马街。像穆斯林朝拜的麦加那样，马街成了中原地区乃至华北艺人心目中的“麦加圣地”。第二个原因由第一个原因而生。马街周围的百姓民风淳朴，热情好客，见千里迢迢风尘仆仆的艺人不辞劳苦前来“朝圣”赶会，以曲会友，说书亮书，教化民众，老百姓从说书艺人口里学到了从书本典籍里学不到的人生哲学、社会知识、劝善劝孝、处世道理，对艺人便崇敬有加，更视艺人如亲人。艺人到家，管吃管住，分文不取，应了宝丰人“无君子不养艺人”的谦谦君子之风。第三个原因是前两个原因形成的条件。马街四周聚集了大批说书艺人，这里又有元宵节唱“灯会”的习惯，他们便被邀去唱“灯会”，而这“灯会”也与全真道有千丝万缕的关系。久而久之，便有了亮书、写书、请书的“一条龙”。“唱灯会”的习俗为艺人提供了市场，艺人又在马街找到了“聚口”，解决了“朝圣”

赶会的往返路费，又有热情好客的马街人无私地待客，可谓一石三鸟、一箭三雕，书会从此名声远扬。东北、青海、内蒙古有骑骆驼、骑马在年内动身的艺人，安徽、湖北、山东等地有过了正月初一步行或骑驴动身的艺人，一齐向着一个目的地进发，一路晓行夜住，一路风餐露宿。他们心中有向往的马街，有最崇敬的祖师爷要拜一拜，有他们的同行师兄师弟师姐师妹要会一会，有他们常年来往待他们如亲生子女一样的干爹干妈要看一看，还有新近学来的新书新曲要亮一亮，交流交流，切磋切磋。马街对说书艺人如伊斯兰教之“麦加”，如天主教之“耶路撒冷”，那是神圣的精神家园、心中的“圣地”。为了这“圣地”，他们便义无反顾了，于是，一年又一年，这火神庙便成了马街书会的魂。每年正月初七，三眼铳三声震响后，火神社开始“祭拜”火神的仪式，然后是艺人“拜丘祖”“祭三皇”。“三皇”是三弦书艺人朝拜的“先祖”，故唱三弦书的又称三皇社。于是便有了清同治二年（1863年）司士选先生用“投钱入斗法”在火神庙计算朝拜的艺人数目的故事。晚到的艺人，赶不上祭祖的仪式，还会“望空拜”，不拜就不能扎摊亮书。旧时曾有艺人坏了规矩，被砸烂弦子不准说唱的故事。清同治年间并不是清史上的好年景，乾嘉朝应是清代最鼎盛的太平盛世。以此推断，马街书会的上会艺人鼎盛期远不止两千七百人。我们不由慨叹，这样一个热闹的震撼心灵的场面，怎么体会也不为过。

可叹的是那么一座神圣的火神庙毁于20世纪40年代的日寇炮火之下，中华人民共和国成立后因无神论又不能大肆修葺，香火时断时续，“文革”中彻底被破坏。后来村民偷偷捐盖了一座小庙，还被当时的媒体斥为“马街书会上的封建迷信大行其道”，连虔诚的艺人撅屁股磕头朝拜的画面也被某小报记者拍下来登在醒目位置，大加斥责。从此，艺人再不敢明目张胆地祭拜自己的“先祖”了。祭拜“先祖”的仪式没有了，一代一代艺人对“先祖”的那份感情随着岁月的剥蚀，心理、信仰的淡薄退化，以及市场文化的冲击而渐渐远去。信仰的缺失使艺人赶会先前那种“朝圣”感日渐褪色，亮书、写书、卖书，马街书会的比重逐渐向说书艺人的“交易市场”过渡，铜臭味越来越浓，相当一部分艺人冲着写书而来，卖个好价钱而走。这些铜臭味也让马街人的亲情味逐渐褪去，很多过去接待艺人亲如一家的百姓如今闭门谢客，那种“无君子不养艺人”的谦谦君子之风日渐式微。马街书会变味了，这是说书艺人始料不及的，也是马街人始料不及的。这都是因为我们把马街书会的魂给丢了。

如今马街的路越修越宽，牌楼越修越高，可远方的艺人却越来越少了。政府虽然采取了很多措施保护这一非物质文化遗产，如让机关部门写书、送书下乡，给写不出去的艺人发放路费等，但却有艺人拿了钱连书会都不上，或干脆在会上转悠一下就溜之大吉，纯粹成了“向钱看”。这种随意性的金钱观把那虔诚的情感、理念和信仰一点点地边缘化了。因此，我想起了火神庙。那些艺人和老百姓虔诚“祭拜”的习俗，是血肉相连的情感寄托，是说唱艺人的精神家园，是马街书会的根与魂，那里承载着宝丰人乃至周边百姓的厚重历史和浓浓情感，承载着先祖留下来的丰厚的文化积淀，正如河南省艺术研究院的刘景亮研究员所说：“到了马街我们才知河南文化的水有多么深。见了火神庙才知道我们多么没有文化。”这里有个小插曲：2004 年，县文化局为申报马街书会的第一批国家级非遗，请省里有关专家来宝丰论证把脉，来到火神庙，看到那副对联“日 昍 晶 㬌安天下，月朋晶 朤定乾坤”，而嘲笑自己不识几个字。其实这是道教的文化，只有《康熙字典》才能找到这几个怪异的字词。这是先祖几千年传承下来的文化传统价值观和文化氛围，不能在我们这一代手里丢掉。我们有责任也有义务接过这支沉甸甸的接力棒，一代一代传下去，薪火传承，让马街书会重放昔日光彩。

欣闻马街的火神社又恢复了活动。文化部门早年扶持他们恢复起了铜器社，对戏习俗也在几年前被文化部门拾了起来，火神祭拜也小有规模地举行。而艺人祭拜“三皇”“丘祖”的仪式在马街书会研究会也时断时续地进行过。但都没有大张旗鼓，有点偷偷摸摸，不成气候。再看新郑的“祭黄大典”，看淮阳太昊陵的“祭祖大典”，看湖北随州的“炎帝祭拜大典”，我们为什么不能立足火神庙而理直气壮地找回马街书会的根，重塑马街书会的魂呢？据说，县里已有了这样的打算，文化部门为继承传扬这一宝贵的先祖留下来的非物质文化遗产而专门成立了说唱艺术研究会，专题研究这一民俗的传承活动。但愿别让这座承载着马街书会厚重文化和马街人情感的小庙再孤单下去了。

贾复城的记忆

说宝丰是千年古县，那绝对没错。自东汉刘秀手下云台二十八宿将之一的贾刚侯筑城算起，也足有两千年。咱一不考证贾复贾刚侯筑城的历史背景，典籍史书浩如烟海早已有定论；二不追究贾刚侯在交马岭与郾王部下大战负伤、来净肠河洗肠故事的来历，在民间传说了千年的故事妇孺皆知自有它存在的道理。单是在我记忆中六十年前的古城墙、古街巷、古建筑、古石桥、古城门洞和现存的贾复庙，以及冬夜里老十字街那卖油茶老人的一声苍凉就足以勾起我无尽的乡愁。

1959 年，跟随父母从新疆喀什回来的我和姐姐、二弟，又跟随父母来到宝丰城。老家是二十里外的乡下，县城里自然没有我们的立足之地，于是就先寄宿在贾复庙后的老舅爷家。老舅爷是单身汉，当着街上的农会贫协主席，院子不小，有三间南屋。对面的北城墙权当院墙了。向西不远抬眼也是城墙，那是西城墙，所以说老舅爷家在城的最西北角肯定无疑了。院门开在院子的西南，出门就撞到贾复庙大殿的后墙，向东拐过去再向南，就是庙前街了。庙前台阶是青石砌就，两旁斜铺下去的也是整块的青石条。我和二弟及街坊的小孩子们天天在东边的那青石条上滑出溜儿，把青石条滑得明光明光的。至今东边的那条斜铺的青石条仍然光滑，西边的那条仍然粗糙。庙已无院落，俨然是一大平台，后面的三间殿里供着的神像，威武得很，在五六岁的小孩儿眼里是挺吓人的。

出了庙前街，西边是西城门的豁口。城门口路北边是个土墙垛的厕所，城门早没了，一路下坡，前面一条小河，逶逶迤迤、哗哗啦啦向西北方向流去，大人说这是从南边的玉带河过来的，人称“百步倒流水”。一座青石桥架在河上，老人说这桥老辈子了，明朝时就有了。那河水穿桥转而向北，再而向东，流进三角潭，和净肠河交汇了。河西岸高台上有个小村庄，说叫西关外，十几户人家的样子，有女子在这古朴的青石桥下洗衣，“咚咚”的棒槌声此起彼伏。可能是防止玉带河洪水泛滥的缘故，南边的城墙外是石头砌就的斜坡，一直延伸到河边都是石头砌的陡崖。到了“百步倒流水”，外面是高高的庄稼地，唯有里面通往古老石桥的这一段路，下面全是大石头铺就，也许年代久远车轧马踏，坑洼不平，镌刻着遥远的痕印。

玉带河与净肠河交汇处是城里人人知晓的三角潭。净肠河水从北边的五里头、三里营南边横冲直撞而来，遇到了城西北角城墙下的“潼关土疙瘩”，回旋出一个大深潭，才迤逦向东而去。那潭水乌黑乌黑的，打着漩涡，深不见底，大人们怕小孩子下去洗澡玩水，老是吓唬小孩儿们说，那里头可有淹死鬼，拉住脚脖子不丢，下去就没命了。那“潼关土圪垯”也神奇，千百年来，面对无数次的洪水冲刷，它巍然屹立，保护着这古老的城墙和城里人。

北城墙沿河由石砌的河坡保卫着，城头上每年照例是草儿青青，蒿草杆子齐腰，蚊虫肆虐，蹚一趟过去，满腿被咬得都是大大小小的疙瘩，痒得难受。城墙外的一处一处，还有勤劳人开的小片儿荒，种的蚕豆说是兰花豆，开着小花。淘气的我们拔人家的豆棵，被大人们追着骂。

唯一的北城门是石头圈起来的拱形门洞，也就丈把高，一丈多宽，仅就一辆大车的空间，过往的车辆拉水的多。城里井水苦涩，城里人多吃净肠河水，近处的北街人挑着水桶来挑水，更有专门做水生意的就天天来此拉水卖水。城门下去一溜儿向西北的河坡路，全是青石铺就，一直延伸到石桥。石桥也不高大，桥下也是铺的青石板，平时河水从桥下青石板上潺潺流过，水大时可从桥上漫过，又叫漫水桥。平时的河水是清清冽冽的，潺潺地流淌着，捧一捧水尝尝，甜丝丝的，沁人心脾。怪不得城里人会买这里的水吃，真是一方水土养一方人。

顺河向东，河面逐渐宽阔，城墙也有了豁口，东街的人出入河边走的就是这条道。东关外，离城很远的地方又是一座石桥。这石桥也是漫水桥一般的设计，很低矮也很短小。这里落差大了，水流急，哗哗地从桥下倾泄而南再折向东，离城而去。

南关的桥是四座城门桥中最高的石桥，玉带河从城西分流后，河水大部分引入净肠河了，一小部分河水顺着大寺的城墙根从南关桥下向东，护着城墙一段，最终又从下游的陈营、谢堂汇入净肠河，滔滔不绝，向东奔向汝河、沙颍河、淮河、洪泽湖，奔向东海，奔向太平洋。大寺附近的土城墙到了20世纪70年代仍保存完好，城墙内从西城门向南折向东有一条笔直的路，称为马道。过了大寺坑南边，路两边有了居民户，就称为马道街了。

老城很小，说是一只喇叭可响遍全城。城内的十字街是全城最高的地方，古时有一笑话说，一卖西瓜老农十字街翻了车，满车西瓜轱辘辘滚到四个城门。是说城之小呢，还是说十字街口地方最高呢?

南城门在南关桥内，东城门就在黉学的东边，这两处城门遗址在20世纪60年代就荡然无存了。只有东城门附近的护城壕因沟浅接近平地，在60年代曾经是集市，每早都是人头攒动热闹异常。东关外很长的一条街，也是旧时比较繁华的地方。

宝丰老城很小，是不争的事实。连老一辈宝丰人也自嘲道："铜襄县，铁郏县，宝丰像个烂猪圈。"从十字街往西往北往南看，一眼可到城门，也就个东街和东关外街连接一起，因旧时衙门设在这里的原因，迤迤逦逦有二里来长，这也造就了东街的繁荣。一街两行上门板的店铺挤挤挨挨，布店、绸缎庄、茶馆、杂货店、酒坊、油坊、药铺、煤炭场、福音堂、清真寺，林林总总。绸布店被面布多，一般人不是娶媳妇嫁闺女的话很少光顾这些地方。那药铺里老远就听得见药杵子叮叮当当的捣药材的响声。茶馆照例是顾客盈门，灶火上一溜排开几个被烟熏得黝黑的大茶壶，水咕噜噜滚开了，蒸气把壶盖冲得老高，滚水溢出来，流到炉火上，蒸腾起一股热汽。就在这热汽蒙蒙中，大碗里的大叶子茶也是惹得茶客们喷云吐雾地侃着聊着。衙前街有几间民间艺人集资盖的大草房，山头留门，偶尔有说书艺人拍着惊堂木，敲着简板，说一段《老包过阴》的故事。路北有个钱庄改成了人民银行，对面的民众教育馆是清代道光十三年（1833 年）的老房，也挂上了人民文化馆的新牌子。旁边新华书店的门脸像是西洋式的，和十字街的磨角楼、东街的白象贤故居俨然构成城里最豪华的地标性建筑。

仓巷街里有老酒厂，那水塔高，烟筒子也高，老远离一二十里都可看到。每天酒糟子车进进出出，撒得一路酒香味。除了宝丰大曲，那光肚子的老窖泥池酒也让很多老酒仙们唏嘘难忘。

记得小时发高烧，去县医院治病，父亲背着我从贾复庙前街左拐进入一胡同，南边是阴森森的高墙，斑驳陆离的老砖上满布青苔，被风雨剥蚀得坑洼不平。那墙高得没谱了，上面还有铁丝网罩着。父亲说，这是犯人住的地方，脚镣手铐戴着，长头发绿眼睛，说枪毙就枪毙了，说杀就杀了。天黑这里没人走路，冷不防会有红眼绿鼻子的鬼魂出来，说得我毛骨悚然，不敢扭头看。北边是菜地，萝卜、白菜、葱一大片，后边就是县医院了。县医院大门就是个大过屋，进去一旁就是取药的窗口。就着医院的长凳子，扒下裤子，屁股上挨了两针，疼得我杀猪似的叫。

小孩子一生病就哼哼唧唧地娇样起来，闹着要喝十字街的油茶。天晚了，街上冷飕飕的，寥寥无几的人。风灯下，一条长长的矮桌，两边几只小木墩儿，一只棉布裹得严严实实的罐子上，长长的壶嘴里冒着一丝丝热气，透着一股扑鼻的香。我和父亲的脚步声从西街那边沙沙地传到油茶老人的耳朵里，老人立马站起来，一声就吆喝起来："油茶啦！热哩油茶！"这一声吆喝，让我激动万分。油茶老人佝偻着身子，点头哈腰地接过父亲的一毛钱，殷勤地招呼入座，拿出一只不大的小碗，倾倒油茶罐子，倒出来香味扑鼻的油茶。我不顾烫嘴，也不品味儿，三口两口便把一小碗油茶吞下了肚。油茶老人笑笑说："孩子，慢慢喝，一勺一勺来。"我这才一小口一小口地咂起味来，那芝麻的香、小米面的香、花生仁的香，悠长到第二天早上嘴里仍然是余香萦绕。两小碗油茶入肚，肚子里热热的，浑身舒坦起来，但还眼巴巴地盯着那油茶罐子意犹未尽，恋恋不舍一步三回头地望着那风灯下暗暗的老人和油茶摊子。猛然间一声吆喝响彻街巷：“油茶喽！热哩油茶！”拖音后是一声叹息，那沉重的叹息如李树建《程婴救孤》里那著名唱段的叹息尾声一样，让人久久难以忘怀。

如今，六十多年过去了，时间如白驹过隙。宝丰县城发生了天翻地覆的变化，人们对贾复老城的记忆还有多少萦怀在心头？唯剩下那残破的贾复庙、黉学里的文庙，还有小巷子东侯街、仓巷街、曼家胡同、衙前街，角落里偶尔一两处清代建筑，似乎在记录着老城的悠远。

山乡小茶肆

乡村的夜，月清水静山朦胧，只剩下老牛的铃铛声，叮当，叮当，传得很远，很远……孩提时代那故乡的印象深深镌刻在脑海里，时不时地像放电影一样一遍一遍地重复那难以忘怀的镜头。

多年没回老家了,亲友邀我在山村里住上两晚,见见多年不见的老同学、少年时的玩伴儿，叙叙旧。于是当晚便约在村头茶肆见。茶肆？这山村里竟有如此的所在？我像发现新大陆一样地惊奇。亲友说，这山村的茶肆开办已是两年前的事了，原来人民公社生产队里最派头的几间仓库院，改造改造，临街开了门面，盘了灶，置了茶具，有书报、杂志、象棋、扑克、桌球、乒乓，还有大屏幕的电视，一应俱全。嗬，有这么个热闹去处，我便欣然前往了。

路过架在弯弯溪流上的曲曲拱桥，绕过那株老得不能再老的皂角树，老远便听见茶肆里的喧闹了。与乡亲们彼此打过招呼，客气地让着座位，我打量着这热闹的所在。茶肆的小主人忙不颠儿地跑前跑后，吆五喝六，水泥桌凳子上的一溜儿排开的汝瓷茶碗腾腾地冒着热气，气派人泡一碗雨前的毛尖儿，上岁数人喝的是六安瓜片，浓郁的茶香，诱得人喉咙眼儿里直想伸出一只手来。茧花厚实的大手在用筷子夹铲花生米粒儿，两人比赛着谁的技术高，夹得多。一盘酱萝卜，一盘拍黄瓜，奢侈的弄半斤熟牛肉，怀里揣着的老宝丰大曲便亮了出来。有好事者撬开生锈的铁盖，反复研究着生产日期，俨如评酒大师，在鉴定着酒的年代和真伪，那酒的淡雅清香便弥漫了整个茶肆。一碗清茶泡淡，两口老酒落肚，有健谈之人便率先打开了话匣子，从国际上中东的两伊战争开始，说山里江河厂炮弹卖得供不应求，职工的工资福利涨得没边儿了，说某村的万元户买了大轿车跑省城专线，那钱挣得海了去了；说亲戚宠闺女考上清华研究生，眼见是回不来了……古今中外，天南海北，那牛吹得是唾沫星子横飞，听的人是屏声静气，竟忘了面前放凉的香茶。还有人讲起妙善出家，剁手剜眼，以疗父疾，此等孝顺，感动天庭，得道成佛。高兴时伴几声爽朗恣意的笑，伤情时落几滴同情惋惜的泪，就这样喝一阵，笑一阵，聊一阵，叹一阵，白日里的劳累、白日里的烦恼就款款地解脱了。一会儿，那边儿传来"嘣嘣"的调琴声，一声苍凉的三弦书调便送入耳膜，"敬天敬地敬三皇，敬神全凭一炷香。那香烟飘飘上天庭，王母娘娘心欢畅"。我忙问"这里还有说书的？"亲友说，樊老三家喜得孙子，家里养的那头黄牛下了牛犊儿，双喜临门，一家子欢天喜地的，请来东乡有名的老余先儿，唱的是还愿书。嗬，这三弦弹得美且悠扬，那唱腔婉转处婉转，铿锵处铿锵，如此天籁之音，任什么都丢到九霄云外去了。水甜，茶浓，酒香，人欢乐，连同夜空里徐徐送来的槐花香味儿，直把人熏得晕晕乎乎。噢，这绵绵无尽的伏牛山里，这山野人家的小村庄里，如今竟有如此吸引人的所在。

老古皂角树上的大喇叭一阵子聒噪，听不清广播的是啥消息。茶肆的主人说，张老三承包了村东头的鱼塘，今儿和村里签了协约，请了乡里的电影队为乡亲们放映牛得草的《七品芝麻官》哩。年轻人好打呼隆，一窝蜂地涌向村子那头去了。剩下几个爱下象棋的主儿，在棋盘上摆开了战场。搓麻将的将麻将牌呼啦啦搓得山响，甩扑克打双升脸上纸条横一道竖一道扮着鬼脸，偶尔一声惊呼，惊得老古槐上的鸟雀儿扑棱个乱飞。有叼着烟卷故作深沉观棋不语的，有弓着身子咋咋呼呼支着儿谋划的……各人都找到了各人的乐趣。瞧吧，有跷着二郎腿，嘴里哼两句"吃了饭当时不饥，正东走腿肚朝西"的路戏，即将赢了的得意便猖狂的悠然自乐劲儿，哪像昔日里脸朝黄土背朝天的乡巴佬呢？

村那头的电影散场了，夜色渐渐地浓了，那老古槐上的花香也愈加浓了。茶客牌友们还没有起身的打算，电视里的节目正播放着央视的晚间新闻，一个个伸长脖子瞪着眼看着、听着，山民们开始关心起国家大事、国际形势了。

一群红男绿女挽胳膊拉手涌进这不算太大的茶肆，这茶肆便愈加显得狭小了。啤酒罐子“砰”的一声打开，那泡沫溅了老头儿们一脸一身子。音箱里哇哇一下，咚咚的爵士乐震耳欲聋，有人已随着节奏扭起腰胯，脚步重重地踩着，让地皮也微微动起来。老头儿嘴里嘟囔着骂了几句，拍拍屁股站起来，知趣地悄没声地走掉了。这里如今是年轻人的天下、年轻人的地盘了，但恋恋不舍，还要忍不住回头再瞟上两眼。

忽然，茶肆里飘出肆无忌惮的笑声，一阵小伙儿的开怀大笑，一阵姑娘喳喳的莺歌燕语。这声音回旋在街筒子里，冲向空寥的夜。这笑声，使朦朦胧胧的夜色更加朦胧，使寂寞的山村不再寂寞，连那条静静的山溪也不甘寂寞，唱起欢快的歌儿，连古皂角树上拴着那头老黄牛的铃铛声也传得更远更远。

啊，这小山村里的小茶肆，这茶肆里的小夜曲，如歌的行板，快乐地咏叹，如茶香一般的主题变奏……

情怀柳林

1947 年夏，刘邓大军南渡黄河，千里挺进大别山，一举拉开了中国人民解放军战略反攻的序幕。随着战争形势的飞速发展，1948 年 5 月，中原解放区的党政军首脑机关开始稳定驻扎在以柳林村为中心的宝丰地区。让这一带群众引以为豪的是，刘伯承、邓小平、陈毅等老一辈无产阶级革命家正式在这里指挥了千军万马，逐鹿中原，商讨中原野战军的整党整军及筹备淮海大战工作，历时五月有余，留下了不可磨灭的功绩。

正值夏秋之交，我们驱车向宝丰出发。太阳还未露脸，薄雾像轻纱一样悬吊在绿色的田野上空。八百里伏牛山绵延到宝丰境内，变成了片片丘陵。群山之中，闪出三条不大不小的河流——净肠河、泥河、石河。晶莹碧绿的河水，如一把正在弹奏的三弦琴，叮叮咚咚，不停息地向东流淌，在石桥镇最边远宝、郏两县的交界处汇入汝河。石河的南岸有个明代建筑压凤寺，泥河的北岸有两个小村，岭北的叫小北张庄，岭南的叫柳林。净肠河畔的宝丰城内，文庙大成殿巍然耸立在东街黉学院内。别看这几个不起眼的小地方，却是当年老帅们指挥千军万马、运筹帷幄的中军大帐和驻足之地。

压凤寺位于宝丰县城西北三十里的焦楼村。远远望去，万木葱茏之中，灰色的屋脊若隐若现，若明若暗。村干部领我们来到寺前，只见三间前殿，雕脊走兽，青龙白虎，朱雀玄武，后佛殿两厢各有三间偏殿，都是硬山顶。院内一株不小的皂角树，盘根错节，苍枝虬干，皂荚挂在绿叶之间。殿内的佛像泥塑早已荡然无存，壁画题诗依稀可见。此寺建于明代万历二年

（1574年），重修于清代道光二年（1822年）。这座寺院的坐落走向，不南不北，不东不西，一反建筑的常规，斜斜地依着村西大道。谈起压凤寺的来历，村干部眉飞色舞，滔滔不绝，将我们带入一个古老而神秘的传说中。

石河，传说是一条蜷伏地下的石龙，因它违犯戒律，被天帝罚下天庭。腾飞之日，挟风带雨，留下了这条澄清的河流。在它腾飞的上游，古人修建了一座龙兴寺，远近闻名，香客如云，名人墨客多岁岁祭奠，传说中的那条真龙在一个风雷交加的夜里腾空飞走了。下游，焦楼村西的古道两旁，有两条碧绿的小溪斜斜地汇入石河，形似一只展翅欲飞的凤凰。龙凤呈祥，大吉大利，人们不愿飞了一条龙，再走了一只凤，就在这条大道旁边，也就是凤凰的脊背上，修建了这座压凤寺，让凤凰永远留在这里，给人们带来吉祥。

细细打量着这并不稀奇的古寺，望着枝繁叶茂的树林，听着石河秋汛的喧闹，我们想起了革命老前辈们戎马倥偬，转战南北，在这简陋的小寺内建立的不朽功绩。

自刘伯承司令、邓小平政委率晋冀鲁豫野战军实施中央突破，挺进大别山，在江、淮、河、汉之间展开中原逐鹿，牵制了蒋匪大量兵力，缓解了山东和陕北的重点进攻态势。地处豫西伏牛山东麓的宝丰，以得天独厚的地理位置、优越便利的交通条件和深厚的群众基础，迎来了中共中央中原局和中原野战军首脑机关。1948年5月23日，中原野战军旅以上干部政治工作会议在压凤寺内举行。邓小平政委在这里作了《关于政策问题的报告》。三天的会议中，老帅们分析了攻克洛阳以后出现的新形势，部署了宛东战役，落实了新区土改和反匪反霸的政策问题。

顺着曲曲弯弯的小泥河，踏着老帅们走过的小道，我们走向柳林村。礓石岭下，“青纱帐”将小村遮盖得严严实实。举目望去一片葱绿，玉米正吐红缨，高粱半露白脸，大豆叶子上的露水珠儿被太阳照得一闪一闪。忽闻人声鼎沸，眼见车水马龙，才知来到村前。村前小河里人们正忙着修复被洪水冲垮的石桥。听村干部介绍，这座石桥曾是当年老帅们往返路过纳凉冲洗的地方。1948年6月15日，中共中央为了加强中原新区的领导，腾出空间，让粟裕统帅华东野战军机动歼敌，调陈毅和邓子恢同志到中原地区工作，遂与刘伯承、邓小平同志组成中共中央中原局和中原军区，邓小平同志任中原局第一书记，陈毅同志任第二书记，刘伯承同志任中原野战军司令员，邓小平同志任政治委员。从此，中原解放区的党政军首脑机关，稳定在以柳林、北张庄、赵官营为中心的三里五庄驻扎，这里就成了必经之道。陈毅元帅经常在这座清代古石桥上，眺望祖国大好河山，赋诗作词。河边那片杨树林里也多次召开军政干部会议。在柳林这个山清水秀的小村里，足智多谋的老帅们“运筹于帷幄之中，决胜于千里之外”。一道道命令、一封封急电，使宛东战役、宛西战役、洛阳战役、襄阳战役、郑州战役，纷纷告捷；郑州、开封、洛阳等中原重镇得以攻克。为紧密配合粟裕大将指挥的睢杞战役，中野动用在大别山退出而元气尚未恢复的一个半纵队打阻击，使豫东战役成为大别山以来最为辉煌的一场战役，使敌我双方军事态势发生了根本性的逆转，为震惊中外的淮海大战做好了充分准备。

时近中午，不顾旅途劳顿，我们涉过净肠河，来到县城东街的文庙大成殿前。文庙大成殿，创建于明代成化十一年（1475 年），五间大殿，为五坡四脊、单拱、单抄、双下昂的庑殿式建筑。拾级而上，只见殿内明柱暗柱，彩绘图案，琳琅满目；斗拱飞檐，雕梁画栋，气势恢宏。1948 年，刘邓大军在夺取“豫西牵牛战”、剿匪反霸等扭转中原战局的胜利基础上，于 6 月 17 日在这座大殿内召开了全军团以上干部会议。并接连在这里召开了整党整军会议和新区政策会议。

大成殿前的古槐呀，岁月的流逝，虽使你粗壮的树干平添一圈又一圈年轮；光阴的荏苒，虽使你光滑的树皮平添一道又一道裂纹，可你毕竟看到了那如火如荼的年代，那万马奔腾的场面，那雄姿英发的老帅，那伟大灿烂的历史进程。

一声汽笛的长鸣，使我从思绪中回到现实。夕阳斜照，给生机盎然的宝丰大地，披上一层金黄。时间如巨龙般的列车，会载着我们隆隆越过净肠河、泥河、石河，越过光荣的历史，向前腾飞。

春风桃李闹古镇

当你打开河南省地图，顺着焦枝铁路向南看，在伏牛山的东麓，沙汝两河之间，有个悠久历史的古老集镇——商酒务。

桃李竞放的阳春三月，我再次回到阔别的家乡。清晨，一下班车，我就被眼前的景象迷住了。清澈见底的浣河，蜿蜒曲折，像一条白纱缎带，缠着镇子绕了大半圈，径直向东南徜徉而去；夹河两岸，垂柳依依。杏花虽已凋敝，但那怒放的桃花、含苞待放的苹果花，恍恍惚惚像一簇簇被朝阳映红了的云彩。红绿丛中，升起缕缕炊烟。一阵微风拂面而来，带来了田野里浓郁温馨的芳香。啊，太阳露脸了，跳出来了。刹那间，绿树掩映下的青砖瓦舍首先染上了一层金黄。我走过青石桥，逆流而上，只见河岸边三三两两的学生正在晨读。有的端坐树下，掩卷沉思；有的漫步草滩，默读诵咏。风儿习习，溪水潺潺，鸟儿啁啾，书声琅琅，这里就是远近驰名的“春风书院”旧址。自从北宋著名的理学家程颢在商酒务监汝州酒税后，这个方圆几百里最大的榷酒之场，十里春风，十里酒香，商贾云集，热闹非凡。明成化十三年，任宝丰教谕的曹轸到此游赏，有感而发，留下了脍炙人口的佳句：“百尺楼台数里环，醉乡深处酒贤关。千家春散陶巾里，万斛愁消毕瓮间。”北宋元丰年间，理学大儒程颢在这里设立春风书院，讲学探讨，宣道劝义，广泛施教酒民子弟。宋代名士朱光庭因在春风书院授业而留下“程门立雪”“如坐春风”的佳话。后人为了纪念这位理学家，在讲学之地修造春风亭，崇奉他的功德。从此，“酒务春风”名扬天下。关于程夫子，在这个古老的小镇上，流传着这样一个故事：

清代嘉庆年间，桂林举子秦伯度进京赴试途中，夜宿“商酒务”。酒饭之余，他信步漫游，只见落日熔金，暮云合璧，万家灯火，遂陶醉于小镇的秀丽景色。兴犹未尽，忽见程夫子祠庙就在眼前，他急忙趋步入内，面对夫子金身，默默祈祷：程老夫子，明道先生，弟子秦伯度这次应试如能金榜高中，定给先生重修祠庙，再塑金身，使春风书院香火不断，先生之遗志永存焉。祷毕，三跪九拜，竭尽虔诚。谁知入京初试，秦伯度难以破题，他绞尽脑汁，无计可施。万般无奈，他索性抛开试卷，昏昏欲睡。朦胧之中，忽见一纱帽官服长者，手点试题，如此这般指导一番。一觉惊醒，秦伯度茅塞顿开，梦中所示，记忆犹新，连科三场，场场顺利，皇上恩赐进士，榜下即用知县。无巧不成书，秦伯度偏偏捧诏赴宝丰上任。此时的秦伯度，风华正茂，踌躇满志，再到程祠谢恩，细细端详夫子金身，与梦中老者无异。他心里暗暗揣摩：此乃程老夫子显灵助我也。所祈之事，一定照办！于是，他召阖邑乡绅父老，文人学士，集资捐款，重修了春风书院、春风亭和程颢祠。

传说虽带有神话色彩，不可相信，但秦伯度重修程祠却是历史真实。他曾撰文详尽叙述了修葺的全过程。这次重修的工程规模浩大，前后历时五年有余。入头门，进诚敬门，便是富丽堂皇、巍峨挺拔的春风亭。后面是供奉二程塑像的践履堂，雕梁画栋，飞檐斗拱。二程塑像，慈眉善目；两名小童，紧身衣褂，一作捧书状，一作拂尘状。再下便是司马光、朱熹及历代官员、学士名流所立碑碣。春风亭左右“有东塾，有西塾”，均为“延师课读并以栖学者之地”。特别是雄伟的春风亭，更是名闻遐迩。骚人墨客、风流学士，三五成群，慕名前来游览，登春风之亭，举杯把盏，吟诗答对，畅然为乐。可惜，这一庞大的古建筑群在战乱之中相继被毁了。

再次越过石桥，步入南岸校区，这里如今是名副其实的教育中心。农高、乡中、联中、村小等学校房舍毗连，鳞次栉比，分外惹眼；红墙蓝瓦，绿树掩映，一切都是那么静谧、安然。钟声响了，早自习的学生涌出校门，欢声笑语顿时溢满整个小镇。

攀上教学大楼，八方景物尽收眼底，远山含翠，近野吐绿。金家泉，一泓春水，汩汩地汇入浣河；那片片飘落的桃花瓣儿，随波逐流，向东而去，虽然是缓缓的，但它毕竟没有停歇，永不疲倦地向前流着。焦枝铁路，车站水塔高耸，信号闪闪，一列列引颈长鸣的列车呼啸而去，给小镇带来了繁荣文明和进步，又把小镇上成长起来的栋梁之材，送往全国各类大学。

浣河，清澈澄碧的浣河，轻快地闪着细碎的浪花欢欢地流着。河里淌的不是水，而是家乡的诗，家乡的爱，家乡的欢乐。

望着春环绿绕的小镇，看着日新月异的家乡，我不由得在心中默默地祝愿：振翅腾飞吧，美丽的春风寨，藏龙卧虎的商酒务！

春游龙兴寺

名刹龙兴寺，掩映在伏牛山余脉的松风杉影中，坐落于澄碧如玉的石河之阳，是宝丰、临汝交界处的佛教风景胜地，也是使我倍感亲切的故土家乡。春天来了，草儿绿了，花儿红了，鸟儿唱了，正是踏青游赏的好时光。

石河像一条地形分界线，把它的两岸分为两个截然不同的世界：北岸，连绵起伏、怪石嶙峋的湖浪山正以一簇簇红白相间的桃李花儿迎接久违的故人；南岸，平展展的麦田像一块绿绒毯，偶尔点缀着油菜花儿的俏韵。宽宽的河滩，任多情的轻风抚弄她那丰满的胸脯，流水则如一把琴儿正在弹奏清脆而甜润的优美乐章。走下洛平公路，迤逦西行十余里，便到了龙兴寺。三进三院的龙兴寺，是一个十分壮观的古建筑群，它始建于何代？众说纷纭，尚无定论。但从寺庙附近出土的大量的隋唐铜造佛像来看，建在隋唐时代的可能性最大。

入龙兴寺山门，即是构筑精巧的双层建筑——大雄宝殿。殿内佛像前有金刚伽蓝，中有佛祖弥勒，后面的观音菩萨站在莲花盆中，左为龟精，右为蜗牛怪。十八个泥塑罗汉，表情各异，形态有别，呈拱形分布。四壁粉画，与塑像互为映衬，气氛肃穆，加之烟雾缭绕，真有佛地仙境之感。继北进，登青石条阶，入皇姑殿。三皇姑塑像全身六臂，两臂上举，手紧握；两臂左右弯曲，手叉腰；两臂下屈，双手合十于胸前。全身金光粼粼，衣裙飘拂，神态安详，栩栩如生。浑铁铸成的三尊佛像，坐落在二进院的大佛殿内，佛祖则一手执拂尘，一手微握，食指与中指并拢与上指，那神态似是正在讲经说法。

最后的三进院规模最大，建筑也更加古朴雄伟。正殿宽敞明亮，前后潜檐，雕梁画栋，富丽堂皇。地藏王菩萨像高约丈余，腰数围，戴王冠，着龙袍，两眼平视，双手互握，神态极为安详。西面为奶奶殿，长方形底座上有大奶奶、二奶奶、三奶奶三尊塑像。大奶奶身前倾，手扶一子；二奶奶腿旁立一子，一手抱女。两神皆怒目手指三奶奶，而三奶奶则畏缩在最后的墙角处，战战兢兢，神色慌张，肩扛、背驮、臂拐、手扯数名幼童，幼童哭泣不前。形象逼真，堪称一绝。看到这里，我不禁哑然失笑，是啊，三奶奶盲目多生，违反计划生育政策，理应受到大家的斥责啊。东面的花姑殿里，塑着三尊或坐或立或蹲的花姑像，花姑发插金花，楚楚动人。传说花姑爱花如癖，凡人祈祷如不送花，便降灾加病。于是送花的人络绎不绝，花姑奶奶的鬓间便成了花的世界。

三进院的二门外，还有一片屋宇，那是伽蓝殿，潜檐下巨大的石柱上满是雕花题字。

出寺向北眺望，半里许巍然耸立着三座七级砖塔，塔顶置有红铜铸就的南海观世音，造工十分精巧。

啊，恢宏壮观的古老建筑，我的心醉了，像喝了一杯醇香浓郁的宝丰酒。

蓦然，一觉惊醒，乃是南柯一梦。我揉着惺忪的睡眼，梦中情景仍然历历在目。啊，古刹龙兴寺，你的名字已湮灭多时了。你的身子历经战火洗劫，至“文革”骚乱，已是败壁残垣、满目疮痍了。如今只剩下几座孤苦伶仃的偏殿，塑像也荡然无存了。

朋友来访，谈及此事，我自然又是长吁短叹，不断发出惋惜之声。饶有兴趣的朋友却眉飞色舞地说：“龙兴寺虽已凋敝，然而风景犹存。石河可看，那人造平湖更可看啊。”对，高峡已出平湖，龙兴寺旧址之上便是龙兴寺水库。我欣然从命。

顺石河逆流而上，眼前是嫩绿嫩绿的一片。怪石，碧水，杨柳。大自然把春光的美毫不吝惜地赐予了石河两岸的人们。登上水库大坝，浏览湖光山色，精神猛然为之一振。极目望去，水天共一色，苍苍茫茫。夕阳西下，风儿吹皱一湖春水，细碎的浪花泛着金色的、碧绿的光点，连两旁绿的山峰也披上了一层金黄。水库中心，一叶扁舟正摇摇晃晃向里面荡去，一群鸭儿毫不畏惧，向小舟儿围了过去。“这儿的野鸭胆儿真大！”我说。朋友笑了：“这是水库养的鸭儿，喏！野鸭在远处哩。”我顺着所长的手势向西望去，只见峡谷深处，浮着黑压压的一大片，起飞的，落下的，扑腾水面的，俨然一个繁忙的国际机场。朋友兴致勃勃地介绍说：“龙兴寺水库是宝丰县最大的水利工程，它每年可以灌溉下游十几万亩农田。近几年洪水泛滥，它为石河下游分洪，使十余万人民免受水灾之苦。如今，班车直通水库，垂钓、游览的人络绎不绝，我们正打算辟为旅游区呢。”朋友滔滔不绝地叙说着有关龙兴寺的逸闻掌故，我被带进了一个神奇的传说之中：

明朝初期，这里野旷人稀，狐狸成群，百姓经常受扰害之苦。有一年冬天，济公和尚云游至此，在龙兴寺开坛讲道。日落西山，便听见野外纷纷杂杂，呜呜咽咽，一片野兽吼叫。济公命小僧大开山门，只见雪地里数百双绿莹莹的眼睛盯着庙内。众僧大惊失色，悚悚然蜷成一团。济公和尚坦然自若，仍闭目说法。谁知群兽听到济公讲到妙处，皆学众僧打坐雪地，洗耳恭听，那股虔诚劲儿比和尚们有过之而无不及。济公猛然拍案而起，手指狐狸怒斥道：“此等孽畜，如若滋扰百姓，我佛定当不容。”狐狸们连连叩首，诚惶诚恐。自此狐狸销声匿迹，村庄寺庙相安无事了。济公走后，百姓感其恩德，便称其寺为“训狐寺”，附近的山也叫“训狐山”了。

古老的故事传说，给龙兴名刹披上了一层神秘的色彩。党的十一届三中全会为人民驱散了阴霾，石河两岸的人民从此吐气扬眉，在这块锦绣的土地上辛勤耕耘自己美好的前程！

夜幕笼罩着大地，群山、古寺和水库、星儿在闪烁着欢乐的光，不知名的鸟儿发出梦寐般的咕咕叫声，水面上泛着蓝幽幽的涟漪，像抖动着一匹深色的丝绸缎子。

月亮从云里慢慢地跳出来了。多美啊，湖光春月夜，听十里蛙鸣，闻百里麦香，望万家灯火，我不禁喃喃叹道：“美哉，龙兴寺！”

马街书会抒怀

春天，是多少艺术家们喜欢表现的题材啊！千百年来，诗人吟咏她，作家赞美她，画家描绘她。是的，莺争暖树，燕啄新泥，蓝天是那么清新明洁，阳光是那么明媚绚丽，春变幻着世界的色彩，滋润着人们冷缩了一冬的心田，僵硬的一切都被她融化了。就在这春意盎然出新绿的日子里，我们一行数人前往宝丰城南的应河之滨，参加全国曲坛绝无仅有的盛会——正月十三马街书会。

朝露莹莹的清晨，耀目的红霞把嫩绿透明的天空染成了一幅色彩艳丽的画卷。应河舒展开它那刚刚苏醒的身躯，任柔软清澈的溪水悠悠流淌，喧嚣奔腾。放眼望去，只见四面八方的人流顺着大道循着小径，百川归海般地向马街村东的河湾里聚拢，把近三百亩的场地挤得水泄不通。

“咚，咚，咚！”三声礼炮鸣过，整个会场顿时沸腾了。说书的艺人们，或结伴成班，或单人独弦，摆开姿势，抄起乐器，开始亮书献艺了。瞧吧，那望不到边的会场上，说书摊连着说书摊，献艺棚紧挨献艺棚，精神抖擞的艺人们，仿佛忘掉了长途跋涉的劳顿之苦，一个个放开嗓门，八仙过海，各显神通。简板、琴弦、铙钹、手鼓，叮叮咚咚，嘈嘈切切，似风吹竹林，如雨洒荷塘。他们或文或武，或古或今，有说有唱，真乃千姿百态，别有韵致。

马街书会历史悠久，源远流长，大约在七百余年前的元代延祐年间，这个古书会就已经形成了。每年一交正月新春，毗邻河南的安徽、山东、湖北、陕西，至东北的辽宁、天府之国的四川、河西走廊的甘肃等地及本省的艺人们，便蜂拥而至，连北京、上海、天津大都市内的著名艺人，也竞相赴会。相传马街书会最兴盛的一年是清代同治二年。那时马街村有个叫司士选的儒生，曾在南阳府任儒学教授，此人酷爱曲艺，诗词歌赋无所不精。告老还乡后，由于德高望重，被推举为会首，当时不少的曲坛名流，都拜他为师，尊称他为“司总管”。那年，他请了三台大戏为书会助兴，为了准确统计到会亮书的艺人数目，便让艺人们到火神庙进香，香案前放一个升子，每位投一枚铜钱，事后一数计，不多不少两串七。也就是说这年赶会的艺人，竟达两千七百人。

十三马街书会，逐渐被艺人们当作检阅行当阵容、拜师会友、进行艺术交流的节日。上会的艺人们，近年来总在三四百摊，千余人上下；赶会的群众总在数十万左右。1981 年，全国文联副主席、曲艺家协会主席陶钝同志和著名评书演员刘兰芳先生专程从首都赴马街赶会。会上，陶老目睹胜景，心潮澎湃，即兴赋诗，留下了“马街竞艺溯源长，负鼓携琴汇现场。说古论今依旧事，万人空巷看兰芳”的美好诗句，真实地道出了马街书会的盛况。

我们一行在艺术的世界里徜徉，在人的海洋里穿行。听吧，《杨家将》，铁马金戈，狼烟滚滚；《宝玉探病》，儿女情长，如泣如诉。演唱者，各具风采，各有特色，有的如山间溪流，刚刚泻入高山峡谷便又缓缓注入宽广的河床；有的声若洪钟，如大江翻腾滔滔巨浪，无论是喜是悲，都楚楚动人字字珠玑，嬉笑怒骂皆成文章。再看那操琴拉弦的，微闭双眼，神情如醉似迷；入神的观众凝神屏气，如痴如呆，伤心处洒两滴酸酸的泪，美妙处弯两道纤细的眉，高兴处伴几声放荡的笑，无须解释，一切都在不言中了。安徽花鼓，山东琴书，风格迥异；大调曲子，河南坠子，各领风骚；评词，道情，柳琴，三弦书，都在这里展示自己独有的神韵。传统的公案戏、现代的新书目都具有浓郁浑厚的乡土气息，使人听来倍感亲切。啊，这样一个偏僻的村野，竟有如此之魅力牵动全国艺人前来聚会，不能不是奇闻一则。带着这个谜，我询问了几位常来赶会的老者。他们解释说，一是马街的地理位置十分优越，南临宛境，可达荆襄；西倚伏牛，是深入山区的要道；北里汴洛，东滨漯河，是通往豫东大平原的门户。过去，马街是经商的骆驼队、骡马帮来往贩运的“古鸦路”要塞。这些生意人对马街书会及当地的风土人情了如指掌，自然成了书会的义务宣传者，很多远方艺人就是这样慕名而来的。这里有人类的祖先三皇，伏羲氏、轩辕氏和神农氏，还有他们敬奉的祖师爷、艺人的鼻祖——丘处机，是每年一度的朝拜“圣地”。二是宝丰一带民风淳朴，热情好客，马街村人对操办书会的兴致极浓，逢年过节可草草了事，办不好书会将悔疚终日。对艺人情同手足是祖祖辈辈流传下来的美俗，宝丰周围的乡邻们对赶会的异乡人管吃管住，分文不取，艺人们在这里结下亲缘常年来往的不乏其人。三是书会的书价高，会期的书价一般比平时高出几倍乃至几十倍。引得方圆百里的村镇慕名前来书会寻求高手，为元宵灯节演唱助兴。这几年政通人和，昌平乐业，百姓过上了舒心的日子，谁不想在年头年尾热闹热闹呢？请大戏受折腾添麻烦，于是简板琴弦一台戏的曲艺，便成了“热门货”。因此，深深植根于马街这块丰腴之土的古书会，便如一朵奇葩，愈开愈盛了。

马街书会，是春的使者，给村村寨寨撒播了文化的种子，带来了春天的信息。

来吧，远方的贵客。好客的主人一定陪伴您领略这艺坛荟萃的奇景，您一定会乐而忘返，沉醉在村野之间，融化在这清新的芳香之中。

走进唢呐村

这是伏牛山麓一个极普通的小村，被一支支唢呐吹得名声大噪。村里上至古稀老人下至八九岁的娃娃，都会来两下子。从早到晚，村里滴滴答答的唢呐声接连不断。一个个唢呐班，大都是夫妻、兄弟、父子班，还有的是儿女掌笛、两口子捧笙、老太婆打梆的家庭班。难怪人们一提起宝丰县的韩店村，无不啧啧称道："名副其实的唢呐专业村。"

在县城举行的文化户座谈会上，我有幸见到韩店村的杜大爷。县文化局局长介绍说，杜大爷是村里挑尖儿的行家里手，他的唢呐雄浑豪壮，声儿响，音儿准，味儿足，在市里比赛还得了一等奖哩。我请杜大爷谈一谈，他沉吟半晌，末了说："俺村的土地净是淹死蛤蟆的沙礓土。解放前一遇灾荒，村民便胳肢窝夹支唢呐，四处去混饭吃。吹来吹去，落了个八辈子不能入老坟的下九流。如今生活好了，谁不想乐一乐，于是这唢呐也就成了人们的娱乐工具。"

为盛名所招，我走访了韩店村。村子很静，不见人影，更听不到一丝儿唢呐声。村干部惋惜地对我说："真不凑巧，三十多班子都被请去了。现今谁家生意开张，婚丧嫁娶，甚至连母牛下崽也要请个唢呐班热闹热闹。"

正说着，一阵悠扬的唢呐声隐约传来，村干部猛然跺脚道："忘了，忘了！这村也有一对儿青年结婚，用的是自家的唢呐班呢。"

新婚喜宴上，我惊奇地发现，一群西装革履的年轻人随着唢呐曲子翩翩起舞，新娘子掌笛，丹凤眼里流出的是蜜；新郎捧笙，红润的面庞带着无限的喜悦。我有点冒失地问新娘："过去都说吹唢呐是下九流，你不计较吗？"新娘子倒挺大方："咦，你还翻那老皇历哩！俺这里谁不会吹两下子？你要不会，寻对象还作难哩。"新郎新娘都笑了，笑得是那样的甜，那样的美。

骚动的小镇

每逢集日太阳泛红，背着、扛着、担着、抬着的山民们便循着野径山道来到小镇。陡然间，温顺得如同一头小毛驴的小镇可着劲儿地嘶鸣撒欢了，连街中间那一溜子四五个酒馆儿饭铺子也昂首撅尾一脸喜气。日落西山的时候，山民们或南或北或东或西地散去，小镇的一切便又归于平静，如同疲惫慵倦的小毛驴呼呼睡去。这是我的家乡，伏牛山窝里一个小得不能再小的小镇！

小镇平静呢，居民的日子平静呢，平静得如同重重叠叠绵延八百里的伏牛山巍然耸峙呢。

山桃花开得热热闹闹的时候，山外的城里来了个撑着小阳伞的“洋女子”。不高不低不胖不瘦的身腰儿，红裙子白裙子黑裙子一天换几样儿。似桃花又红又白的瓜子脸上有两道又细又弯的眉，樱桃小口粉嘟嘟的分明是擦了口红。小镇在惊呆之余又窃笑说：“嗬！瞧那鸡肠子似的裤儿紧绷着滚圆滚圆的屁股蛋儿！那薄如蝉翼的胸罩里微微耸动的两座小山……”

不知啥时候，小街的拐弯处竟开了三间门面，一串鞭炮声响过便挂出一串花里胡哨一闪一闪的小灯泡子，一块儿醒目的招牌上赫然写着：新时代咖啡店。

雪白的墙，洁净的座儿。这店自然是那“洋女子”所开。既卖咖啡、茶叶、糖果、香烟，还卖那山里人认为泡菜水、涮锅水似的又苦又涩又酸的啤酒小香槟。有书报、杂志、扑克、象棋，四人坐一圈儿的麻将桌，还有摁一下就“嘭嚓嚓”震耳欲聋的洋机子。

于是，镇里的“二道猫”男人们便三三两两地来了，和那当女掌柜又兼女招待的“洋女子”套近乎飞媚眼，有一搭没一搭地闲扯皮，皱着眉咧着嘴喝着那乌黑的“涮锅水、泡菜水”。镇里的女人们也带着醋意来到了店里，没拽走男人们反又被电视录像里男欢女爱的镜头弄得昏头昏脑不知夜已近半。

很快，这咖啡店的生意红火起来、兴隆起来。弯进这街角，人们的身子便不由自主地往里扭。买盒儿带把儿的香烟来，来杯浓甜的咖啡，浏览一下山外的世界，摸摸市面上行情的跳动。小青年仄起脸儿听城里婚恋嫁娶的新鲜，末了调调屁股还想蹦几下迪斯科。当家的人一听见“啥子”信息便要打破砂锅问到底。连镇上最体面的那些个人物头儿，也每每踅进这咖啡店来买包火柴什么的，听一听女掌柜唱歌似的描绘花儿一样的山乡未来呢。

嗨！可苦了街中那一溜儿酒馆儿饭铺子……

嗨！可冷落了镇子里大小媳妇儿们的一片似水柔情……

这搅动了小镇的宁静和平稳的咖啡店呵！

有消息说，咖啡店办了个时装剪裁班，让山里的大姑娘小闺女们也穿那露肉露皮显山显水的时髦衣衫。

还有消息说，咖啡店勾引得人心野不说，竟有男女搂搂抱抱没明没黑地跳舞，为此有小两口打架闹离婚争风吃醋败坏了小镇的名声呢……

于是，月黑风高的某夜，咖啡店的招牌竟不翼而飞，连同挂在门外的喇叭箱子。青天白日有人恶作剧把屎尿罐子摔在店口，捎带又在门上抹了几把。电线铰断了接上又铰断，水缸破裂了买只水桶转眼间又不见了。“洋女子”的胳膊肘嫩腿终于没能顶住伏牛山岩的碰撞而哭笑不得地上了门板，同凋零的桃花瓣儿一起飞向山外去了。

啊，小镇，我的家乡哟！小镇的掌柜们舒心，媳妇们舒心，连周围的山也重重地吐了口气。然而，街上那一溜儿酒馆饭铺子依然冷落，媳妇们的裤腰带上依然拴不住自家的男人。

镇上那位高中刚毕业的千金在街角又开启了门面，烫金的大招牌上仍赫然写着那六个字：新时代咖啡店。

小镇的日子终于不平静，连同那亘古不动的伏牛山呢。

魔术之乡拾趣

这是一个喧闹的所在，谜一般的世界，周营村的魔术大会在农历的四月初八如期举办。

听，传统的吹打乐，时髦的电子乐伴着人群发出的惊叹声、欢呼声，以及生意人的叫卖声，汇成了一曲粗犷雄壮的交响曲。

谜，好奇心驱使我要看个究竟，探个明白，可是人墙固若金汤，任凭俺五尺大汉百般挤搡，怎么也冲不过这屏障。于是情急生智，我把随身携带的照相机高高举起，声呼“同志，让一下，让一下！”真灵验，人们扭头看看我这白面书生手中的相机，认准我是哪来的记者，纷纷客气地主动闪出缝隙让我挤到舞台的前沿。

看清了，古楼式舞台中央悬挂着“宝丰县赵庄乡首届民间魔术大赛”巨幅会标，那烫金字遒劲洒脱，在熠熠日光下，显得格外醒目。

这时，台上鼓乐大作，在迪斯科舞曲中。五名青年男女，粉墨登场。细致的妆容，艳丽的彩衣，男的如矫健的雄鹰，女的似轻盈的燕子，或如游龙，或似飞鸿，多姿多彩，引人入胜。怎么玩魔术的跳舞？我正纳闷，只见表演者聚拢、分散时，“呼”地扯出长长的条幅，上写着“百花齐放，推陈出新”的字样。“哗——”台下响起巴掌声。接着空中来鸽，束束鲜花撒向观众，婀娜中显透着神妙，从容中蕴含着新奇。顿时，会场欢声雷动。咔嚓、咔嚓，我的相机忠诚地为我摄下了这一组绝妙的镜头。

从这个台子里挤出来，我已气喘吁吁、大汗淋漓。本想稍事休息，可整个赛场人如海、歌如潮的壮观景象，几万农民顶着烈日欣赏魔术节目的痴迷劲儿，使我又不由自主地走向第二个、第三个舞台。在一个凯旋门式的舞台上，正在上演魔术短剧，只见衙役将一个摆摊卖膏药的无辜老人抓进县衙。老人据理力争，县官大怒，先是毒打，后将双脚用铁链捆住，手用铁铐锁上，绑在木桩上示众。忍无可忍，老人气冲斗牛，动了魔法，只见他一运气，“啪”，脚镣崩断，手一闪，手铐散开。县官惊恐万状，正命衙役上前，只听“轰”的一声，庭堂上冒出一股烟雾。当烟雾散去，老人不见了，只见县官嘴里塞满臭袜子，被绑在木桩上，吓得瘫软在地。妙！这出原为“仙桩换人”的传统节目，被赵庄乡的魔术师们改造成魔术气功剧搬上舞台，将单个表演的小魔术串联起来，赋予戏剧色彩，反映劳动人民反压迫的斗争精神，歌颂人民的聪明智慧，戏谑封建官僚的残暴丑陋。这情、这景、这艺，不能不说是一种革新创造。人群里不断爆发出开心的大笑声。神秘的小魔术，变幻无穷，得心应手；捧腹的滑稽戏，生动活泼，妙趣横生。手不知不觉中施展出千变万化，令人惊骇紧张，又给人以轻松愉快的感受。乖乖！这是农民的节目吗？是的，不错，这是真真正正的农民魔术团体大会演，野地里正飘来阵阵沁人心脾的泥土芳香呢！

赵庄魔术源于何年何代，无从考据，从岔河寺村农民毛强家中发现的四个石掷子来推算，少说也有二百多年历史。石掷子各重二百公斤，长方形，门墩儿而大小，中间皆有手铐。毛强说，这四个石掷子是他老爷练功所用，后来老爷考上了武状元，就把石掷子作为传世之宝保存下来。毛家师承祖艺，世代相衍。他与父亲毛玉山组成的气功魔术团，表演粉瓷、气崩钢链、手指钻砖、双耳贯风、走刀桥、上刀山、空壶来酒等二十多套节目，颇受人们喜爱。

旧社会，赵庄一带地瘠民贫，十年九不收，灾荒之年，百姓便携妻挈子，四处逃奔。为了生存，就苦心习练各样功夫，耍枪弄棒变戏法，或于街头巷尾“撂明地”卖膏药，或于庙会广场围棚卖艺，玩些“空碗来水”“割头换项”“大锯锯人”等令人毛骨悚然的活儿。他们自我解嘲道：“一捆围布一根绳，一捆竹竿来搭棚，真真假假变戏法，换得银钱回老营！”由此可见，民间艺术的兴衰受政治气候的制约，也受丰歉年景的影响，艺人所追求的，即是养家糊口。

时代变了，赵庄乡农民过上了从未有过的好日子。囤里满了，兜里有了，睡梦里都笑出了声。于是老艺人重操魔棒，带徒传艺，逢年过节就拉出来玩玩。谁知一发不可收，几年间，该乡大到魔术杂技团，小到木偶表演队，如雨后春笋般冒了出来，五花八门，有七八十个团体，千余农民从事这项活动。农民没有忘记自己的“本分”，庄稼活儿忙的时候精心侍弄，一挂锄钩，便操起家伙，结伴而行，外出演出，一直到来年麦熟，才转回家中。乡文化站的同志告诉笔者，一到农闲，他们便流入城市，走向祖国的四面八方，置身于大中城市的剧场、公园，占领了专业团体的舞台。几年间，赵庄乡艺人足迹踏遍了全国二十四个省区，既活跃了群众文化生活，又使艺人得到了好处，每年收入平均在六十万元以上，表演团体的固定资产也达二十多万。这个乡成了地地道道的魔术之乡了。

现今，赵庄乡艺人已掌握古彩、手彩、门子、苗子、光子等二百四十多套节目；同时，各团体普遍注意服装、道具、灯光、器乐的装备，实现土洋结合，形成了庄户剧团特有的风格。

唱吧！跳吧！乐吧！魔术之乡的魔术师们，衷心祝愿赵庄乡的魔术事业兴旺发达。

家乡的田野上

（一）山槐花

山崖底，山道旁，农家小院的角落里，零零散散，一株，两株。枝干是粗糙的、皴裂的，一道道皱巴巴的沟壑，像八旬的老人弯腰弓脊，那模样，多难看。叶子小得可怜，充其量也不过指甲盖儿大小。有人说，别指望她装扮春天，生就的小气鬼，那枝杈光秃光秃的，迟迟不肯奉献。你真的那么孤单、那么难看、那么小气吗？啊，不！我记得当桃李早已凋敝，牡丹蔫头蔫脑的时候，你竟在一夜间吐出一串串洁白，娇小的身子便缀满了枝头，掩住了叶芽，无意间留住了春天。还有你那诱人的浓香，溢满山沟，溢满小院，流向原野，流向山外，引逗得蝶儿翻飞，招惹得蜂儿更忙。

啊，山槐花。

（二）山泉

冷冷地躺在大山脚下，与顽石做伴，和泥沙为伍，无人理睬，头顶是巴掌大的天。她不挪窝，也不想挪窝，没有海洋般的惊涛裂岸，波翻浪涌；缺少江河般的一泻千里，汹涌澎湃。

年复一年，终究被认识了。她博大坦荡的胸怀，会使你想到广阔无垠的大海；执着顽强的性格，会使你想到长江、黄河。雷霆暴怒下，她冲出了山坳，带走了沃土，造就了绿洲。她有的是一种精神——永不懈怠。

（三）麦苗

两片纤细纤细的叶子在凛冽的寒风中哆嗦，那是在无遮无拦的旷野。霜打她，雪压她，她不呼救，也不会呼救。早已进了暖室的那些娇嫩的花草们，正在显眼的地方向主人卖弄风骚。霜雪对她无情，人也毫无情义。

潇潇春雨抽着脊骨儿，她忍了，挺住了，等着第一声春雷便拔节吐叶，悄悄地把原野变成了一片绿海。春天来了，百花献媚在公园，人们涌进去了。松柏迎客在名山，人们爬上去了。谁都对她不屑一顾，她和黄土呢喃为伴。

她那样默默地生长着，分蘖，拔节，扬花，孕穗，她明白，她知道，所以她一刻没有停息。

到了收割的日子，成群结队的人们涌向她的身边，一镰一刀地砍向她的身躯。然而，她终是听不见那啧啧的赞美声，因为她的身子已经枯萎干涸。

（四）播种

掌稳舵把，小舟在爱海里荡漾。乌墨似的万顷海面，犁出黑色的波浪。驾舟的小伙儿醉了，忘了双桨，眼睛盯着那浪花，浪花翻过来，咦，姑娘甜甜的酒窝。扑下身子，掬起那酒窝，吻个够。不是初恋却像初恋心摇魂荡。

希冀孕育在这如胶似漆的温柔梦里，这儿将要诞生爱情的结晶。

一代代繁衍在这里，劳碌在这里，收获在这里。爱她吧，慈母般的黄土地。

（五）春天的河

清清的，静静的，无声无息地淌着，淌着，清得如少女闺房里的菱镜。不敢掬一把濯面，不敢插一趾涮足，这是圣洁的水呢。春姑娘正羞答答地姗姗走来，低眉顺眼，不会放浪，温柔多情，没有恣肆。夜幕像块遮羞布蒙住世间生灵的耳目时，你才能从梦里感觉到她（咯咯）的笑。

紫砂情话

宝丰因宝藏蕴含丰厚而得名，甘洌清香的莲花酒，使它获得“醉乡”的美称；取之不竭的乌金墨玉，使他誉得“煤乡”的桂冠；如今，古色古香的紫砂陶，又在宝丰大地这块绮丽的锦缎上，绣出一朵分外惹眼的奇葩。

怀着对紫砂陶神奇的向往，怀着对家乡特产偏爱的心理，初夏时节，我匆匆踏上了前往紫砂工艺厂的路程。熏风轻轻地抚弄着车窗，把燥热和烦闷都拂去了，旅途的疲劳一下子消失得无影无踪。远山，近野，是绿的世界、绿的海洋，到处呈现着勃勃生机。车轮飞快地转着，一棵棵浓郁蔽日的白杨向后急速退去，我的思绪也随着退回到那北宋汝窑坑冶的鼎盛日子里。

伏牛山的东麓，峰连着峰，岭接着岭，如海浪般起伏跌宕；沟接着沟，川连着川，似长蛇般曲折蜿蜒。沟壑里，平川上，交错毗连的瓷窑青烟缭绕，袅袅升腾，和云彩汇在一起，漂浮在群山的上空。看不见碧蓝的天穹，连太阳也显得少气无力，昏黄昏黄的。深幽幽的沟壑里，平坦坦的山丘顶，点缀着堆满窑具和碎瓷片的制坯厂。披甲顶盔的武士们执刀操矛，虎视眈眈，冷眼盯着一群群衣衫褴褛、脸呈青紫色的瓷工们，这就是北宋元祐初年，清凉寺汝瓷窑群为宫廷烧制瓷器时的情景。当时的清凉寺是汝窑的中心，北起汝州，南到鲁阳，绵延数十里的汝窑群星罗棋布。朝廷在此置青岭镇，设巡检司专管坑冶。后因汝窑扬名，为五大名窑之首，宝货兴发，又曾易名兴宝镇，宋宣和二年（1120 年）蒙朝廷赐名宝丰。那位皇帝不是什么好皇帝，丧权辱国，终被金国掳走，受尽折磨。但他对艺术追求的登峰造极，对汝窑的鉴赏和厚爱，给后人留下了无尽的话题。

紧贴着山梁的小道，像一条被人遗弃的褐色带子，在阴森森的晚风里飘忽着、闪烁着、延伸着，左盘右旋，缠山绕岭，消失在山的那边。一乘颤悠悠的黄缎小轿从山的那面飘了过来，卫士们前呼后拥，衙役们鸣锣开道——监制汝瓷器的钦差来了。“出窑喽！”随着一声吆喝，一件件质地细腻的青瓷被瓷工们小心翼翼地拖出窑外。啊，晶莹剔透，布满蟹爪状的隐文；略带葱绿，近于雨过天青色。看吧，模印的图案美观大方，仅花卉就有国色天香的牡丹，姹紫嫣红的月季，婀娜多姿的菊花，亭亭玉立的芙蓉和傲霜斗雪的蜡梅等五十余种。一件精美绝伦的瓷枕出窑了。多美呀！春睡的人儿高鼻阔额，眉清目秀，发髻盘挽，蜷臂托首作侧卧状，形态逼真，幽静自然，睡姿落落大方。前面一蛙作跳跃状，一鹤作单腿独立状，一鹿作疾奔状，浮雕极其精妙，和梦游仙境的人物群像交相辉映，真乃稀世珍品！钦差大臣心内窃喜，献宝晋升的机会来了。他立即下令装车直送京华，这些珍宝从此便成了宫廷里的奢华装饰和皇帝王公们的玩物了。封建社会的陶瓷兴衰史是瓷工们的辛酸血泪史，是达官贵人们的寻欢作乐史。金兵南侵，宋氏过江，中原战乱之后，清凉寺窑的繁荣悄然逝去，渐渐地被人们遗忘了。汝瓷也从此销声匿迹，失传了。

飞速的车轮又把我带回现实，带到这伏牛山东麓的清凉寺。下了车，极目远眺，只见娘娘山下井架林立，天轮飞转，瀑布似的原煤泄入列车，闪亮亮的焦炭堆满山梁。山坡上，沟壑里，到处裸露着红陶土，红中泛紫，色泽夺目，像杜鹃，似晚霞。一切都是热烈的，到处都是繁忙的。正是有了这些用之不竭的燃料和取之不尽的红陶土，才使这里的紫砂陶犹如一只栖在梧桐树上的金凤凰，在人们的希冀中展翅奋飞！

是的，党的十一届三中全会的春风没有忘掉这个角落，山青了，水绿了，瓷工们的脸上荡满春意绽开了笑颜。怎能愧对祖宗先人呢？经过艰难地挖掘、创新，他们终于开始批量生产紫砂陶了。这一项成果，填补了中国长江以北紫砂工业的空白，打破了紫砂“天下为宜兴独有”的概念。

信步进入成品车间，年轻的女工们如飞燕、似蝴蝶，穿梭往来，忙忙碌碌。琳琅满目的花盆风格各异，使人目不暇接。一位姑娘大大方方地告诉我：“这种花盆可好了，养苗助长好，渗水透气好，用它栽种花木，花朵显得更鲜艳，叶片显得更嫩绿。它既有瓷器的强度，又有陶器的韧性，愈用愈光，愈用愈亮。”话语如“大珠小珠落玉盘”的琴弦，娓娓动听，我不禁笑了。那位姑娘看我不大相信，略带羞涩地说：“俺可不是自夸呀，这花盆远销祖国南端的天涯海角、北方的长城内外，打入了国际市场，出口到美、日、德、法和东南亚各国，为国家赚了好多外汇哩！”是的，我怎能不相信呢？请看眼前的一切吧。玉兰壶，色泽优雅；菊花盆，造型古朴；微型柿子壶，别具一格；紫红地砖，雍容华贵；朴雅的葡萄杯，使你蓦然想起那“葡萄美酒夜光杯，欲饮琵琶马上催”的古诗来。这里像被春雨沐浴过的百花园，万花千卉，美不胜收。惊叹故乡人的智慧聪敏，赞美故乡人的鬼斧神工，他们正在那艺术的殿堂里创造着人间奇迹。

好客的主人心犹未尽，又向我介绍起紫砂茶具的妙用来：用紫砂茶壶泡茶不走味，贮茶不变色，盛暑隔夜茶不馊。它的壶壁充满肉眼看不见的细小气孔，滴水不漏，又通风透气，故泡出的茶美味醇香，甘润爽口。久用之后，壶壁又如海绵般吸足了茶汁，堆起一层茶垢，即使不放茶叶，冲入沸水，喝时也像放茶一样，醇香扑鼻，回味悠长。紫砂陶还是精妙的工艺美术品，千变万化的造型，使其外表庄重明洁，它集书法、绘画、金石、文学于一身，显得古色古香，清新高雅。一首隽永的古诗，几句精辟的警言，一幅传神的丹青水墨，几笔雄劲的真草隶篆，都在这个小天地里争奇斗艳，让你细细地品玩，陶醉在百科知识的海洋里。

告别好客的主人，走出成品车间，我的一颗心却被紫砂陶留下了。我想，如果说江苏宜兴是南国紫砂凤凰，这宝丰不就是正在崛起的祖国北方的紫砂金龙吗？

应河流淌的故事

应河很小，小得充其量只能算条小溪，从宝丰西部伏牛余脉的丘陵地带里蜿蜒而出，泻入沙河，也就四五十里地长短。

老人们常说，有水就有灵气。应河虽不大也不长，却真出了不少故事。

上游有个雅集石，让鲁、宝、郏一带的文人墨客们很是风骚了许多年，给后世留下不少诗篇与佳话。下游因应国墓地的发掘，一只通灵宝玉似的玉鹰出土，奠定了平顶山地区鹰城的地位。古文字“应”与“鹰”的通假，遂使这条小水系披上悠悠历史长河的神秘外衣。

马街古镇就坐落在这应河的中游，旧时是远近闻名的水旱码头。在这应河之滨，千百年了，年年重复上演着一个故事会——马街书会。在每年春节后的正月元宵节前，这应河边就如滚开锅的沸水一样，热闹得不像话。很多人说，这马街书会是说书人的天堂，你看那说书艺人从四面八方赶来，如候鸟归巢般飞向马街。也有很多人说，这马街书会就是个曲艺盛会，不外乎唱书、亮书、写书，就是个曲艺大集，说书人卖卖书，听书人听听曲儿，写书人楞中了请走写回去唱几天，这会就散了，是曲艺人交易的场所。

许多许多的人看到的是书会表象的繁华，走马灯似的来了又走了，蜻蜓点水，“不知有汉，无论魏晋”，他们这样认为，这并不奇怪。但有不少常年涉足文化领域的工作者和领导们如今也有这样的看法，这就有点问题了。

话说2006年，当国务院公布马街书会为第一批非物质文化遗产时，宝丰人很是兴奋了一阵子，活动一个一个地搞，把马街书会着实也捧得不低。但极少有人去追究那公布的项目类别赫然列入的是“民俗”系列。我可以肯定地说，直到如今，绝大多数人没有去探究，也没人真正地去理解民俗的定义：这马街书会到底是什么？

只有保护传承它的非遗保护工作者因守土有责，在默默地守护着它真正的文化内涵。

马街古镇之所以诞生书会，是因为说唱这一最朴素的民间文化已融入当地民众的日常生活和民俗信仰中，成为影响马街无数代人精神生活的一种独特的文化实践。这些朴素的俗信如婚丧嫁娶、起房盖屋、生子祝寿、上学升迁、丰收盈利、祈福还愿等生命、生活仪式，融入了马街百姓的情感、理念和对新生活的向往。当说唱艺人带来的精神食粮正合当地民众的胃口与爱好时，所有的一切可能都发生了。

一方水土养一方人。耕作马街这片肥沃土地的民众，在其生命、生活、生产过程中，逐渐形成对人文始祖的祭祀崇敬，他们拜三皇、祭丘祖、祭祀火神、唱愿书，一步一步形成固定的接纳接待说唱艺人、亮书、写书、对戏等习俗，帮助艺人整饬行会组织的收徒拜师、三皇年会，甚而致其蒙上一层宗教信仰的神秘色彩，来坚定人们对说唱理念的认同。这些民俗活动，是支撑马街书会的根本和基础，是民间艺人赖以生存的奠基石。

一代代，一辈辈，传承了千百年的马街书会，至今少有专家学者真正弄得懂它。北京师范大学民俗学教授董晓萍带研究生调查马街书会十余年，潜心入户入村，跟踪民间艺人到寺院、农户，掌握了大量的一手资料，最后她对着应河感叹道："这地方的水太深了。"河南省艺术研究院的资深研究员刘景亮先生面对火神庙那上联为"日 田日 晶"，下联为"月朋 朤"的对联愣神了，发出一句"到了马街，才知道我们多么没文化"的无奈。

多年来关于马街书会的著述和研究论文浩如烟海，但多数是肤浅的管中窥豹，或蜻蜓点水式的盲人摸象，真正深入马街这块土地里深耕细作的研究著述仍然是凤毛麟角。

天将降大任于斯人也。谁来真切地关注这一中华优秀的传统文化？谁来挖掘祖先们传承下来的遗产？还应是宝丰人、马街人、马街书会的守护者，这些世世代代守护这块土壤的民众。今次，宝丰县文化和旅游局、说唱文化生态保护实验区管委会、宝丰县非物质文化遗产保护协会担当重任，组织当地土专家和文化工作者，深入乡村调研，记录口述史，历时两年有余，对马街书会的研究有了更深层次的耕作。

后记

《乡间路戏》要杀青了，算是七拼八凑地凑合了五十来篇短文，集成这本集子。自己再翻翻看看不觉汗颜，感觉拿不出手来，有些失脸面。三十多年前，喜欢上了文学，也尝试写过一些散文之类的东西。为了饭碗，也为了赶时髦，没少写一些颂扬式的报告文学，曾在文坛圈子里昙花一现过。可后来的现实生活，击碎了我的作家梦。我渐渐明白了文学不能当饭吃，养活不了家人。自认没巴金、鲁迅之才华，没那金刚钻揽这瓷器活儿，注定走这条独木桥通向的是孤独寂寞和贫困，于是也就封笔不愿意干了。如今退休多年，儿女早已成家立业，托新时代的福，也算衣食无忧了。但人老了，身体垮了，也害怕不动脑子了，弄个老年痴呆什么的，还不如抽空写写画画锻炼大脑呢。于是就跃跃欲试、信笔涂鸦了。

写点什么呢？我想，毕竟我是地地道道的农民的儿子。虽然父母曾远赴新疆当过兵，也回县做过工人，但骨子里仍然浸润着农民的血液，丝毫没有改变。一个农民儿子的心里，也仍然流淌着的是宝丰农民在那个农耕时代所经历的日出日落、月缺月圆、春种秋收、夏耘冬藏的记忆。于是乎，就有不少友人“怂恿”我把这些东西写下来，毕竟是一个时代的烙印，是农耕文明留下来的传统文化，下代人不可能知晓那些年代的事情了。

打从上小学开始，我就和农村、农民紧密联系在了一起。我曾逃过学，偷过瓜果梨枣，曾上地拾过柴割过草，也曾看过庄稼放过牛，锄地割麦帮耧耩地这些农活没少干过。甚至高中毕业那一年，不知天有多高地有多厚地当过三个半月的生产队长。农民儿子的一切经历仍如在眼前晃动着，不能忘怀。

我知道农民生活的艰辛困苦，体现在过去生产资料的原始和对科学浅薄的认知，导致生产力低下，收获与所付出的汗水不成正比。但是，乡里人们仍然不以为苦，他们认命，仍遵循着祖祖辈辈传下来的风俗习惯，劳作技艺。他们敬畏天地，崇拜神祇，迷信阴阳，而决不会越过雷池一步。

我的一位在李庄乡任过副乡长的同事曾绘声绘色地讲述过这样一个场景：夕阳西下，村头小路上，有小两口赶着牲口急匆匆回家。男的在前面扛着犁耙，女的在后面赶着牛，胳膊上挪着一只三号竹篮，篮里放着掰下来的新鲜嫩玉米，一头汗水湿透了衣衫。回到家来，生火做饭，一只锅煮玉米，又取三块砖头支起鏊子烙两张小油馍，俩人风卷残云一顿海吃，便心满意足了。小女人用手捋捋胳膊腿上的泥土躺在床上等他的男人。那男人手持烟袋过足了瘾，一边哼哼唧唧来两腔坠子书，也就拨拉拨拉腿上的泥土上床和小媳妇滚在了一起。

这就是乡间农人在那个时代的生活剪影，这场景至今在我脑海里盘旋着，久久难以忘怀。

一年一年又一年，人们就是这样脸朝黄土背朝天地劳作着，心里仍然充满着对来年的希冀。他们对新生活的向往就是多打粮食，填饱肚皮。对幸福的憧憬就是有间瓦房，娶个媳妇，子孙满堂。他们在生产生活中，一边传承着先人们留下来谋生活的手段和技艺，一边谋划着修房盖屋、娶妻生子、绵延后代，日后有人上坟，烧堆纸钱。村子里有很多很多人一辈子没有进过城，赶过大营集的就算是村上的“光棍儿”（见过大世面的人）。正像陕北的放羊娃一样的理念，重复着放羊、挣钱、娶媳妇生娃，生了娃依然放羊的生活。人们就是这样子活在当世，对未来的生活就是盼个风调雨顺好年成。他们就这样子，沿袭着老一代人传下来的生活理念，顽强地日复一日年复一年地活着。他们农闲时爱听故事，爱看戏，爱听说书先生的忠孝侠义，喜欢那土味儿十足的梆子戏和曲子戏，不管有腔口无腔口，闲暇时还爱哼上几声路戏，不管着调不着调，图的就是个快活。人们就这样打发着岁月，直到“摇来摇去摇到土里”。文中描述的人和事已与现代生活渐行渐远，很多属于先人传承下来的非物质文化遗产随着大多数人物业已下世，已经消失或面临失传的窘境。在离开这个世界之前，他们还带有深深的遗憾。如今，农村农人的日子确实好过到天上去了，告别了农耕文明，一步就跨进了信息革命时代。过去那些浓浓的乡音乡情，却成了挥之不去的乡愁。

我尝试用手机软件写作，既可分享给友人征询意见，还可不断修改，深深感觉到了高科技的好处。一年多的写作过程当中，我曾得到不少同学、同事、朋友的鼓励和指正，我的铁杆粉丝同学国顺小弟使劲儿往朋友圈里推介，一位网名为“东城闲步”的同乡多次赠诗写词鼓励我。其中一首《古风赠樊玉生》，是“东城闲步”朋友在2020年12月13日染病在身时抱病写就，如今已联系不上，故芮弟嘱我留存。诗曰：

旧闻轶事谋新篇，
乡语乡情动乡关。
铁甲洞穿人未老，
青骢不肯卸征鞍。

县里作家协会的主席潘运明、秘书长刘宏民二位同志在成稿后，亲自为我分类排序并动手修改，说唱文化生态保护区的曹俊青主任和江国鹏、郭敬伟几位同志在写作过程中也为选题和文章叙述内容没少出谋划策，篇篇都有点评和修改建议。特别是我在宣传部的老上司杨翠琴大姐姐，一直“撺掇”我写写写，给了我扬鞭催马似的鼓励，在这里我都深表谢意。我还要感谢平顶山说唱文化（宝丰）生态保护发展中心的领导同志对本书出版的大力支持，也更感谢我的老领导、老上司、老朋友何新年局长百忙之中为敝书亲自作序。

要成书了，心里就打鼓似的忐忑不安，惶恐了又惶恐。我就像一名参赛的歌手，一曲唱罢，在比赛的舞台上，等资深评委和观众们打分，战战兢兢的不知结果如何。

2021年6月于春风大院